बोझिल पलकें

रानू

डायमंड बुक्स

www.diamondbook.in

प्रकाशक : डायमंड पॉकेट बुक्स (प्रा.) लि.
X-30 ओखला इंडस्ट्रियल एरिया, फेज-II
नई दिल्ली-110020
फोन : 011-40712200
ई-मेल : sales@dpb.in
वेबसाइट : www.diamondbook.in
मुद्रक : रेप्रो (इंडिया)

Bhojhil Palkein
By : Ranu

बोझिल पलकें

रेलगाड़ी ने अपनी गति पकड़ ली। परन्तु गति पकड़ने से पहले एक अपराधी की तलाश में पुलिस के कुछेक व्यक्ति भी इस पर चढ़ चुके थे। अपराधी पहली श्रेणी के आगे वाले डिब्बे में चढ़ा था तथा पुलिस के व्यक्ति पहली श्रेणी के पीछे वाले डिब्बे में। पुलिस को अपराधी से अधिक उस मूर्ति की आवश्यकता थी जो मन्दिर से चुराई गई थी। भगवान कृष्ण की मूर्ति सोने की थी, चार हजार वर्ष पुरानी।

पंडितों तथा धर्म के ठेकेदारों ने जुलूस निकालकर जिलाधीश से मांग की थी कि मूर्ति का पता शीघ्र ही लगाया जाए। ऐसा न हो कि मूर्ति विदेश में स्मगल हो जाए। यही कारण था कि शहर से बाहर जाने वाले सभी रास्तों पर पुलिस खड़ी थी। हर यात्री को संदेह की दृष्टि से देखती थी। जिस पर जरा भी संदेह होता उसकी तलाशी अवश्य लेती चाहे वह कोई भी हो। पुलिस को इस व्यक्ति पर भी संदेह था जो रात में गाड़ी चलने के बाद प्लेटफार्म पर प्रकट हुआ और लपककर ट्रेन पर चढ़ गया था। दाढ़ी, मूंछ तथा पगड़ी में एक सरदार हो सकता था या सरदार के भेष में एक अपराधी। हाथ में एक सूटकेस भी था।

अजय ने डिब्बे में चढ़ने के बाद चैन की एक सांस ली। फिर आगे बढ़ गया, उस ओर जिधर कण्डक्टर नहीं था। ठण्ड बला की पड़ रही थी, इसलिए सबने अपने फर्स्ट क्लास के केबिन अन्दर से बंद कर रखे थे। फिर भी अन्त में एक केबिन के द्वार की मुठिया उसने सरकाई तो द्वार खुल गया। अन्दर कोई भी नहीं था, परन्तु सामान किसी का अवश्य वहां रखा हुआ था। केवल एक ही बर्थ पर बिस्तर बिछा हुआ था। अजय ने तुरन्त सूटकेस खाली बर्थ के नीचे सरकाया, अपनी पगड़ी तथा दाढ़ी, मूंछ उतारने के बाद एक खिड़की खोली और इन वस्तुओं को बाहर अन्धकार की खाई में फेंक दिया। खिड़की उसने पहले समान ही बन्द कर दी। ठंड के कारण सभी खिड़कियां बंद थीं। फिर अजय ने अपना कोट उतारकर पलटा। कोट दूसरी ओर सफेद चैकदार था। उसने इसे पहना और फिर पॉकेट से एक मैगजीन निकालते हुए बर्थ पर बैठकर इसे पढ़ने लगा।

सहसा केबिन का द्वार सरका। अजय ने धड़कते दिल के साथ देखा। परन्तु तभी उसकी आंखें ठिठक गईं। दिल की धड़कन में कुछ मिठास उत्पन्न हुई। केबिन का यात्री कोई पुरुष नहीं था, एक लड़की थी। उसके एक हाथ में टावल था, दूसरे हाथ में साबुनदानी।

लड़की ने उसे देखा। उसके मस्तक पर बल पड़ गए। उसके केबिन में यह नवयुवक कहां से आ टपका? कण्डक्टर ने तो कहा था कि इस केबिन में किसी महिला को ही स्थान दिया

जाएगा या फिर किसी वृद्ध व्यक्ति को! उसने केबिन का द्वार नहीं बन्द किया और चुपचाप अपनी बर्थ पर आकर बैठ गई। उसने अपने खाने का डिब्बा निकाला और फिर खिड़की के समीप बनी मेज पर रखकर इसे खोलने लगी। तभी केबिन के सामने एक पुलिस इंस्पेक्टर आया। उसने भेदभरी दृष्टि से अन्दर झांका। अजय ने अपना ध्यान खिड़की के समीप रखे खाने के डिब्बे पर इस प्रकार समेट लिया मानो वह अपनी पत्नी के साथ खाना खाने वाला है। इंस्पेक्टर ने पूछा, 'इधर आपको सरदार जी तो नहीं दिखाई पड़े?'

'जी नहीं।' अजय ने तुरन्त उत्तर दिया।

इंस्पेक्टर ने आश्चर्य प्रकट किया। फिर अपने हाथ से द्वार बन्द करने से पहले बोला, 'एक अपराधी इसी गाड़ी में है इसलिए आप इसे अन्दर से लॉक कर लीजिए।' इंस्पेक्टर ने द्वार बन्द किया और फिर चला गया।

अपराधी! लड़की कांप गई। उसने अजय को देखा। अजय उठकर अन्दर से द्वार लॉक कर रहा था। लड़की को तुरन्त याद आया। इंस्पेक्टर को किसी सरदार जी की तलाश है। उसने संतोष की सांस ली। परन्तु फिर एक और भय उसके मन में उत्पन्न हो गया। क्या इस व्यक्ति के साथ अकेले यात्रा करना सुरक्षित होगा? उसने अजय को ध्यान से देखा, लम्बा कद, चौड़ी छाती, पतली कमर, गोरा रंग, मुखड़े पर असाधारण आकर्षण। अजय ने ज्यों ही द्वार लॉक किया, वह लड़की अपने खाने के डिब्बे की ओर झुक गई। इस व्यक्ति पर वह विश्वास कर सकती है या नहीं, यह समय ही बताएगा परन्तु इस समय तो वह उसके साथ यात्रा करने पर विवश थी। अजय अब पूरे संतोष के साथ पत्रिका पढ़ने लगा।

लड़की ने खाना खाने के बाद खिड़की खोली। हवा का एक तेज झोंका अजय के चेहरे पर छा गया। लड़की ने खिड़की से बाहर हाथ निकालकर गिलास पानी से धोया। अपराधी का नाम सुनकर टॉयलेट में जाकर हाथ धोने का विचार वह छोड़ चुकी थी। हाथ धोए तो अजय के चेहरे पर पानी के छींटे उड़कर चले आए। लड़की को अपनी भूल का एहसास हुआ। वह सभ्य थी। उसकी ओर पलटकर बोली, 'आई एम सॉरी।'

'कोई बात नहीं।' अजय ने रूमाल द्वारा अपना चेहरा पोंछते हुए कहा।

लड़की टावल द्वारा अपने हाथ पोंछने लगी। उसके बाद उसने अपना खाने का डिब्बा बन्द किया। फिर अपनी बर्थ पर गई। कम्बल उसने छाती तक खींच लिया। पलकें बन्द कर लीं। अजय कुछ देर तक लड़की को देखता रहा। लड़की की मीठी-मीठी सुगंध से केबिन का वातावरण प्रभावित था। वातावरण की यह मिठास अजय के दिल की गहराई में उतरने लगी तो उसने अपने दिल पर काबू किया। वह भी अपनी बर्थ पर लेट गया और चुपचाप ऊपर छत पर लगी बत्ती को देखने लगा जो रेलगाड़ी की गति के साथ कभी मद्धिम हो जाती थी तो कभी तेज। जाने कब उसे उस लड़की के बारे में सोचते-सोचते नींद आ गई।

सुबह जब आंखें खुलीं तो छः बज चुके थे। उसने करवट लेते हुए देखा, लड़की उसकी ओर करवट लिए बहुत निश्चिंत सो रही थी। लड़की की पलकें बहुत घनी तथा असाधारण तौर पर काफी लम्बी थीं। ऐसा लग रहा था मानो कमल की पंखुड़ियां बन्द हो गई हों। उसका सुन्दर मुखड़ा गुलाबी था - होंठ और अधिक गुलाबी। उसके मुखड़े पर उसकी लटें बिखर आई थीं - अर्द्ध घुंघराली लटें। उसकी लटों का रंग सुनहरा तथा गहरा भूरा था।

उसकी छाती पर से कम्बल सरककर नीचे लटक गया था। उसकी छाती पर से आंचल भी सरक गया था। ब्लाउज का गला कुछ बड़ा था। अजय चौंककर उठ बैठा। लड़की के गले में सुनहरा हार था - कानों में बाली। एक हाथ बाहर निकला हुआ था। प्यारी-प्यारी गुलाबी अंगुलियां बिखरी हुई थीं, इस प्रकार मानो किसी कोमल टहनी पर कलियां अटकी हुई हों। उसकी कलाई में सुनहरी चूड़ियां थीं। दूसरा हाथ मोड़कर उसने अपने सिर के नीचे रख लिया था।

उसके हाथों पर रेशम समान हल्के-हल्के सुनहरे रोएं थे। सुन्दरता की एक अनुपम भेंट संसार की बातों से निश्चिंत इस समय बहुत आराम के साथ आंखें बन्द किए सो रही थी और अजय इस भेंट को देख रहा था - बहुत ध्यान से - और अपने दिल के कोरे कागज पर उसकी तस्वीर उतारता जा रहा था। अजय एक अपराधी था - चोर था - डाकू था - समय पड़ने पर किसी की हत्या भी कर सकता था, परन्तु उसका दिल बिल्कुल कोरा था।

अजय ने जब से होश संभाला था, तभी से अपने आपको अपराधियों की छाया में फलते-फूलते देखा था। उसके पिता दीवानचन्द का स्वभाव विचित्र था। वह एक स्मगलिंग गैंग के सरदार 'चन्दानी' के लिए काम करते थे। अजय को वह बचपन से ही अपने साथ रखते थे क्योंकि अजय की मां नहीं थी। मां का निधन हो चुका था। वह अपनी मां को केवल तस्वीर से ही पहचानता था। अपने पिता को उसने उस तस्वीर पर माला चढ़ाने के बाद कई बार तो घण्टों गुमसुम खोए देखा था। प्रायः वह रो पड़ते थे। ठहाका उस समय लगाते जब भगवान का अपमान करना होता।

वह कभी अपने पिता से भगवान का अपमान करने का कारण पूछता तो वह टाल जाते थे। फिर भी उसे विश्वास था कि उसके पिता निश्चय ही प्रकृति की क्रूरता का शिकार हुए हैं। परन्तु अपने पिता के समान अजय ने कभी भी भगवान का निरादर नहीं किया। अपने पिता के स्थान पर अब वह भी चन्दानी के लिए काम करता था, परन्तु बिल्कुल अकेला। चन्दानी के गिरोह के किसी भी व्यक्ति से उसने मित्रता नहीं रखी। वह अपने काम से काम रखता ओर अपने भाग की राशि लेकर एक निश्चिंत जीवन व्यतीत कर रहा था। चन्दानी के गिरोह में अब वह अपने पिता समान इस प्रकार फंस चुका था कि अब इच्छा रखकर भी नहीं निकल सकता था।

चन्दानी एक भयानक व्यक्ति था। जो उसे छोड़ना चाहता चन्दानी उसे जीवित रखकर किसी प्रकार का भय मोल नहीं लेता। चन्दानी के आदमी किसी न किसी बहाने उसकी हत्या कर ही देते थे। चन्दानी के गिरोह का अड्डा कहां है, वह नहीं जानता था। अड्डा केवल उसके विशेष व्यक्ति ही जानते थे। परंतु इसके साथ-साथ चन्दानी समाज की आंखों में धूल झोंकते हुए एक अच्छा नागरिक भी बना बैठा था। बड़े-बड़े लोगों से उसका परिचय था, नेताओं के साथ उसका उठना-बैठना था।

कुछ देर बाद लड़की ने अंगड़ाई ली। आंखों की बंद कलियां फड़फड़ाईं। फिर इस प्रकार धीमे-धीमे खुलीं मानो वह ताकत लगाकर अपने आंखों पर से पलकों का बोझ हटा रही हो। उसने मानो स्वयं ही बड़बड़ाकर कहा, 'बैरा।'

बैरा! अजय चौंक गया। उसने इधर-उधर देखा। यहां बैरा कहां से आएगा? परन्तु तब तक वास्तविकता का आभास करके वह लड़की चौंकते हुए उठकर बैठ चुकी थी। वह कुछ लजाई। फिर मानो अपनी लाज मिटाने के लिए स्वयं से ही बोली, 'आई एम सॉरी। मैं समझी कि मैं बंगले में सो रही हूं।'

'आदत की बात है।' अजय ने उससे बातें करने में स्वयं को भाग्यशाली समझा। पूछा, 'आप कहां तक जाएंगी?'

'बॉम्बे।' लड़की ने अपनी सुनहरी लटों को अंगुलियों द्वारा संवारते हुए छोटा-सा उत्तर दिया।

'बॉम्बे तो मैं भी जा रहा हूं। बॉम्बे में आप कहां रहती हैं?'

ऊंह! लड़की ने सोचा। स्वयं बात आरंभ करके अब वह पछता रही थी आजकल के नवयुवकों को जरा-सा उत्साह मिल जाए तो हाथ धोकर पीछे पड़ जाते हैं। उसने मानो न चाहते हुए उत्तर दिया, 'पाली हिल में।' और फिर उसे अधिक बात न करने का अवसर देने के लिए उस लड़की ने अपना टूथपेस्ट, ब्रश, साबुनदानी तथा टावल लिया और द्वार खोलकर केबिन से बाहर निकल गई।

अजय ने लड़की का सूखापन पढ़ लिया। उसे दुःख हुआ। परन्तु वह एक अपराधी था। उसे एक भले घर की भोली-भाली लड़की के बारे में सोचने का क्या अधिकार है? उसने अपने मन को मारा। फिर झुककर बर्थ के नीचे देखा। उसका सूटकेस सुरक्षित था। जब लड़की वापस आई तो उसके बाद उसने अजय को एक बार भी अपने से बात करने का अवसर नहीं दिया। अजय एक गम्भीर स्वभाव का नवयुवक था। वह भी खामोश ही रहा। परंतु दृष्टि थी कि बार-बार लड़की की सुन्दरता की ओर उठ जाती थी।

रेलगाड़ी लगभग ग्यारह बजे अपनी मंजिल पर पहुंची तो वातावरण गरम था। बम्बई का वातावरण यूं भी गरम रहता है। खिड़कियां दोनों ने अपनी ओर की पहले ही खोल ली थीं। गाड़ी बम्बई पहुंच गई। ट्रेन प्लेटफार्म पर रेंगने लगी तो लड़की बहुत उत्सुक होकर खिड़की

द्वारा प्लेटफार्म पर खड़ी जनता में किसी को तलाश करने लगी। तभी गाड़ी के रुकते-रुकते उसे किसी ने देखकर बहुत तेज स्वर में पुकारा, 'अंशु।' स्वर किसी लड़की का था।

'मीना-' अजय के केबिन में लड़की भी चहक उठी।

अंशु - अर्थात् किरण। अजय ने यह नाम मन ही मन दोहराया। उसे बुरे कर्मों से बचाने के लिए एक ऐसी ही किरण की आवश्यकता थी। क्या वह ऐसी किरण प्राप्त करने के लिए अपना जीवन बदल सकता है? यह प्रश्न उसके मन में अपने आप ही उठा तो वह अपने भविष्य के बारे में सोचे बिना नहीं रह सका।

क्या अपने पिता समान उसे भी जीवन भर एक अपराधी जैसा ही जीवन व्यतीत करना है? आखिर कभी तो उसे पुलिस के हाथों लगना ही है। उस समय यदि डाकुओं की गिनती में अखबार के पृष्ठों पर उसकी तस्वीर छपी और इस लड़की ने उसे पहचान लिया तब यह क्या सोचेगी? देखने में कितना शरीफ लगता था और निकला खानदानी चोर। अजय को उसकी अन्तरात्मा ने धिक्कारा। क्या वास्तव में उसके समक्ष ऐसे गन्दे काम से मुक्ति पाने का कोई रास्ता नहीं है?

गाड़ी रुक गई। अंशु ने अपना पर्स उठाया और प्लेटफार्म पर उतर गई। उसके पीछे अजय भी था - अपना सूटकेस उसने हाथ में लटका लिया था। प्लेटफार्म पर वह एक किनारे खड़ा हो गया। उसने देखा अंशु ने मीना के कूल्हे पर बहुत जोर की चिकोटी काटी, कुछ इस प्रकार कि मीना दर्द से तिलमिला उठी। उत्तर में मीना ने भी उसे चिकोटी काटने का प्रयत्न किया परन्तु अंशु चहककर अपना दामन बचा गई। अंशु मीना की इस असफलता पर उसे अंगूठा दिखाते हुए बहुत जोर से ठहाका लगाने लगी।

प्लेटफार्म पर भरी जनता के सामने यह सब देखकर अजय को ज्ञात हो गया कि अंशु जितनी सुंदर है उतनी चंचल भी है। मीना के साथ कार ड्राइवर की वर्दी में एक व्यक्ति भी उपस्थित था। वह तुरन्त गाड़ी के डिब्बे में जाकर अंशु का होलडाल बांधने लगा। एक कुली उसका सामान बाहर निकालने लगा।

'मम्मी क्यों नहीं आई?' अंशु ने इधर-उधर देखकर चिंता प्रकट की।

'तेरी मम्मी ने गाड़ी भेजकर मुझे रिंग कर दिया था कि बंगले में कुछ मेहमान आ गए हैं, इसलिए मैं ही तुझे स्टेशन पर रिसीव कर लूं!' मीना ने उत्तर दिया।

'ओह!' अंशु ने चैन की सांस ली।

कुछ देर बाद जब कुली सामान उठाकर ड्राइवर के साथ निकास द्वार की ओर बढ़ने लगा तो अंशु तथा मीना भी उस ओर चल पड़ीं। अजय ने देखा तो वह भी कुछ दूरी रखता हुआ पीछे-पीछे चल पड़ा। बाहर अनेक टैक्सियों के मध्य एक लम्बी तथा सफेद विदेशी कार खड़ी हुई थी। ड्राइवर ने इसकी डिक्की खोलने के बाद कार के पिछले गेट भी खोल दिए। अंशु तथा मीना चहकती हुई अन्दर बैठ गईं। परन्तु तभी अंशु अजय को अपनी ओर आकृष्ट देखकर

चौंक गई। पल भर के लिए उसके चहकते मुखड़े पर गम्भीरता छा गई। मस्तक पर बल पड़ गए। अपनी दृष्टि फेरकर वह मीना से बातें करने लगी। ड्राइवर ने सामान रखने के बाद अंशु से कुछ पैसे लेकर कुली को दिए और फिर कार लेकर एक ओर बढ़ गया। अजय ने कार का नम्बर नोट किया और फिर अपने रास्ते पर चल पड़ा।

अजय अपने घर पहुंचा - एक छोटा तथा अच्छा मकान। घर के सामने एक पुरानी फिएट खड़ी हुई थी। अन्दर जाकर उसने सूटकेस अपने पिता के हवाले कर दिया। उसके पिता - दीवानचन्द, सिर पर छोटे-छोटे सफेद बाल, मुखड़े पर आयु के विचार से झुर्रियां अधिक थीं। सदा सिगार पीते रहना उनकी आदत बन चुकी थी। रक्त के समान नस-नस में शराब दौड़ रही थी। उसके पिता ने नाम के लिए एक छोटा-सा व्यापार कर रखा था, परन्तु असली कमाई तो चन्दानी का काम करके ही होती थी। अपने बॉस की आज्ञा पर वह आरम्भ में तो स्वयं दूसरे शहर जाते और चन्दानी के व्यक्तियों से चुराया माल लेकर बम्बई चले आते थे। ऐसा करते समय उन्हें भी कभी-कभी अपना भेष बदलना पड़ता था। अब यही काम अजय कर रहा था।

अजय के हाथ से सूटकेस लेते ही दीवानचन्द ने घर के द्वार चारों ओर से बन्द किए। फिर सूटकेस खोला। भगवान कृष्ण की एक मूर्ति - सोने की। दीवानचन्द के होंठ फैल गए। उन्होंने मूर्ति उठाते हुए बहुत जोर से ठहाका लगाया, 'हा-हा...हा-हा...हा-हा...। फिर होंठ भींचते हुए बोले, 'भगवान अब तुम भी विदेश चले जाओ। वहीं रहना और खूब मजे करना। हा-हा...हा-हा।' सहसा वह खामोश हो गए। फिर बहुत गंभीर। उनकी आंखों में आंसू आ गए। वह वहीं दीवार पर टंगी अपनी धर्म पत्नी की तस्वीर को देखने लगे।

'पिताजी-' आखिर अजय ने आज फिर पूछा, 'आप भगवान का इतना मजाक क्यों उड़ाते हैं? इसके बाद आप फिर इस प्रकार इतना गंभीर भी क्यों हो जाते हैं?'

'बेटा' दीवानचन्द ने कहा, 'यदि भगवान चाहता तो मेरी पत्नी मुझसे नहीं बिछुड़ती फिर तू कभी चन्दानी के गिरोह का सदस्य नहीं बनता।'

'मां के मरने के बाद भी तो आप मुझे अपने से दूर रखकर एक अच्छा नागरिक बनने पर विवश कर सकते थे। कोई बाप अपराधी होने के पश्चात् अपने बेटे को अपराधी नहीं बनाता, फिर आपने ऐसा क्यों किया? अवश्य आपके दिल में कोई भेद है जो आप मुझे बताना नहीं चाहते।'

'भेद तो है बेटा - अवश्य। यह बात तुमसे मैंने पहले भी कई बार कही है, परन्तु अभी उसे बताने का समय नहीं आया। प्रायः सोचता हूं तुझे अपने पास रखकर मैंने अच्छा नहीं किया परन्तु बेटा, परिस्थिति भी तो कोई विवशता होती है। मरने से पहले यदि तुझे मैंने सब-कुछ नहीं बताया तो तू मुझे कभी भी क्षमा मत करना।'

अजय खामोश हो गया। उसके पिता मरने की बात क्यों करते हैं? भगवान उन्हें एक लम्बी आयु दे। निश्चय ही कोई कारण होगा उनके अपराधी बनने का। उसे भी शायद वह अपने असीम प्यार के कारण ही अपने से अलग नहीं रख सके। वह बिना मां की सन्तान जो था।

कुछ देर बाद दीवानचन्द ने मूर्ति सूटकेस में रख दी। फिर अपने बॉस को फोन द्वारा सूचित किया कि उनका बेटा वापस आ चुका है। चन्दानी के लिए इतना ही इशारा बहुत था। उसने अपना आदमी भेजकर सूटकेस लाने का प्रबन्ध कर दिया, इस बीच अजय स्नान करने की तैयारी करने चला गया था।

कुछेक दिन बीत गए। अजय के दिल में अंशु की तस्वीर धुंधली पड़ने लगी। अंशु को भूल जाने में ही उसने अच्छाई समझी। अंशु जो भी थी, एक आकाश का ऊंचा तारा अवश्य थी जबकि वह धरती की गन्दी धूल है। क्या अंशु के एक इशारे पर वह इतना बड़ा तथा भयानक गिरोह छोड़कर एक नया जीवन व्यतीत करने का साहस कर सकता है? शायद हां - शायद नहीं। परन्तु अंशु उसे ऐसा इशारा क्यों करने लगी? भला उसे उससे क्या मतलब? अजय ने उस यात्रा को एक सुन्दर स्वप्न समझकर भुला देना ही बुद्धिमानी समझी और एक सीमा तक वह सफल भी हो गया।

कुछेक दिन बाद दीवानचन्द तथा अजय को चन्दानी के बंगले पर एक पार्टी में सम्मिलित होने का निमन्त्रण मिला। अभी हाल ही में उसका बेटा रंधीर लन्दन से आया था - दो वर्ष बाद। यह पार्टी इसी खुशी में थी। अपनी पार्टियों में चन्दानी अपने गिरोह के उन सभी ऊंचे कार्यकर्ताओं को अवश्य बुलाता था जिनकी गणना आदरणीय नागरिकों में थी।

'क्या बॉस का लड़का भी हमारा बॉस बनेगा?' अजय ने अपने पिता से पूछा।

'मैं ऐसा नहीं समझता। चन्दानी एक बहुत ही चालाक तथा भयानक अपराधी है जबकि रंधीर में अभी ऐसी कोई बात दिखाई नहीं पड़ती। वह तो एक नम्बर का आवारा है। अपने बाप की काली कमाई द्वारा वह देश-विदेश में रंगरलियां मनाने में अधिक रुचि लेता है। हां, आगे चलकर उसका स्वभाव बदल जाए तो बात अलग है।'

अजय ने कोई उत्तर नहीं दिया। उसे किसी के निजी काम से कोई सम्बन्ध भी नहीं था। उसे केवल अपने आप से मतलब था - और अपने पिता से। उसका स्वभाव अन्य अपराधियों से बिल्कुल अलग था - गम्भीर - और इसीलिए अपने हर काम को वह बहुत गम्भीरता से सोच-विचार कर पूरा करता था।

अजय अपने पिताजी के साथ चन्दानी के बंगले पर पहुंचा। चारदीवारी से बाहर अनेक कारें एक पंक्ति में सड़क के किनारे लगाकर अजय दीवानचन्द के साथ अन्दर पहुंचा। चन्दानी रंधीर के साथ खड़ा मेहमानों का स्वागत कर रहा था।

दीवानचन्द रंधीर को पहले से जानते थे, परन्तु अजय की भेंट रंधीर से पहली बार हुई तो पहली ही दृष्टि में रंधीर उसे पसन्द नहीं आया। भेड़ के समान सिर पर घुंघराले बाल, चुंदी

आंखें, चौड़े होंठ। फिर भी उसने अपने आपको रंगीन वस्त्रों द्वारा एक राजकुमार बनाने का प्रयत्न किया था। वह फिल्मी अभिनेताओं समान बात कर रहा था। अजय उससे मिलने के बाद एक किनारे जाकर खड़ा हो गया। दीवानचन्द को बातें करने के लिए कुछेक परिचित लोग मिल गए।

सहसा अजय की दृष्टि ठिठक गई। आंखों पर विश्वास ही नहीं हुआ। लॉन में एक किनारे अंशु खड़ी हुई थी। रेशमी छल्लेदार लटों में उसकी सुन्दरता देखते ही बनती थी। उसकी बड़ी-बड़ी आंखों में पहले से भी अधिक चमक थी। पलकें कुछ अधिक ही बोझिल थीं। उस दिन के समान यात्रा की थकावट नहीं वरन मुखड़े पर फूलों-सी ताजगी थी - होंठों पर कलियों समान मुस्कान।

उसने इस समय मैक्सी चोगा समान ऐसा घेरदार परन्तु अत्यन्त सुन्दर वस्त्र जो गर्दन तथा कलाई से लेकर पैर के टखनों को भी ढांके रहता है, पहन रखी थी। उसके साथ एक प्रौढ़ व्यक्ति तथा एक स्त्री थी। दोनों का रंग अंग्रेजों समान सफेद था। शायद ये अंशु के माता-पिता थे। साथ में एक नवयुवक भी था। रंग सांवला था इसलिए अजय को विश्वास होने लगा कि वह अंशु का भाई नहीं हो सकता। ऐसा विश्वास करते हुए अजय के दिल में एक टीस-सी उठी। डाह का कांटा चुभ गया था। कौन हो सकता है वह नवयुवक? कौन?

चन्दानी ने अपने लड़के से सभी की भेंट कराई परन्तु रंधीर के मुखड़े से स्पष्ट प्रकट था कि उसे जितनी प्रसन्नता अंशु से मिलकर हुई है किसी से भी नहीं हुई। रंधीर, अंशु तथा उस नवयुवक को लेकर उस ओर चला गया जहां 'बुफ' ढंग पर अपनी सहायता स्वयं करके खाने-पीने का प्रबन्ध था। परन्तु रंधीर ने अंशु की सहायता जबरदस्ती की - अंशु के मना करने के पश्चात् एक प्लेट में मिठाइयां रखकर उसने उसकी ओर बढ़ा दीं और अंशु इन्कार नहीं कर सकी।

अजय सब कुछ देख रहा था। न चाहते हुए भी उसके दिल पर छाले पड़ने लगे। ऊंचे समाज में सदा सांस लेने वाली अंशु रंधीर के साथ बहुत निश्चिंत होकर हंसते हुए बातें कर रही थी, परन्तु वह नवयुवक गम्भीर था जो अंशु के साथ आया था।

सहसा अंशु की दृष्टि अजय पर पड़ी। अजय से आंखें चार हुईं तो वह चौंक गई। उसका हाथ हवा में लहरे-लहराते रह गया, लहरा जाता यदि वह स्वयं को संभाल नहीं लेती। इस व्यक्ति से उसका क्या सम्बन्ध? वह तो केवल उसका एक सहयात्री रह चुका है - और कुछ भी तो नहीं। उससे उसकी भेंट भी तो नहीं हुई। वह रंधीर से बातें करने लगी।

अजय लॉन के एक किनारे बिल्कुल एकांत में जाकर खड़ा हो गया। वहां खड़ा होकर वह क्यारियों के फूल देखने लगा। अंशु ने उसे एकान्त में खड़ा देखा तो जाने क्यों सोचने पर विवश हो गई - शायद इस भरे समाज में, शायद इस संसार में ही उसका कोई नहीं है। उस दिन स्टेशन पर भी तो कोई लेने नहीं आया था।

अजय के अत्यन्त सुन्दर तथा आकर्षित व्यक्तित्व ने अंशु के अन्दर सहानुभूति का एक बहुत छोटा-सा स्थान बना लिया तो वह कुछ गम्भीर हो गई। रंधीर उससे बातें कर रहा था परन्तु उसका मन न चाहते हुए भी अजय की ओर लगा हुआ था। उसकी दृष्टि भी कभी न कभी उधर उठ ही जाती थी। सहसा उसने देखा, अजय वहां नहीं है। उसने वहीं खड़े-खड़े इधर-उधर दृष्टि दौड़ाई परन्तु अजय कहीं नहीं था। उसे बड़ा आश्चर्य हुआ। उसके दिल ने इस बात का आभास किया कि इतने बड़े जश्र में एक कमी उत्पन्न हो गई है।

सहसा अंशु का ध्यान अपनी ओर न पाकर रंधीर को बुरा लगा। अंशु के पास खड़ा नवयुवक भी उसकी बातों से उकता रहा था। रंधीर ने सोचा, आज वह इस जश्र का हीरो है फिर भी अंशु उससे लापरवाही बरत रही है। उसने कैम्पा-कोला की एक चुस्की ली और बोला, 'अंशु जी, शायद आपका ध्यान कहीं और है।'

'जी?' अंशु चौंक पड़ी। फिर संभलकर मुस्कराती हुई बोली, 'जी हां, दरअसल मेरा ध्यान उस नवयुवक पर था जिसके साथ एक दिन मैं बिल्कुल अकेली रेलयात्रा कर चुकी हूं - एक ही डिब्बे में।'

'बहुत भाग्यवान होगा वह व्यक्ति।' रंधीर ने मजाक किया। मन में सोचा, काश, ऐसा अवसर उसे मिलता तो यात्रा का सही आनन्द आ जाता। उसने मानो यूं ही पूछ लिया, 'कौन था वह भाग्यवान?'

'अभी-अभी तो यहीं था - इस पार्टी में।' अंशु ने उसकी तलाश में आंखें नचाईं।

'क्या?' रंधीर चौंक गया। उसने भी इधर-उधर देखते हुए मानो कुछ क्रोध प्रकट किया, इस प्रकार जैसे अंशु का दिल जीतना चाहता हो। उसने पूछा, 'कहीं उसने आपसे कोई बदतमीजी तो नहीं की?'

'जी नहीं-' अंशु ने कहा, 'वह तो एक बहुत शरीफ नवयुवक था।'

'आजकल किसी पर भी भरोसा नहीं करना चाहिए।' रंधीर ने राय दी, फिर नवयुवक की ओर मुड़ा। पूछा, 'क्यों विशाल?'

'ऊं?' विशाल मानो चौंक गया। फिर जैसे बौखलाकर हां में हां मिलाता हुआ बोला, 'जी हां, जी हां। आप ठीक कहते हैं।'

विशाल एक अच्छे घराने का बहुत ही सीधा तथा शर्मीला लड़का था। वह दिल ही दिल में अंशु को बहुत प्यार करता था। अंशु ही नहीं यह बात उसके पिता राय साहब तथा उसकी मम्मी भी जानती थीं। दोनों ही अपनी बेटी अंशु के लिए विशाल को पसन्द कर चुके थे। यह बात अंशु को ज्ञात थी और उसे इस बात पर जरा भी आपत्ति नहीं थी, इसके पश्चात् उसका दिल विशाल के प्रति प्यार की धड़कन लिए कभी नहीं धड़क सका। वह आशा किए बैठी थी कि अभ्री नहीं तो विवाह के बाद अवश्य हर भारतीय स्त्री के समान उसे भी अपने पति से

असीमित प्यार हो जाएगा। विशाल राय साहब के एक निकटीय मित्र का लड़का था जो इलाहाबाद से बम्बई आने के बाद उन्हीं के बंगले के गेस्ट हाउस में ठहरा हुआ था।

उस दिन चन्दानी के बंगले के अन्दर बड़े हॉल में बालरूम डांस का प्रोग्राम भी हुआ। जाम से जाम टकराए - छलके भी और इसमें डूबकर वातावरण और भी रंगीन हो गया। रंधीर विदेशी नृत्य में निपुण था। उसने अनेक लड़कियों को अपनी बांहों में लेकर नृत्य करते हुए उनका मन जीत लिया। सभ्यता के अनुसार अंशु भी उसके साथ नृत्य करने से इन्कार नहीं कर सकी, उसने भी रंधीर के नृत्य की प्रशंसा की।

नृत्य बहुत देर तक चलता रहा। ग्यारह बज गए तो कुछ बड़े-बूढ़े अपने बच्चों के अनुग्रह पर उन्हें छोड़कर अपने घर चले गए। राय साहब भी अपने कुटुम्ब तथा विशाल को लेकर उठ जाना चाहते थे कि तभी अपनी योजनानुसार चन्दानी ने उन्हें रोक लेना चाहा।

राय साहब से चन्दानी की भेंट दो मास पहले किसी के शुभ विवाह की एक पार्टी में हो गई थी। तब अंशु भी वहां उपस्थित थी। राय साहब की प्रतिष्ठा तथा अंशु की सुन्दरता को देखकर चन्दानी प्रभावित हुए बिना नहीं रह सका था। इतना धन तथा सम्पत्ति हाथ आ जाए तो शायद सम्पत्ति की प्यास बुझ सकती है। उसे अपना चोरी का काला धन भी सफेद बनाने से कोई नहीं रोक सकेगा।

ऐसा केवल तभी हो सकता था जब राय साहब अंशु के लिए उसके बेटे रंधीर को पसन्द कर लें। इसीलिए वह राय से बीच-बीच में मिलकर मिलनसारी बढ़ाता रहता था। उनकी फैक्टरी के थोड़े से शेयर खरीदने की झूठी इच्छा प्रकट करके जब चन्दानी ने उनका विश्वास प्राप्त कर लिया तो उसने अपने लड़के को लंदन से बुला लिया था। रंधीर अपने पिता के कारनामों से भली-भांति परिचित था इसीलिए इससे लाभ उठाकर देश-विदेश में रंगरलियां मनाना वह अपना अधिकार समझता था।

चन्दानी अपने बेटे के चरित्र से परिचित था। इसलिए लंदन से बुलाने के बाद उसे समझा दिया था कि किस प्रकार सुन्दर तथा कोमल व्यवहार द्वारा उसे अंशु का मन जीतना है। रंधीर को अपने आप पर कुछ अधिक ही विश्वास था।

इस पार्टी में राय साहब चन्दानी के अनुरोध पर ही आए थे वर्ना उन्हें तो अपने काम-काज से ही समय नहीं मिलता था। इस पार्टी में राय साहब द्वारा यह जानकर भी कि वह विशाल को अंशु के लिए पसन्द कर चुके हैं, चन्दानी को रंधीर के लिए निराशा नहीं मिली थी। और यही कारण था कि जब उसने इस समय राय साहब को जाते देखा तो एक बार फिर अपना पासा फेंका।

'राय साहब...' उसने मानो निवेदन किया, 'यदि जाने की इतनी ही जल्दी है तो कम से कम अंशु बेटी को ही छोड़ दीजिए। बच्चों का जश्न तो अभी आरम्भ ही हुआ है।'

राय साहब ने एक पल सोचा। फिर अपनी बेटी से राय लेना उचित समझा। उन्होंने पूछा, 'तुम रुकना चाहती हो बेटी?'

'रुकेगी क्यों नहीं?' अंशु के बजाए चन्दानी ने कहा, 'मेरा लड़का दो वर्ष बाद लन्दन से लौटा है। कुछ दिन बाद चला भी जाएगा इसलिए न रुकने का प्रश्न ही नहीं उठता।'

'ठीक है...' राय साहब ने विशाल को देखा। बोले, 'तुम दोनों बाद में आ जाना। मैं गाड़ी भेज दूंगा।'

'जी अंकल!' विशाल ने कहा।

चन्दानी को विशाल का रुकना अच्छा नहीं लगा। परन्तु वह विवश था। कुछ नहीं बोला।

राय साहब तथा उनकी पत्नी चली गई तो रंधीर को मानो उसके मनानुसार अवसर मिल गया। नृत्य चलता रहा। कुछ देर बाद अन्य बूढ़े भी चले गए तो चन्दानी ने भी बच्चों की स्वतंत्रता में खटकना उचित नहीं समझा। अंशु को रंधीर की बांहों में हंसता-मुस्कराता देखने के बाद वह सन्तुष्ट हो चुका था।

उस पर नशे का जोर बढ़ने लगा तो रंधीर पर भरोसा करके वह आराम करने चला गया। रंधीर को मानो इसी बात की प्रतीक्षा थी। शाम से ही उसे शराब की आवश्यकता सता रही थी। बड़ी कठिनाई से उसने अपने आपको रोक रखा था। चन्दानी के जाते ही उसने अंशु की दृष्टि बचाकर शराब का एक बड़ा घूंट पिया - दो पैग एक साथ। उसके बाद जब वह फर्श पर आया तो अब उसमें नृत्य करने का एक नया ही जोश उत्पन्न हो चुका था। उसने अंशु का साथ मांगा। अंशु एक मुस्कान के साथ उसकी बांहों में चली गई। विशाल मूर्खों के समान एक किनारे बैठ गया।

ऑर्केस्ट्रा बज रहा था और उसकी धुन के सहारे नवयुवतियां एक-दूसरे की बांहों में बांहें डाले रंगीन वातावरण में डूब जाना चाहते थे। परन्तु अंशु ने महसूस किया कि रंधीर ने शराब पी रखी है। वह उसके साथ नृत्य करते हुए कुछ अधिक ही लाभ उठा रहा है। अंशु को रंधीर अपनी बांहों में पूर्णतया समेट लेना चाहता था। अंशु को यह बात बुरी लगी। वह उससे दूरी बरतकर नृत्य करने लगी, फिर भी रंधीर उस पर झुका जाता था।

किसी प्रकार ऑर्केस्ट्रा समाप्त हुआ। हॉल तालियों से गूंज उठा। फिर शराब तथा कोल्ड ड्रिंक के दौर चले। सब एक-दूसरे के सामने खुली तौर से पी रहे थे परन्तु रंधीर अंशु के दिल में अच्छा स्थान बनाने की नीयत से अंशु से छिपकर पी रहा था। अंशु की सुन्दर बोझिल पलकों के मध्य मदमाती आंखों ने उसकी शराब को काकटेल बना दिया तो उस पर नशा और चढ़ने लगा।

ऑर्केस्ट्रा की धुन पर नृत्य फिर आरंभ हुआ। रंधीर ने फिर अंशु का साथ मांगा। परन्तु इस बार अंशु स्पष्ट इन्कार कर गई, सबके सामने ही। रंधीर को यह बात बहुत अखरी। नृत्य में सभी लड़कियां उसका साथ देने में हर्ष प्रकट कर रही थीं। परन्तु उसने कहा कुछ भी नहीं। परन्तु जब

अंशु विशाल के साथ फर्श पर उतरी तो रंधीर इसे अपना अपमान समझने पर विवश हो गया। उसकी अन्तरात्मा क्रोध में भड़क उठी। उसने एक किनारे जाकर एक के बाद एक न जाने कितने पैग चढ़ा लिए। उसकी आंखों का रंग लाल हो गया। उसने अंशु को देखा - बहुत क्रोध तथा वासना भरी दृष्टि से।

अंशु बहुत निश्चिंत होकर विशाल की छाती पर सिर रखे थिरक रही थी। विशाल की आंखों में अंशु के प्रति असीमित प्यार की झलक थी। रंधीर के दिल में डाह का ज्वालामुखी फूट निकला। मन हुआ वह विशाल की हत्या कर दे। विशाल मानो उसकी सम्पत्ति को आंखों के सामने ही हड़प कर रहा था। वह ऑर्केस्ट्रा के स्टेज की ओर बढ़ा। उसके पग लड़खड़ा गए। उसने अपने होंठों को भींचा। संभला। फिर तेजी के साथ ऑर्केस्ट्रा की ओर बढ़ गया, कुछ इस प्रकार मानो उसे वहां तक किसी ने पीछे से एक झटका देकर धकेलते हुए पहुंचा दिया हो। उसने एनाउन्सर के कान में कुछ कहा। एनाउन्सर ने तुरन्त गहरा नीला प्रकाश कर दिया और इसके साथ ही आवाज लगाकर इस नृत्य को ट्रैप डांस बना दिया।

नवयुवक दूसरे नवयुवकों के कन्धे पर हाथ रखकर ट्रैप करते हुए उनके पार्टनर्स को छीनने लगे। रंधीर फर्श पर आया। उसने विशाल के कन्धे पर हाथ रखकर ट्रैप किया। विशाल को अंशु का साथ छोड़ना पड़ा। अंशु को रंधीर की बांहों में आना पड़ा। यह बात अंशु को बहुत अखरी। रंधीर इस समय इतना अधिक नशे में था कि वह नृत्य करने योग्य भी नहीं था। उसके पग लड़खड़ा जाते थे। अंशु पर वह गिरा जाता था। उसकी यह बात नृत्य करते सभी जोड़े देख रहे थे। नशे ने उसके अन्दर छिपे वासना के भेड़िए को भड़का दिया था। मन काबू में नहीं था। उसने अंशु को अपनी छाती पर खींच लिया - पूरी तरह।

अंशु इतना बड़ा अपमान सहन नहीं कर सकी। उसने एक झटके से अपने आपको स्वतन्त्र किया और फिर तुरन्त ही भरे समाज में रंधीर के गाल पर एक भरपूर थप्पड़ रसीद किया...तड़ाक!

क्रोध के कारण उसका शरीर कांप उठा था।

पल भर के लिए देखते जोड़े स्तब्ध रह गए। इस बात की आशा रंधीर को जरा भी नहीं थी। उसका सारा नशा ठण्डा पड़ गया। क्रोध सिर पर सवार हो गया। उसके घर में उसी का अपमान! मन हुआ वह भी अंशु के गाल पर एक थप्पड़ रसीद करे। परन्तु तब तक विशाल लपककर वहां आ चुका था। रंधीर ने घूरकर विशाल को देखा। राय साहब की प्रतिष्ठा का उसे पूरा विचार था। बात बढ़कर कहीं से कहीं पहुंच सकती थी। दांत पीसते तथा मुट्ठी भींचते हुए वह क्रोध से झुंझलाया और काउण्टर पर जाकर शराब पीने लगा।

अंशु वहां और अधिक नहीं रुकी। क्रोध में उसने पैर पटका और फिर बंगले से बाहर निकल आई। विशाल भी उसके पीछे-पीछे चल पड़ा। अंशु की कार आ चुकी थी। दोनों उसमें

बैठकर अपने बंगले की ओर चल पड़े। कमबख्त रंधीर ने आज अच्छा भला मूड खराब कर दिया था। शराबी - आवारा!

दूसरी सुबह चन्दानी को सारी बातें मालूम हुईं तो उसने अपने बेटे को उसकी मूर्खता तथा जल्दबाजी पर खूब फटकारा, अच्छी तरह समझा दिया था कि कल जरा भी शराब मत पीना, फिर भी शराब पीकर सारा बना-बनाया खेल चौपट कर दिया। यदि एक शाम शराब नहीं पी होती तो कुछ बिगड़ जाता?

रंधीर अपने पिता की बात चुपचाप सुनता रहा। उसे स्वयं भी अपनी गलती का अफसोस था! अंशु ने उसका दिल जीत लिया था - दीवानगी की सीमा तक। अंशु को अपनाने के लिए वह कुछ भी करने को तैयार था।

चन्दानी भी इतनी बड़ी सम्पत्ति इतनी आसानी से हाथ से नहीं जाने देना चाहता था। उसने तुरन्त राय साहब को फोन किया। पिछली रात की घटना पर खेद प्रकट किया। रंधीर के बजाए स्वयं क्षमा मांगी और फिर कहा, 'दरअसल राय साहब उसके दोस्तों ने उसे जबरदस्ती पिला दी थी। आपने तो देखा ही था कि जब तक आप लोग वहां उपस्थित थे उसने किसी भी प्रकार का नशा नहीं किया। वह कभी भी कोई नशा नहीं करता है। बस इसीलिए वह अपना होश खो बैठा था।'

'ठीक है। जो हो गया सो हो गया।' राया साहब को सुबह ही अंशु से सारी बातें ज्ञात हो गई थीं जिन्हें सुनकर वह भड़क उठे थे। चन्दानी को वह स्वयं फोन करने वाले थे कि तभी चन्दानी का फोन उन्हें मिल गया था। जब चन्दानी ने उस घटना पर क्षमा मांग ही ली तो उन्होंने अब बात बढ़ाना उचित नहीं समझा। उन्होंने बात समाप्त कर देनी चाही, 'अब उस घटना पर मैं अधिक बात नहीं करना चाहता।'

'मैं रंधीर को आपके बंगले भेज रहा हूं।' चन्दानी ने कहा, 'वह बहुत लज्जित है। आपसे और अंशु बेटी से क्षमा मांगना चाहता है।'

'उसे यहां मत भेजिए और बात को अब समाप्त कर दीजिए। गुड बाई।' राय साहब ने रुष्ट स्वर में कहा और फिर फोन काट दिया।

चन्दानी ने अपना अपमान समझा। वह एक भयानक व्यक्ति था। जहां सीधी अंगुली से घी नहीं निकलता था वहां अपनी रक्षा करते हुए टेढ़ी अंगुली से भी घी निकालना जानता था। परन्तु यह घटना राय साहब की थी। राय साहब शहर के साधारण व्यक्ति नहीं थे। उनके खर्च पर अनेक अनाथालय से लेकर विद्यालय तक चलते थे। संसद सदस्यों का उनके यहां आना-जाना लगा ही रहता था। उसने सब्र करके रंधीर को देखा। फिर बोला, 'सोने की चिड़िया हाथ से निकल चुकी है।'

परन्तु रंधीर इतनी आसानी से हार मानने वाला व्यक्ति नहीं था। वह जवान था। उसकी रगों में चन्दानी का ही गन्दा रक्त दौड़ रहा था। यदि चन्दानी को पैसा प्यारा था तो उसे अपनी

जवानी को देखते हुए रंगरलियां। उसने तय कर लिया कि अंशु को अपनाने का वह ऐसा रास्ता निकालेगा जिससे अंशु उसकी बनने के लिए विवश हो जाएगी। यदि तब भी अंशु ने उसे अपनाने से इन्कार कर दिया तो वह समझ लेगा कि उसने अंशु से अपने अपमान का बदला ले लिया है।

2

अंशु को दोबारा देखने के बाद अजय के दिल में अंशु की धुंधलाती तस्वीर इस बार पहले से भी अधिक उजागर हो गई थी। उसने अपना गन्दा व्यवसाय देखते हुए प्यार की जिस चिंगारी को बहुत खामोशी के साथ दबा लिया था वह अंशु की असीमित सुन्दरता देखते ही एक बार फिर भड़क उठी थी। यही कारण था कि जब उसने रंधीर से अंशु को बहुत खुलकर हंसते तथा बातें करते देखा था तो उसका दिल डाह की आग में जल उठा था।

एक बार अजय ने इच्छा भी की थी वह अंशु को रंधीर की ओर से सचेत कर दे। वह अच्छा लड़का नहीं है, एक अपराधी बाप का अय्याश बेटा है। परन्तु फिर साहस नहीं कर सका था। यहां पर ऐसा भेद प्रकट करने का कोई प्रश्न ही नहीं उठता था। चन्दानी के व्यक्तियों की दृष्टि सभी जगह लगी होना आवश्यक बात थी। अपने दिल पर काबू पाने के लिए वह जश्न छोड़कर चला गया था। अब अपराधियों जैसा काम करने के लिए वह जरा भी तैयार नहीं था।

अंशु भी उसे देखकर ठिठक गई थी। उसकी आंखों में चमक भी उत्पन्न हो गई थी। उससे वह कुछ कहते-कहते भी रह गई थी। यदि अंशु से उसकी भेंट यात्रा के मध्य न हो गई होती तो शायद वह पार्टी में भी उससे दो बातें किए बिना नहीं रहती। और इसीलिए अजय अब नहीं चाहता था कि वह एक अपराधी के रूप में पकड़ा या पहचाना जाए और उसकी वास्तविकता अंशु तक पहुंचे। अंशु उसकी चिन्ता जरा भी नहीं करती हो परन्तु उसके दिल में उसके प्रति नाममात्र भी स्थान नहीं, फिर भी वह उसे एक अच्छा व्यक्ति तो समझती ही होगी। यात्रा में उसने उसके अकेलेपन से कोई भी तो लाभ नहीं उठाया था।

अजय ने अपने दिल की बात तथा निर्णय पिता को बताया तो वह चिंतित हो उठे। चन्दानी के गिरोह को छोड़ना आसानी बात नहीं थी - बल्कि असम्भव था। उन्होंने अजय को समझाना उचित नहीं समझा। वह जवान है। रक्त में गर्मी है। ऐसा न हो कि समझाने से प्यार के कारण वह भड़क उठे और जोश में आकर चन्दानी से शत्रुता मोल ले बैठे जिसके परिणाम में उसकी जान चली जाए। उन्होंने सोचा, यह प्यार का बुखार है, शीघ्र ही उतर जाएगा, इसलिए वह खामोश ही रहे। कुछ दिनों तक अजय को स्वतन्त्र छोड़ देने में ही अच्छाई थी। तब तक के लिए उसका काम वह स्वयं संभाल लेंगे। यदि चन्दानी ने पूछा तो कह देंगे कि उसकी तबियत ठीक नहीं है। परन्तु वह भूल रहे थे कि जिस प्रकार अजय का स्वभाव गम्भीर है, उसी प्रकार उसका इरादा भी अटल है।

16

प्रायः अजय अपना खाली समय बिताने के लिए समीप के एक अच्छे होटल में कॉफी पीने तथा सिगरेट फूंकने के बहाने चला जाता था। वहां रेस्तरां के एक कोने में मानो उसकी एक मेज सुरक्षित होकर रह गई थी। वेटर्स उसे पहचानते थे। उसकी सेवा तुरन्त करने को उत्सुक रहते थे, क्योंकि वह उन्हें अच्छी टिप दिया करता था। अब जब उसके पास कोई काम नहीं रहा तो उसका समय और भी वहां बीतने लगा। इसी होटल में अजय एक दिन लगभग तीन बजे दिन में कॉफी पीने पहुंचा।

अभी अजय होटल के मुख्य द्वार में प्रविष्ट हुआ ही था कि वहां एक किनारे अंशु की कार खड़ी देखकर चौंक गया, वही लम्बी सफेद विदेशी कार। उसने कार का नम्बर पढ़ा तथा ड्राइवर को पहचाना तो - रहा-सहा सन्देह भी दूर हो गया। इस समय यहां राय साहब का क्या काम है? ऊंह! होगा कुछ। उसने मन झटककर आगे बढ़ जाना चाहा तो एक काली एम्बेसडर कार देखकर चौंक गया। कार का एक मडगार्ड एक हल्की दुर्घटना के कारण अन्दर को दबा हुआ था। उसने कार का नम्बर पढ़ा तो तुरन्त पहचान लिया। यह कार तो चन्दानी के आदमियों के उपयोग के लिए है।

चन्दानी के अपने उपयोग के लिए एक सफेद एम्बेसडर कार सुरक्षित थी। अजय कुछ समझ नहीं सका। न चाहते हुए भी उसके मन में एक बेचैनी घर करने लगी। कहीं...कहीं अंशु रंधीर की चाल में फंसकर इस होटल में प्यार की पींगें बढ़ाने तो नहीं चली आई है? ऐसा सोचते हुए उसका दिल धड़क गया। वह सीधा होटल के रेस्तरां में प्रविष्ट हुआ। अपनी सुरक्षित कुर्सी पर जाकर बैठ गया। उसने हॉल के चारों ओर दृष्टि बिछाई। एक किनारे चन्दानी के गिरोह के कुछ जवान बैठे दिन के इस पहर भी शराब की चुस्कियां ले रहे थे। सबने अजय को देखा। पहचाना। परन्तु फिर अपनी शराबखोरी का आनन्द उठाने लगे। जानते थे कि अजय गिरोह का ऐसा जवान है जो किसी से नहीं मिलता। अपने काम से काम रखता है और अपने काम का पूरा हिसाब चन्दानी से ले लेता है।

चन्दानी उसके इस सिद्धान्त से बहुत प्रसन्न था। अजय के ऊपर उसे पूरा भरोसा था। अजय को गिरोह के जवानों में रंधीर नहीं दिखाई दिया तब भी उसका दिल नहीं माना। बेचैनी बढ़ गई। कहीं ऐसा तो नहीं कि अंशु के साथ प्यार की पींग सीमा से बाहर बढ़ाने के लिए रंधीर ने इस होटल में कोई कमरा बुक कर रखा हो? भोली-भाली अंशु को रंधीर की बातों में फंसते क्या देर लगेगी? सहसा वेटर उसकी सेवा को उपस्थित हुआ।

'कॉफी?' वेटर अजय की पसन्द जानता था इसलिए उसने खुद ही पूछा।

'हां!' अजय ने कहा। फिर उससे बहुत दबी जुबान में सचेत करते हुए पूछा, 'जिनके बारे में मैं पूछ रहा हूं तुम उधर देखने का प्रयत्न मत करना। यह बताओ, जो किनारे वाली मेज पर व्यक्ति बैठे हैं उनके साथ कोई और भी आया था?'

'जहां पांच व्यक्ति एक साथ बैठकर शराब पी रहे हैं?' वेटर ने दबे स्वर में पूछा।

'हां।'

'उनके साथ एक व्यक्ति और है परन्तु इस समय वह कमरा नम्बर 102 में है।'

'घुंघराले बाल, चुन्दी-चुन्दी आंखें, घनी भवें?'

'जी हां - जी हां, बिल्कुल इसी पहचान का व्यक्ति है वह।'

'कोई लड़की भी साथ में है?' अजय ने भेद भरे भाव में पूछा।

'लड़की?' वेटर ने कहा, 'लड़की को इस रेस्तरां में तो मैंने नहीं देखा। वहां पहले से उपस्थित हो तो नहीं कह सकता।'

अजय ने एक गहरी सांस ली। वेटर चला गया तो अजय ने सिगरेट सुलगाई और गहरे-गहरे कश लेने लगा। वह सोचने पर विवश हो गया, कहीं अंशु अपनी इच्छा से तो रंधीर पर नहीं लुट जाना चाहती है? परन्तु नहीं, अंशु ऐसी लड़की कभी नहीं हो सकती। मुखड़ा दिल का दर्पण होता है। उसने अपने दिल को बहुत समझाना चाहा - उसे किसी के निजी काम से क्या सम्बन्ध? परन्तु आज जाने क्यों उसका दिल नहीं माना तो वह उठ खड़ा हुआ। वह अंशु की कार के पास पहुंचा - ड्राइवर से पता चलाने कि कहीं अंशु के बजाए कोई और तो नहीं आया है? राय साहब, या शायद उसका कोई भाई ही हो। कार के समीप पहुंचकर उसने एक नई सिगरेट निकाली। ड्राइवर बीड़ी पी रहा था। अजय उसकी बीड़ी से अपनी सिगरेट जलाने के बहाने उसके पास पहुंच गया।

'जरा बीड़ी देना।' अजय ने ड्राइवर के सामने जाकर सिगरेट होंठों से लगाने से पहले कहा।

ड्राइवर ने उसे होटल से निकलते देख लिया था। ऐसे होटलों में आने-जाने वालों की कुछ तो प्रतिष्ठा होती ही हे। उसने बीड़ी देने के बजाए तुरन्त अपनी पॉकेट से माचिस निकालकर आगे बढ़ा दिया।

अजय ने सिगरेट जलाई। माचिस वापस करते हुए एक गहरा कश लिया और फिर कार की ओर देखते हुए पूछा, 'बहुत सुन्दर कार है। किसकी कार है?'

'राय साहब की।'

'वही इस होटल में आए हैं क्या?' अजय ने लापरवाही से पूछा।

'जी नहीं - उनकी लड़की आई हैं?'

'अकेले?' अजय को उसके संदेह की टोह मिली।

'जी हां।' ड्राइवर बातों के बहाव में कह गया। परन्तु फिर चौंक गया। यह व्यक्ति कौन होता है उससे यह सब पूछने वाला?

परन्तु अजय को उसके सन्देह की टोह मिल चुकी थी। इसलिए बोला, 'अच्छा-अच्छा।' और फिर वह होटल में एक बार फिर प्रविष्ट हो गया। कमरा नम्बर एक सौ दो, उसने मन ही मन दोहराया और फिर लपककर लिफ्ट के द्वार पर पहुंच गया। एक ओर दीवार पर होटल के

कमरों की मंजिल तथा संख्या लिखी हुई थी। एक सौ दो नम्बर, तीसरी मंजिल। लिफ्ट में प्रविष्ट होकर उसने तुरन्त बटन दबा दिया। कुछ ही देर बाद वह कमरा नम्बर एक सौ दो के सामने खड़ा था। उसने दरवाजे पर कान सटाकर आहट लेनी चाही परन्तु दरवाजा अन्दर से बन्द था। कमरा वातानुकूल था, इसलिए कोई भी आहट नहीं आ सकी।

अजय का दिल बहुत जोर से धड़का। एक अज्ञात भय उसके अन्दर समा गया तो और अधिक सब्र करना उसके लिए असम्भव हो गया। उसने बुद्धिमानी से काम लेते हुए दरवाजे पर थपकी दी। परन्तु दरवाजा नहीं खुला। अजय की धड़कन अपनी चरम सीमा पर पहुंच गई। उसने दोबारा दरवाजे पर थपकी दी, कुछ तेजी के साथ। इस बार दरवाजा बहुत थोड़ा-सा खुला। तभी शराब का एक झोंका अजय के नथुनों द्वारा प्रविष्ट होकर उसके दिल को जगा गया, परन्तु अन्दर से कोई स्वर नहीं सुनाई पड़ा। अन्दर से किसी ने झांका। केवल एक आंख ही दिखाई पड़ी, लाल आंख, मोटी घनी भवें। मुखड़े का थोड़ा भाग भी दिखाई दिया। कमरा वातानुकूल होने के पश्चात् मुखड़ा पसीने से तर था। अजय ने उसे तुरन्त पहचान लिया - रंधीर!

'तुम!' रंधीर ने उसे देखा तो चौंक गया। दरवाजा उसने उसी प्रकार दरार बनाए थोड़ा-सा ही खुला रखा। पूछा, 'तुम यहां क्यों...?'

परन्तु अजय को रंधीर से इतनी घृणा हो चली थी कि उसने उसका वाक्य पूरा होने से पहले ही दरवाजे पर अन्दर की ओर एक भरपूर धक्का दिया रंधीर इसके लिए तैयार नहीं था। छिटककर वह पीछे गिर पड़ा। तब तक अजय अन्दर प्रविष्ट हो चुका था। उसने देखा, अन्दर दरवाजे पर अंशु खड़ी है, बेहाल। उलझी-उलझी तथा बिखरी हुई लटें, चेहरा दमकता हुआ। बड़ी-बड़ी पलकों में आंसुओं की मोटी-मोटी बूंदें थीं। उसकी सांस फूल रही थी। होंठ थर-थर कांप रहे थे। वह तड़पकर रो पड़ना चाहती थी। उसके शरीर पर ब्लाउज फटा हुआ था। साड़ी के स्थान पर केवल पेटीकोट था। उसने अपनी बांहों को मोड़कर कुछ झुकते हुए छाती पर आंचल बना लिया था। उसका पूरा शरीर ही कांप रहा था। इस समय उसकी असीमित सुन्दरता एक दैत्य के पंजे में ऐसा रूप धारण कर चुकी थी कि अजय तो क्या कोई भी होता तो उसे बचाने के लिए अपनी जान की बाजी लगा देता।

अजय का दिल फट गया। अजय की समझ में सारी बातें तुरन्त आ गईं। अंशु के साथ जबरदस्ती की जा रही है। उसने रंधीर को घूरते हुए अपने पीछे का द्वार बन्द किया। परन्तु तब तक रंधीर संभल चुका था। उसके हाथ में चाकू था। वह एक कुत्ते के समान अजय पर झपटा। परन्तु अजय की स्फूर्ति चीते समान तेज थी। उसने तुरन्त अपने बाएं हाथ द्वारा रंधीर की दाहिनी कलाई थम ली, जिसमें चाकू था। फिर उसने अपने दाहिने हाथ से रंधीर के चेहरे पर एक भरपूर घूंसा मारा, परन्तु रंधीर का चाकू वाला हाथ नहीं छोड़ा। रंधीर उसकी पकड़ में तड़पकर रह गया। उसके बाएं हाथ में इतनी ताकत नहीं थी कि वह अजय पर जोरदार वार करता। अजय ने उसी प्रकार उसकी कलाई मजबूती से पकड़े हुए उसके मुंह पर अगणित घूंसे

मारे - कलाई फिर भी नहीं छोड़ी। रंधीर के होंठों से रक्त की धार निकल गई। उसे गश आने लगा। उसकी पकड़ में चाकू ढीला पड़ गया। फिर छूटकर कालीन पर गिर पड़ा।

अजय ने अपने दाहिने हाथ द्वारा रंधीर के सिर के बाल पकड़े - उसे अपनी ओर खींचकर सामने नीचे की ओर झुकाकर अपने और सिर उसकी छाती पर एक घुटने द्वारा इतनी जोर से मारा कि वह पीछे दो कलाबाजी खाकर ढेर हो गया। अजय ने पलटकर अंशु को देखा। अंशु उसी प्रकार खड़ी फटी-फटी आंखों से अजय को देख रही थी। आखिर भगवान ने उसकी सहायता कर ही दी। एक नीच के हाथों से उसे बचा ही लिया।

अजय ने एक ओर पड़ी साड़ी उठाकर उसकी ओर बढ़ा दी और फिर अपना मुखड़ा दूसरी ओर फेर लिया।

अंशु ने मन ही मन अजय को धन्यवाद कहते हुए साड़ी ले ली और अपने शरीर पर लपेटी। अपने आंचल से आंसू पोंछे। बिखरी लटों को उंगलियों द्वारा संवारा और फिर कमरे से बाहर निकलने लगी तो अजय उसके पीछे-पीछे हो लिया। अंशु अपनी कार के समीप पहुंची तो ड्राइवर ने पिछला द्वार खोला। अंशु अन्दर बैठ गई। अजय वहां खड़ा हुआ था। अंशु अजय को नजरें उठाकर देखना चाहती थी। उसे धन्यवाद देना चाहती थी, परन्तु लाज के मारे उसकी लम्बी पलकों का बोझ केवल कांपकर ही रह गया। होंठ भी हल्के-से खुले परन्तु शब्द नहीं निकल सके।

अजय ने अंशु के दिल की स्थिति को समझा। उसने अंशु से कुछ नहीं पूछा। ड्राइवर से बोला, 'मेमसाहब को इनके घर ले जाओ।'

ड्राइवर बौखलाया-सा अजय को देख रहा था। उसने कहा, 'जी साहब।' और फिर कार के अन्दर बैठकर उसने स्टेयरिंग संभाल ली।

अजय कार को कुछ दूर तक जाता हुआ देखता रहा था और जब कार एक मोड़ पर शीघ्र ही मुड़ गई तो वह होटल के रेस्तरां की ओर बढ़ गया। उसकी कॉफी ठण्डी हो चुकी थी। उसे अभी इसका बिल चुकाना भी था।

रेस्तरां के अन्दर चन्दानी के गिरोह के व्यक्ति अभी तक बैठे शराब पी रहे थे। उन्होंने अजय को देखा। अजय की अवस्था से बिल्कुल भी प्रकट नहीं होता था कि वह किसी से लड़कर आया है। अजय ने उनकी परवाह न करते हुए दूसरी कॉफी मंगाई और फिर सिगरेट जलाकर लम्बे-लम्बे कश लेने लगा। उसे दिल ही दिल में एक बहुत बड़ी प्रसन्नता मिल गई थी। वह अंशु के आड़े समय में काम आया। परन्तु एक बात उसकी समझ में बिल्कुल भी नहीं आ रही थी। अंशु यदि नहीं चाहती थी तो यहां आ कैसे गई? वह कमरे में कैसे पहुंची? रंधीर के चंगुल में कैसे फंस गई?

कुछ ही देर में एक वेटर तीव्र चाल के साथ उन लफंगों के पास जा खड़ा हुआ जो चन्दानी के व्यक्ति थे। उसने उनसे कुछ कहा तो उन्होंने तुरन्त अपने जाम की बची शराब समाप्त की और फिर उठकर तेजी के साथ रेस्तरां के बाहर निकल गए।

कुछ देर बाद अजय ने अपनी कॉफी समाप्त की। बिल अदा किया। फिर बाहर निकला। तभी मुख्य द्वार की ओर बढ़ते-बढ़ते उसके पग रुक गए। मुख्य द्वार के अन्दर रंधीर अपने व्यक्तियों के साथ खड़ा उसी की प्रतीक्षा कर रहा था। बहुत घूरकर सब ही उसे देख रहे थे - क्रोध में दांत पीसते तथा होंठ चबाते हुए। अजय को मामले की तह तक पहुंचते देर न लगी। परन्तु उसे किसी का भय नहीं था। उसने बहुत सन्तोष के साथ सिगरेट का एक गहरा कश लिया, धुआं हवा में छोड़ा, सिगरेट का बचा टुकड़ा धरती पर फेंका, जूते से उसे दबाकर मसला और फिर आगे बढ़ गया। रंधीर की बगल से होकर वह मुख्य द्वार से बाहर जाने लगा कि तभी रंधीर ने पीछे से उसका कालर पकड़ लिया। अपनी ओर अजय को खींचता हुआ वह बोला, 'नमकहराम जिस थाली में खाता है उसी में छेद...'

परन्तु अजय पहले ही सतर्क था। वह पलटा। रंधीर का वाक्य पूरा होने से पहले ही उसने रंधीर के चेहरे पर ऐसा जोरदार मुक्का मारा कि उसे चक्कर आ गया। अन्य बदमाशों ने बात पलटते देखी तो अजय पर टूट पड़े। परन्तु अजय पीछे हटने वालों में से नहीं था। उसने सब बदमाशों का जमकर मुकाबला किया। इस मुकाबले में उसे भी कुछ चोटें आईं। परन्तु उसका मुक्का जिस किसी को भी पड़ा उसके जबड़े हिल गए। उनका झगड़ा देखकर वहां बहुत भीड़ एकत्र हो गई। होटल के मैनेजर ने तुरन्त पुलिस को फोन कर दिया। पुलिस का 'साइरन' सुनकर रंधीर तथा उसके साथियों के होश उड़ गए। उन्हें अपनी चिन्ता सताने लगी। वे तुरन्त कार में बैठे और पुलिस के आने से पहले ही भाग निकले।

पुलिस अजय के पास आई। अजय रूमाल द्वारा अपने होंठ पोंछ रहा था। उसके होंठों से रक्त निकल आया था। इंस्पेक्टर ने अजय से पूछा, 'यह कौन लोग थे? और झगड़ा क्यों हो रहा था?'

अजय ने एक पल सोचा - वह चन्दानी तथा उसके बारे में जो कुछ भी जानता है इंस्पेक्टर को बता दे, परन्तु फिर वह चुप हो गया। वह स्वयं भी तो उसी गैंग का एक सदस्य रह चुका है। उसे कम सजा नहीं होगी। चन्दानी के पास उसके अपराध के प्रमाण हैं। वह एक साधारण अपराधी नहीं है। अपनी चालाकी द्वारा उसने अपने व्यक्तियों को एक और ढंग से बांध रखा है। उसकी तथा उसके व्यक्तियों के मध्य जो विशेष तथा बड़े अपराध की वार्तालाप होती है उसे वह टेप कर लिया करता है। इसीलिए यदि उसके किसी व्यक्ति को गलती से उसके गुप्त अड्डे का पता चल भी गया तो उसका भेद खोलने के लिए उसे सोचना पड़ेगा कि गिरोह के साथ वह भी पकड़ा जाएगा।

‘आप कुछ सोच रहे हैं।’ इंस्पेक्टर ने अपनी हथेली पर दूसरे हाथ द्वारा छोटे डण्डे का हण्टर हल्के-हल्के मारते हुए पूछा - बहुत भेद भरे भाव में।

‘जी हां-’ अजय ने तुरन्त बात बनाई! बोला, ‘उन गुण्डों में से एक को मैं पहचानने का प्रयत्न कर रहा था। मैंने उसे कहीं देखा हे।’

‘देखा है! कहां?’ इंस्पेक्टर ने उत्सुक होकर पूछा।

‘यही तो याद करने का प्रयत्न कर रहा था।’

इंस्पेक्टर ने एक पल सोचा। फिर पूछा, ‘इस झगड़े की जड़ क्या थी?’

‘जाने कौन शरीफ लड़की थी जिसे वे छेड़ रहे थे। मुझसे देखा नहीं गया। लड़की का पक्ष लिया तो बात बढ़ गई।’

‘लड़की कहां है?’ इंस्पेक्टर ने इधर-उधर देखा।

‘चली गई।’

‘चली गई?’

‘हां।’ अजय ने कहा, ‘कौन लड़की लड़ाई-झगड़े तथा उसके बाद पुलिस केस में फंसकर कचहरी दौड़ना पसन्द करेगी? लड़की की इज्जत बहुत कोमल होती है इंस्पेक्टर साहब।’

इंस्पेक्टर ने एक पल सोचा। केस में कोई दम नहीं है। उसने कहा, ‘यदि उनमें से आपको किसी भी व्यक्ति की पहचान तथा उसका ठिकाना याद आ जाए और आप आवश्यक समझें तो इस हल्के की चौंकी पर आकर रिपोर्ट लिखा सकते हैं।’

‘धन्यवाद।’ अजय बात बनाते-बनाते थक चुका था। उसने चैन की सांस ली।

पुलिस वाले चले गए तो अजय एक नई सिगरेट जलाकर अपने रास्ते की ओर चल पड़ा। रास्ते में वह सोच रहा था, आज उसने अंशु की इज्जत बचाई - बहुत आड़े समय में। क्या वह इस समय उसे याद कर रही होगी? क्या उसने उसके दिल में थोड़ा-सा स्थान प्राप्त कर लिया होगा? काश! ऐसा हो जाए। काश, अंशु उसे अपने दिल में थोड़ा-सा स्थान दे दे तो उसे अपने जीवन को बदलने का अटूट सहारा मिल जाएगा। चन्दानी को छोड़ने का साहस प्रबल हो उठेगा। अंशु के योग्य वह जरा भी नहीं, इसलिए अंशु से प्यार करे या न न करे, फिर भी वह उसे प्यार करता रहेगा। अपने दिल में इस नए जन्मे तथा अनूठे प्यार के लिए वह अंशु की प्रसन्नता पर बलि चढ़ जाएगा, क्योंकि अंशु की सुन्दरता ने उसे अपने आपको पहचानने की प्रेरणा दी थी। उसके अन्दर एक नई आत्मा फूंककर उसका जीवन-मार्ग बदल दिया था।

अंशु अपने बंगले पहुंची। राय साहब फैक्टरी गए हुए थे। वह अपनी मम्मी से लिपटकर फूट-फूटकर रो पड़ी, मानो मृत्यु के चंगुल से बचकर आ रही हो। रो-रोकर उसने आज की सारी घटना अपनी मम्मी को सुनाई तो उन्होंने अपनी बेटी को और भी सख्ती से छाती से समेट लिया। उनकी बच्ची को कुछ हो जाता तो निश्चय ही उसका कुटुम्ब किसी को मुंह दिखाने

योग्य नहीं रहता। अपराध पुरुष का ही हो परन्तु सारी बदनामी लड़की वालों के भाग्य में आती है।

उन्होंने उस व्यक्ति को दिल से आशीर्वाद दिया जिसने उनका कुटुम्ब बर्बाद होने से बचा लिया था। इज्जत लुट जाने के बाद यदि उनकी लड़की किसी को मुंह दिखाने के बजाए आत्महत्या कर लेती तो निश्चय ही उनके घर पर आकाश बरस पड़ता। एक ही तो सन्तान है उनकी जिसकी हर प्रसन्नता स्थिर रखने के लिए उन्होंने क्या-क्या नाज नहीं उठाए? रंधीर को सख्त से सख्त सजा दिलाने के लिए उनका चेहरा क्रोध से तमतमा उठा। कमबख्त को एक बार छोड़ दिया तो पर निकल आए। उन्होंने तुरन्त राय साहब से बात करने के लिए फोन मिलाया। परन्तु उनसे बात नहीं हो सकी। उनके सेक्रेटरी से ज्ञात हुआ कि वह एक आवश्यक मीटिंग में शहर गए हैं। शाम छः बजे तक खाली हो सकेंगे। मीटिंग के बाद वह सीधे बंगले ही पहुंचेंगे। अंशु की मम्मी ने चन्दानी तथा रंधीर को कोसते हुए फोन रख दिया और फिर बेटी को सांत्वना देने लगीं।

अंशु सोच रही थी कि यदि आज वह नवयुवक उसकी इज्जत नहीं बचाता तब क्या होता? हां, तब क्या होता? सोच-सोचकर अंशु कांप जाती थी। सिसकियों से उसका सारा शरीर कांप जाता था।

▢ ▢ ▢

अजय ने घर पहुंचकर आज की सारी घटना अपने पिता को बताई। दीवानचन्द ऊपर से नीचे तक कांप गए। बोले, 'यह तूने अच्छा नहीं किया मेरे बेटे। अब चन्दानी हमें जीवित नहीं छोड़ेगा। वह कोई न कोई घटना उत्पन्न करके हमें अवश्य जान से मार डालेगा। उससे बच निकलना शेर की मांद से बच निकलने के बराबर है।'

'हमें उसके सहारे नहीं अपने सहारे जीवित रहना चाहिए।' अजय ने अपनी मजबूत बांहों को आगे करते हुए सख्ती के साथ मुट्ठी बांधते हुए कहा, 'हमारी इच्छा के विरुद्ध वह हमसे कोई काम नहीं ले सकता।'

'बेटा-' दीवानचन्द ने कहा, 'तू जवान है, परन्तु मेरी तो सारी आयु ही उसके साथ काम करते निकल गई। मैं जानता हूं वह कितना भयानक व्यक्ति...'

सहसा फोन की घण्टी बजी। दीवानचन्द कांपकर इस प्रकार रुक गए मानो उन्होंने चन्दानी को अपने सामने खड़े देख लिया हो। उन्होंने फोन उठाया। बोले, 'हैलो?'

'...' अजय समझ नहीं सका उधर से क्या आवाज आ रही है? परन्तु उसने देखा कि उसके पिता का मुखड़ा कुछ सफेद पड़ गया है। आगे बढ़कर उसने अपने पिता से फोन ले लेना चाहा परन्तु तब तक दीवानचन्द कान से फोन हटाकर रख रहे थे। फोन कट चुका था।

'किसका फोन था?' अजय ने तुरन्त पूछा।

23

'चन्दानी का।' दीवानचन्द ने कहा, 'आधे घण्टे में मुझे उसके सामने उपस्थित होना है।'

'आप नहीं जाएंगे। आप अब कभी भी वहां नहीं जाएंगे।' अजय ने कहा, 'वह बदमाश अवश्य आपसे रंधीर का बदला लेना चाहता होगा।'

'बदला लेना होता तो मुझे क्यों बुलाता? तुझे नहीं बुलाता?'

'फोन पर बुलाने का कारण नहीं बताया?' अजय ने पूछा।

'तू तो जानता है कि फोन पर वह केवल आज्ञा देना जानता है - और कोई बात नहीं करता।' दीवानचन्द ने उसे समझाया, 'मुझे जाने दे बेटा। मैं उसे समझा-बुझाकर इस मामले को समाप्त करने का प्रयत्न करूंगा। उसके बाद यदि हमें यह गैंग छोड़ना ही है तो हम सदा के लिए यहां से बहुत दूर चले जाएंगे।'

अजय ने कोई उत्तर नहीं दिया। वह अपने बल पर चन्दानी के गिरोह को छोड़कर इसी शहर में रहना चाहता था। वह इस शहर को छोड़कर कैसे जा सकता था जहां उसके दिल की धड़कन बसी हुई थी - अंशु। हां, उसके पिता इस शहर को छोड़कर चले जाएं तो अच्छा है। वह उनसे मिलने के लिए कभी-कभी यहां से उनके पास जा सकता है।

दीवानचन्द चले गए तो अजय एक कुर्सी पर धंसकर सिगरेट पीते हुए एक बार फिर अंशु के विचारों में खो गया। अंशु के लिए वह जितना सोचता, दिल की मिठास उतनी ही बढ़ती जाती थी। अंशु इस समय क्या कर रही होगी? आज की सारी घटना उसने अपने मम्मी-डैडी को रो-रोकर सुनाई होगी। उसके डैडी अब निश्चय ही रंधीर के विरुद्ध बहुत कड़ी कानूनी कार्यवाही करेंगे। कौन आप अपनी बेटी का इतना बड़ा अपमान सहन कर सकता है।

दीवानचन्द को गए हुए काफी समय हो गया तो अजय को उनकी चिन्ता होने लगी। चन्दानी ने उसके पिता के साथ जाने क्या व्यवहार किया हो? सहसा फोन की घंटी बजी। अजय ने रिसीवर उठाया। बोला, 'हैलो?'

'आधे घण्टे में ताजमहल होटल के सामने मिलो। रमन तुम्हें पिकअप कर लेगा।' आवाज चन्दानी की थी। उसने आज्ञा दी थी।

अजय आवाज पहचानता था। उसने बहुत दृढ़ स्वर में कहा, 'तुम भूल रहे हो कि मैंने तुम्हारा साथ छोड़ दिया है। मेरा अब तुमसे कोई सम्बन्ध नहीं रहा।'

'तुम हमारा साथ कभी नहीं छोड़ सकते...और हम तुम्हारा साथ कभी नहीं छोड़ेंगे।' चन्दानी के स्वर में दृढ़-विश्वास था। उसने कहा, 'तुम भी भूल रहे हो कि इस समय तुम्हारे पिता हमारे बंदी हैं। यदि तुमने हमारा साथ छोड़ने का प्रयत्न किया तो हम तुम्हारे पिता को...' चन्दानी का स्वर रुक गया। उसके स्थान पर एक चीते के गरजने का स्वर गूंजा। अजय जानता था कि चन्दानी ने दो चीते पाल रखे हैं। अपने गद्दारों को वह इन चीतों के ही आगे डालकर दण्ड देता है। चीते जीवित व्यक्ति को दांतों तथा पंजों से टुकड़े-टुकड़े करके खाने में बहुत रुचि लेते हैं।

अजय के हाथ में रिसीवर कांप गया। चन्दानी चीते की गरज के बाद फोन रख चुका था। अजय ने दांत पीसते हुए चन्दानी को कोसा। कमबख्त, उस पर अधिकार नहीं जमा सका तो अब उसके पिता को बन्दी बनाकर उससे काम लेना चाहता है। और उसे अब उसके पास जाना ही पड़ेगा - उसका काम भी करना पड़ेगा वरना वह उसके पिता को चीतों के आगे डाल देगा। अपने जीते जी वह ऐसा कैसे होने दे सकता है? उसने घड़ी देखी और फिर वह घर से निकल पड़ा। उसने टैक्सी की। ऐसे अवसर पर वह अपनी कार नहीं ले जा सकता था। दीवानचन्द को भी कार छोड़कर जाना पड़ा था, क्योंकि बताए हुए अड्डे पर जो व्यक्ति पिकअप करता था उसके पास अपनी कार होती थी - वह ताजमहल होटल के सामने पहुंचा। तभी एक व्यक्ति ने उसी की सिगरेट से अपनी सिगरेट जलाते हुए परिचय दिया। बोला, 'रमन।'

अजय ने अपनी सिगरेट वापस ली और उसके पीछे-पीछे चल दिया। समीप ही एक बार खड़ी थी। उसमें एक ड्राइवर तथा उसकी बगल में एक व्यक्ति पहले ही बैठा था। अजय कार के अन्दर पीछे बैठ गया। उसके साथ वह व्यक्ति उसकी बगल में बैठ गया। गाड़ी चली तो उस व्यक्ति ने अजय के आगे एक चश्मा बढ़ाया। अजय ने इसे लेकर अपनी आंखों पर चढ़ा लिया। ऐसा उसे ही क्या हर उस व्यक्ति को करना पड़ता था जिसे चन्दानी के अड्डे पर पहुंचना पड़ता था।

यह चश्मा एक विशेष प्रकार का था जिसे आंखों पर पट्टी बांधने के स्थान पर इसलिए पहनाया जाता था ताकि सड़क पर आते-जाते किसी व्यक्ति को कोई सन्देह न हो सके - शीशा अन्य चश्मा समान बाहर से देखने में बिल्कुल साधारण था, परन्तु अंदर से आंखों द्वारा बाहर की एक भी वस्तु नहीं दिखाई देती थी। अन्दर की ओर दोनों शीशों पर रबर फोम के दरदरे टुकड़े चिपके होते, इतने मोटे कि आंखों से सट जाते। इसलिए इस चश्मे को आंखों के पपोटे बन्द करके ही पहनना पड़ता था। आंखें खोल दें तो रबर का दरदरापन कुछ इस तरह चुभता कि हफ्ते भर आंखें गड़ती रहतीं। चश्मे के दोनों ओर चमड़े के गोल घिराव आंखों को चारों ओर से इस तरह ढांक लेते कि यदि रबर फोम अंदर नहीं होता तब भी बाहर कुछ नहीं दिखाई दे सकता था। बाहर से देखने में चश्मा सुन्दर तथा आधुनिक ढंग का था।

कई मोड़ों के बाद कार एक जगह रुकी। अजय कार से नीचे उतरा। दोनों व्यक्तियों ने अजय की बांहों में हाथ डालकर उसे पकड़ा। दो पग बाद अजय ने उन व्यक्तियों के सहारे तीन सीढ़ियां पार कीं। आगे बढ़ा। कुछ दूर जाकर वह बाएं मुड़ा। फिर कुछ पगों बाद उसे रुकना पड़ा। एक व्यक्ति ने उसका हाथ छोड़ दिया। फिर एक स्वर उत्पन्न हुआ - जूं...ऊं...ऊं। एक ही व्यक्ति के सहारे वह चार पग आगे बढ़ा। रुका। फिर वही स्वर - जूं...ऊं...ऊं। दूसरे व्यक्ति ने आकर उसका हाथ पकड़ लिया। दोनों व्यक्तियों के सहारे वह फिर आगे बढ़ा। कुछ पगों बाद रुका।

एक व्यक्ति ने फिर उसका हाथ छोड़ा। फिर वही स्वर - जूं...ऊं...ऊं। परन्तु इसके साथ ही उसके कानों में चीतों के गरजने का स्वर भी सुनाई पड़ने लगा। जब चीते खामोश होते तो उसे यह स्वर नहीं सुनाई पड़ता था, परन्तु उसके आने का रास्ता तथा ढंग सदा यही हुआ करता था। वह चार पग आगे बढ़ा। फिर वही स्वर - जूं...ऊं...ऊं। उस व्यक्ति ने उसका हाथ फिर पकड़ा। वह कुछेक सीढ़ियां नीचे उतरा। फिर कुछ पगों बाद उसे रोक दिया गया। दोनों व्यक्ति उसे छोड़कर हट गए तो उसने अपनी आंखों से चश्मा उतार दिया। वह चन्दानी के सामने खड़ा था। चन्दानी अपनी कुर्सी पर बैठने के बजाए एक मेज से अपना कूल्हा टिकाए खड़ा उसकी ओर से निश्चिंत था। मेज पर समीप ही एक कोड़ा रखा था। चन्दानी अपने बहुत से गद्दारों को इस कोड़े द्वारा मारने के बाद ही चीतों के आगे डाला करता था। मेज पर एक बड़ी तथा सोने की थाली रखी थी जिसमें किसी पशु के मांस के बड़े-बड़े टुकड़े भरे हुए थे। कुछ दूर पर दो चीते जंजीर से बंधे हुए आशा लिए भूखी दृष्टि से चन्दानी को देख रहे थे।

चन्दानी ने थाल में से मांस का टुकड़ा उठाया और चीतों की ओर फेंका। दोनों चीते मांस के लिए एक साथ गरजते हुए उछले परन्तु एक ने उसे फर्श पर गिरने से पहले ही अपने जबड़े में पकड़ लिया। चन्दानी ने दूसरा टुकड़ा दूसरे चीते के लिए फेंक दिया। प्रायः चन्दानी इसी प्रकार अपने चीतों से खेला करता था। अजय ने देखा, चन्दानी से कुछ हटकर रंधीर खड़ा उसे घूर रहा है। उसकी कनपटी तथा एक आंख के चारों ओर आज की चोट काले दाग में परिवर्तित हो गई थी। अन्य कर्मचारी भी अजय को बहुत क्रोध भरी दृष्टि से देख रहे थे।

यह एक बहुत बड़ा तहखाना था - एक हॉल जैसा - जिसकी दीवारों पर गिनी-चुनी बंदूकें लटकी हुई थीं। तहखाने में कुछेक छोटी-बड़ी कोठरियां थीं - कैदखाने समान। कुछ बड़ी कोठरियों में कैदियों को बहुत आराम से उस समय तक रखा जाता था जब तक उनका निकटस्थ सम्बन्धी चन्दानी के लिए काम करता रहता था। चन्दानी अपने किसी भी व्यक्ति को गैंग छोड़ते देखता या उस पर उसे किसी प्रकार का सन्देह होता तो वह तुरन्त उसके निकटस्थ सम्बन्धी को कैदी बना लेता था ताकि वह व्यक्ति उसे धोखा न दे जाए। अब उसने अजय से अपना काम निकालने के लिए दीवानचन्द को बन्दी बना लिया था। यह तहखाना इस प्रकार बन्द रहता था कि इसके अन्दर का एक स्वर भी बाहर नहीं जा सकता था।

चीतों को मांस के टुकड़े फेंकने के बाद चन्दानी ने अपना कोड़ा उठाया और फिर उसे देखा। चीतों की ओर इशारा करते हुए उसने पूछा, 'तुम इन चीतों के बारे में तो जानते हो न?'

'हां।' अजय ने बिना डर के कहा।

'फिर तुम्हारा साहस कैसे हुए कि मेरे लड़के पर हाथ उठाओ?' चन्दानी अचानक भड़क उठा।

'इसका मेरे पेशे से कोई सम्बन्ध नहीं।' अजय ने भी भड़क कर उत्तर दिया, 'यह मेरा निजी मामला है।'

'ओह!' चन्दानी धीमा पड़ा। बोला, 'यह तो मैं भूल ही गया था कि कुछ व्यक्तियों से हमारा यह कॉन्ट्रैक्ट है कि हम उनके निजी मामले में उस समय तक जरा भी हस्तक्षेप नहीं करेंगे जब तक हमें उनसे किसी प्रकार का भय न हो। हमें खुशी है कि हमें तुमसे कोई भय नहीं। फिर भी हम सावधानी बरतते हुए दीवानचन्द को सदा अपना मेहमान बनाए रखेंगे ताकि तुम हमारी किसी भी आज्ञा से इन्कार न कर सको, जैसा कि तुमने कुछ देर पहले फोन पर कहा था।' चन्दानी एक पल रुका। फिर कुछ कहना चाहा तो अचानक फोन की घण्टी बज उठी। चन्दानी अपनी कुर्सी पर जाकर बैठ गया। फोन उठाकर उसने कहा, 'हैलो!'

'...' अजय सुन न सका परन्तु वह जानता था कि चन्दानी की सेक्रेट्री ने किसी से बात कराने के लिए उसकी आज्ञा मांगी होगी। ऐसा सदा ही होता था।

'यस - कनेक्ट करो।' चन्दानी ने आज्ञा दी और कुछ सतर्क होकर बैठ गया।

'...'

'मैं चन्दानी बोल रहा हूं।'

'...'

'जी...' चन्दानी ने हंसने का प्रयत्न किया। बोला, 'कहिए राय साहब, कैसे याद किया?'

राय साहब का नाम सुनकर अजय के कान खड़े हो गए। राय साहब निश्चय ही चन्दानी से कुछ कह रहे थे, क्योंकि चन्दानी का मुखड़ा गम्भीर हो गया था।

सहसा चन्दानी मुस्कराता हुआ बोला, 'जो पग चाहें उठा सकते हैं, मुझे कोई आपत्ति नहीं। परन्तु इतना अवश्य याद रखिएगा - लड़के से अधिक लड़की की इज्जत कोमल होती है। होटल का कमरा रंधीर के नाम बुक था और रंधीर आपकी बेटी के पास नहीं, आपकी बेटी रंधीर के पास गई थी।'

'...' अजय नहीं जानता था राय साहब ने क्या कहा, परन्तु यह निश्चित था कि राय साहब चन्दानी की चाल पर तड़प उठे होंगे।

चन्दानी फोन पर हल्के से हंसा, 'हें...हें...हें...हें।' फिर उसने फोन रख दिया। उसने खड़े होते हुए अजय से कहा, 'हमें इसका सदा अफसोस रहेगा कि वह लड़की हमारे हाथ से बच निकली। तुम नहीं जानते कि राय साहब अपनी बेटी के लिए विशाल को पसन्द कर चुके हैं। इसीलिए रंधीर ने बुद्धि से काम लेते हुए राय बहादुर के बंगले के चारों ओर अपने आदमी लगा दिए थे कि कब विशाल जाए और वह विशाल के बहाने अंशु को बुलाने में सफल हो सके। आज विशाल शहर से बाहर चला गया तो उसी का बहाना बनाकर रंधीर अंशु को होटल में बुलाने में सफल हुआ था। यदि वह लड़की लुट जाती तो शायद राय साहब को अपनी दामादी में रंधीर को स्वीकार करना ही पड़ता। दामाद नहीं बनाते तो कम से कम हम विशाल के विवाह से पहले राय साहब को ब्लैकमेल तो अवश्य ही कर सकते थे। मगर खैर...'

चन्दानी ने एक गहरी सांस ली। बोला, 'जो हो गया सो हो गया। हमें आशा है कि तुम भविष्य में हमारे निजी काम को अपना निजी काम नहीं समझो। हमने तुम्हें रंधीर के कारण ही यहां बुलाया था और हम इस बात को अब यहीं समाप्त करते हैं क्योंकि तुम हमारे एक बहुत होशियार तथा होनहार व्यक्ति हो। जब तक तुम हमारे साथ काम करोगे हम तुम्हारे पिता को कभी कष्ट नहीं देंगे। इसके अतिरिक्त तुम्हारे भाग की धनराशि भी तुम्हें उसी प्रकार मिलती रहेगी जैसे पहले मिलती थी। तुम्हारे पिता को स्वतन्त्र करने का प्रश्न इसलिए नहीं उठता क्योंकि, हमारे-तुम्हारे सम्बन्ध में एक गांठ पड़ चुकी है और तुम जानते हो कि मैं कभी कोई खतरा मोल नहीं लेता।' चन्दानी ने एक सांस ली। फिर बोला, 'तुम जा सकते हो।'

मानव कितना अधिक नीचे गिर सकता है, इस बात का पता चन्दानी को देखकर लगाया जा सकता था। अजय ने पूछा, 'मैं अपने पिता से मिल सकता हूं?'

'अवश्य - परन्तु हमारे दो व्यक्तियों की उपस्थिति में।' चन्दानी ने आज्ञा दी।

अजय ने कुछ नहीं कहा। चन्दानी ने दो व्यक्तियों को उसके साथ कर दिया। फिर बोला, 'कमरा नम्बर पांच।'

कमरा नम्बर पांच तहखाने के एक कोने में था। दोनों व्यक्ति अजय को लेकर उस ओर बढ़ गए। अजय के पिता बन्द सलाखों की दो दीवारों के पीछे खड़े शायद उसी की प्रतीक्षा कर रहे थे। बन्द सलाखों की यह दो दीवारें इतनी दूरी पर थीं कि बन्दी अपने मिलने वाले को छू भी नहीं सके। ऐसा न हो कि हाथ पकड़कर सांत्वना देने या लेने के बहाने वे कोई पत्र व्यवहार कर लें।

अजय अपनी ओर की सलाखों को पकड़कर खड़ा हो गया। वहीं, समीप ही दीवार पर एक कांटे के सहारे कैदखाने की चाभी टंगी हुई थी। अजय ने देखा, जिस कमरे में उसके पिता कैद हैं वहां आराम की सभी वस्तुएं हैं - एक सोफा - एक बड़ा पलंग, मेज। मेज पर पत्रिकाएं तथा किताबें रखी थीं। एक रेडियो भी था। अजय ने खेद प्रकट करना चाहा। बोला, 'पिताजी...' परन्तु फिर इससे अधिक वह कुछ नहीं कह सका।

दीवानचन्द उसे ही देख रहे थे। उनकी आंखों में आंसू छलक आए। उनके तथा अजय के मध्य इतनी दूरी थी कि वे एक-दूसरे को छू भी नहीं सकते थे। उन्होंने भर्राए स्वर में कहा, 'बेटा तू...तू मेरी चिन्ता मत कर। अपना भविष्य देख।'

'यह कैसे हो सकता है पिताजी?' अजय ने निराश स्वर में कहा, 'अपने जीते जी मैं किस प्रकार आपको उन जालिम चीतों का निवाला बनने दूं? ऐसा कभी नहीं हो सकता।'

'हो सकता है बेटे - अवश्य हो सकता है।' दीवानचन्द ने कहने को तो कह दिया परन्तु फिर अपनी गलती का एहसास करके वह चुप हो गए। वह अजय के साथ अकेले नहीं हैं। वहां चन्दानी के दो व्यक्ति भी हैं। यदि उन्होंने अपने बेटे को उनकी जान की परवाह न करने का द्वार दिखा दिया तो यह लोग उनके बेटे को इस तहखाने से बाहर निकलने से पहले ही जान से मार

देंगे। चन्दानी को इस बात का विश्वास होना आवश्यक है कि अजय अपने पिता को अपने जीवन से अधिक प्यार करता है तथा उनकी सुरक्षा के लिए वह कुछ भी कर सकता है तभी वह अजय से अपना काम निकाल सकता है और केवल इसी बहने ही उसे स्वतन्त्रता प्राप्त हो सकती है। आगे अजय का जीवन सुधरना भगवान के हाथ में है।

अजय ने मस्तक पर बल देकर सोचा। उसके पिता अवश्य उससे कुछ कहना चाहते हैं। शायद यह कि वह उनके जीवन की चिंता न करते हुए अपना भविष्य सुधारने का प्रयत्न करे, उनके जीवन के अब दिन ही कितने बचे हैं? परन्तु नहीं - वह ऐसा कभी नहीं कर सकता। वह अपना जीवन भयानक खतरों में डालकर सदा अपने पिता का जीवन उनकी आयु की अन्तिम सांसों तक सुरक्षित रखेगा। हर बेटे का यही धर्म है। उसके पिता अपना धर्म निभाना चाहते हैं तो वह भी अपना धर्म निभाता रहेगा। अजय ने अपने पिता को आश्वासन दिया। उसके बाद तहखाने से निकलने से पहले उसने अपने हाथों में लिया चश्मा आंखों पर चढ़ाया, फिर दो व्यक्ति उसे उसी रास्ते से इस अड्डे के बाहर ले गए जिधर से वह प्रविष्ट हुआ था। शहर में उससे चश्मा लेने के बाद चन्दानी के आदमियों ने उसे एक दूसरे स्थान पर उतार दिया।

उस रात अंशु को देर तक नींद नहीं आ सकी। पलंग पर लेटे-लेटे हर पल वह यही सोचती रही कि यदि वह नवयुवक आज नहीं आता तब क्या होता? अब भी उसका नन्हा-सा दिल उस घटना का परिणाम निकालते हुए कांप जाता था। वह क्यों धोखा खाकर रंधीर के जाल में फंस गई?

विशाल आज ही सुबह मनमाड चला गया है, जहां उसके कुछ रिश्तेदार हैं। उसके बाद उधर ही से वह इलाहाबाद चला जाएगा। परन्तु आज जब ढाई बजे उसे विशाल का फोन मिला कि वह मनमाड न जाकर बम्बई में ही रुककर एक होटल में ठहर गया है तो अंशु विश्वास नहीं कर सकी थी। अंशु को कारण पूछना ही पड़ा था।

'तुमसे कुछ आवश्यक बातें करना चाहता हूं।' स्वर कुछ सहमा-सहमा था।

'क्या?'

'यहां आ जाओ, तभी बता सकूंगा।'

अंशु ने एक पल सोचा - विशाल उसे प्यार करता है। दिल की गहराई से चाहता है। परन्तु अपने दिल की स्थिति उस पर प्रकट करने से शर्माता है। शायद आज दिल कड़ा करके वह एकांत में उससे सब-कुछ कह देने का साहस एकत्र कर चुका है। बिछड़ने से पहले ऐसे साहस का उत्पन्न हो जाना स्वाभाविक है। वह चंचलता से बोली - 'जब फोन पर नहीं कह सकते हो तो मेरे सामने कैसे कहोगे? तुम्हें तो लड़की होना चाहिए था।'

'आ जाओ तो तुम्हारा उपकार मानूंगा।' स्वर गम्भीर था, विनम्र निवेदन से परिपूर्ण।

अंशु ने सोचा, एक न एक दिन उसे विशाल की जीवन-संगिनी तो बनना ही है। आज विशाल के प्रति उसका दिल नहीं धड़कता, परन्तु विवाह के बाद तो वह उसके बिना एक पल

भी नहीं रह सकेगी। भारतीय स्त्री का स्वभाव ही ऐसा है। फिर इस समय वह अपने होने वाले पति का दिल क्यों तोड़ने का पाप ले? क्यों उसका दिल दुखाए? और इसीलिए अंशु उसका पता लेकर होटल पहुंच गई थी - कमरा नम्बर एक सौ दो। द्वार के पट बन्द थे, परन्तु अन्दर से लॉक नहीं था। वह अन्दर प्रविष्ट हुई। अन्दर दो सूटकेस रखे थे - कुछ कपड़े टंगे थे। अंशु का दिल अचानक ही एक अज्ञात भय से कांप गया था। वह विशाल के सूटकेस पहचानती थी। उसने तुरन्त द्वार से बाहर निकल जाना चाहा परन्तु द्वार बाहर से बन्द हो चुका था।

अंशु का दिल बैठने लगा। सहसा एक आहट पाकर उसने देखा - टॉयलेट के द्वार पर रंधीर खड़ा है - हाथ में जाम लिए, आंखों में नशे की लाली के साथ वासना की गन्दी भूख से होंठ भीगे हुए। अंशु की आंखों के सामने अंधकार छा गया था। हे भगवान - कैसा भयानक दृश्य था वह! शैतान उस पर कुत्ते समान झपटकर उसकी आत्मा के टुकड़े-टुकड़े कर देना चाहता था। यदि वह देवता आड़े समय में उसकी इज्जत की सुरक्षा नहीं करता तब क्या होता? निश्चय ही वह आत्महत्या कर लेती। इतना बड़ा कलंक लगने के बाद उसकी अन्तरात्मा किस प्रकार स्वीकार करती कि वह जीवित रहे - जीवित रहकर समाज को धोखा देती रहे।

कौन था वह देवता जिसने उसकी इज्जत बचाई? उसके इस देवत्व पर वह उसे धन्यवाद भी तो नहीं दे सकी। उसकी स्थिति ही ऐसी हो गई थी। अब वह उसे कभी मिलेगा भी या नहीं? वास्तव में वह बहुत सज्जन व्यक्ति था। उस दिन ट्रेन में भी उसके एकान्तपन से लाभ उठाना तो दूर की बात, उसने उससे अधिक बात भी नहीं की थी। वह नवयुवक कितना स्वस्थ था, और चुस्त भी, और...सुन्दर भी। हां, सुन्दर तो वह वास्तव में बहुत था। अंशु के दिल ने एक हल्की-सी मिठास का आभास किया। उसके होंठों पर एक हल्की-सी मुस्कान उभरी, कलियां मानो चटक जाना चाहती थीं। उसने करवट बदली और अपनी बोझिल पलकों को बन्द करते हुए आंखों में समाई उस नवयुवक की छवि कैद कर ली जिसने उसकी इज्जत बचाकर इस समय उसके दिल के तारों को छेड़ दिया था।

क्या प्यार इसी को कहते हैं? क्या यही प्यार का आरम्भ है? हां, प्यार इसी को कहते हैं। यही तो प्यार का आरम्भ है। इस बात का विश्वास उसे तब हुआ जब कुछेक दिन और बीत गए और उस नवयुवक की छवि उसके दिल के परदे पर धुंधली पड़ने के बजाए और गहरी होती चली गई।

जब दिन-रात वह उस देवता के विचारों में तल्लीन रहने लगी तो उसे ज्ञात हो गया कि वह उसे कभी नहीं भुला सकती। शायद मरने के बाद भी नहीं। काश! वह उसे एक ही बार मिल जाए, केवल एक बार, तो कम से कम वह उसे धन्यवाद अवश्य ही दे देगी। शायद अपने दिल का भेद भी प्रकट करने में सफल हो जाएगी अपने देवता की कमी वह रात के अकेलेपन में कुछ अधिक ही महसूस करती तो न चाहते हुए भी उसकी पलकें भीग जातीं। क्यों नहीं

उसने उस दिन ट्रेन में उससे बातें कीं? क्यों नहीं रंधीर की पार्टी में उससे भेंट की? कम से कम उसे उसका नाम तो ज्ञात हो जाता। जाने कौन था वह? जाने कहां रहता है?

□ □ □

एक दिन अजय को फिर चन्दानी के सामने उपस्थित होने की आज्ञा मिली। बुझे दिल से इसका पालन करते हुए वह निश्चित स्थान पर पहुंचा। चन्दानी के व्यक्ति से भेंट करने के बाद सदा के समान आज भी आंखों पर चश्मा चढ़ाकर उसने अपनी मंजिल पार की और जब उसे चश्मा उतारने की आज्ञा मिली तो वह चन्दानी के सामने उपस्थित था।

चन्दानी मेज से कूल्हे टिकाए खड़ा था उसके हाथ में उसका कोड़ा था उसने अधिक समय न गंवाते हुए कहा, 'कल सुबह दस बजे शालीमार होटल के सामने तुम्हें हमारा आदमी मिलेगा। साथ में कम्मो भी होगी। हमारा आदमी तुम्हें एक सूटकेस तथा कम्मो के साथ तुम्हें तुरन्त गोआ के लिए रवाना हो जाना पड़ेगा उसी कार में। शहर की भीड़ छोड़कर जब तुम एकान्त में पहुंचोगे तो तुम्हें हिप्पी का रूप धारण कर लेना पड़ेगा इसलिए तुम अपने घर से हिप्पियों समान ही कपड़े पहनकर निकलना। विग, दाढ़ी, मूंछ, चश्मा, गले की माला तथा दो रंगीन कोट तुम अभी स्टोर रूम में जाकर चुन लो। कोट तुम अभी अपने साथ ले जाओ। बाकी वस्तुएं कम्मो साथ ले आएगी, पणजी 'गोआ' में मनडोवी होटल के कमरा नम्बर सत्ताइस में तुम्हें जॉर्ज नामक एक आदमी मिलेगा, इस तस्वीर को पहचान लो।'

चन्दानी ने मेज पर से एक तस्वीर उठाकर उसे दिखाई, परन्तु दी नहीं। कहीं ऐसा न हो कि अजय पुलिस के हाथों पकड़ा जाए तो उसका बंधा ग्राहक भी हाथ से निकल जाए। चन्दानी ने बात जारी रखी। मनडोवी में तुम तथा कम्मो मिस्टर एण्ड मिसेज जोसफ के नाम से ठहरोगे। वहां जॉर्ज को तुम अपना यही परिचय देने के बाद उससे अपना सूटकेस बदलोगे। उस सूटकेस को तुम्हें यहां लाना है। कुछ पूछना है?'

अजय ने गम्भीरता के साथ सिर हिला दिया, 'नहीं।' चन्दानी ने संतोष की सांस लेते हुए अपना कोड़ा मेज पर रखा और फिर एक सिगार होंठों के मध्य रखकर जलाने लगा।

'मैं अपने पिता से मिल सकता हूं?' अजय ने पूछा।

'अवश्य-' चन्दानी ने हवा में सिगार का धुआं छोड़ते हुए कहा। फिर इशारा करके उसके साथ अपने दो व्यक्ति लगा दो।

अपने पिता से भेंट करते हुए अजय ने आज फिर यही महसूस किया कि वह उससे कुछ कहना चाहते हैं। उसे मना करना चाहते हैं कि वह उनके जीवन की सुरक्षा की चिन्ता न करते हुए अपने जीवन का पथ बदल ले। हर पिता यही चाहता है। परन्तु वह ऐसा कैसे कर सकता था? कैसे अपने पिता को चीजों के पंजों में टुकड़े-टुकड़े होते देख सकता था? उन्हें सांत्वना देने के बाद वह उनसे विदा हो गया।

31

दूसरे दिन अजय सुबह दस बजे शालीमार होटल के सामने खड़ा था। शरीर पर लाल कोट तथा काली पैंट। होंठों में सिगरेट। सहसा उसके पास एक कार आकर रुकी। कार कम्मो चला रही थी। गोरा दमकता हुआ मुखड़ा, लटें कंधों तक बल खाकर झूलती हुई, आंखों पर एक बड़ा चश्मा। कार के पीछे चन्दानी का व्यक्ति एक ड्राइवर की वर्दी में बैठा हुआ था। कम्मो ने कार अजय के समीप खड़ी की। अजय अन्दर बैठ गया। कार फिर चल पड़ी। थोड़ी दूर पर कम्मो ने कार रोकी। चन्दानी का व्यक्ति अजय की जिम्मेदारी पर सूटकेस छोड़कर कार से उतर गया। कार फिर आगे की ओर बढ़ गई।

अजय ने अपने गैंग की किसी भी लड़की में कभी कोई रुचि नहीं ली थी जबकि लड़कियां अजय पर जान देने को भी तैयार थीं। वह अपने काम से किसी लड़की का उसी समय स्वीकार करता जब तक अत्यन्त आवश्यक नहीं होता। अपने काम में कम्मो का साथ उसे एक बार पहले भी मिल चुका था, फिर भी वह उससे बात करने के मूड में जरा भी नहीं था।

'सुना है बॉस तुमसे नाराज हैं।' सहसा कम्मो ने ही एक मोड़ पार करने के बाद बात छेड़ी।

'हुआ करे। मुझे उससे क्या लेना?' अजय ने लापरवाही से उत्तर देते हुए एक सिगरेट निकालकर जलाई।

'मून भी यही कहता है।'

'मून कौन?' अजय ने कुछ चौंककर सिगरेट का अगला कश लेने से पहले पूछा।

'है एक-' कम्मो ने कहा, 'मैं उसके साथ तो कई बार काम कर चुकी हूं। उसकी मां सदा बीमार रहती थी। मून को नौकरी नहीं मिली तो वह इस गैंग में फंस गया। तीन वर्ष तक उसने इस गैंग की सेवा की। परन्तु जब एक दिन उसकी मां को ज्ञात हो गया कि उसका बेटा एक अपराधी है तो उसने उसे अपनी सौगन्ध देकर इस गैंग को छोड़ देने पर राजी कर लिया। मून ने जब बॉस का काम करने से इन्कार किया तो बॉस ने उसकी मां को किसी बहाने अपने यहां बुलाकर तुम्हारे पिता समान बन्दी बनाया। फिर उसने मून को बुलाना चाहा। परन्तु इसी मध्य मून की बीमार मां की मृत्यु हो गई। यह बात मून को ज्ञात हो गई तो अब उसने न आने में ही अपनी भलाई समझी।

'उसे यह बात कैसे ज्ञात हुई?' अजय ने पूछा।

कम्मो एक बार झिझकी फिर बोली, 'मैंने उसे सचेत कर दिया था।' कम्मो यह बात अजय को कभी नहीं बताती यदि अजय तथा अपने बॉस के मध्य वह तनाव नहीं देखती।

'क्यों?'

'क्योंकि बॉस की आज्ञा न होते हुए भी मैं उसे...।'

'और वह?'

'वह भी मुझे प्यार करता था, शायद अब भी करता है। परन्तु अपनी मां से उसे अत्यधिक प्यार था। उसका विचार है कि यदि उसकी मां बॉस की बन्दी नहीं बनाई जाती तो उसकी मृत्यु नहीं होती।' कार शहर की भीड़ छोड़कर एक खुली सड़क पर आ गई थी। अजय ने पीछे से एक दूसरा सूटकेस उठाया। उसमें से दाढ़ी, मूंछ, लम्बी लटों की विग, कौड़ियों की माला, तथा चशमा निकालकर वह आती-जाती गिनी-चुनी कारों की दृष्टि बचाकर अपना भेष बदलने लगा। कम्मो ने बात जारी रखी। वह कह रही थी, 'मून इसीलिए बॉस को कानून के हाथों सौंपने का प्रयत्न करता रहता है। उसे बॉस के अड्डों का पता नहीं है फिर भी उसके चलते बॉस को स्मगल करती हुई कितनी ही वस्तुएं पकड़ी जा चुकी हैं और बॉस जानता है कि इसके पीछे केवल मून का ही हाथ है। उसने अपने आदमियों को उसकी हत्या करने की आज्ञा दे रखी है। परन्तु वह छिपा-छिपा फिरता है। मेरी अन्तिम भेंट भी फोन द्वारा उससे तब हुई थी जब मैंने उसे उसकी मां की मृत्यु की सूचना दी थी।'

'तुम इस गैंग में क्यों सम्मिलित हो?' अजय ने सामने के दर्पण में अपनी नकली मोटी मूंछ ठीक करते हुए पूछा।

'हर मानव के साथ कुछ न कुछ तो विवशता होती है।' कम्मो ने गम्भीर स्वर में कहा, 'बॉस के इशारे पर एक लड़की ने मुझे इस गैंग में सम्मिलित कर था। अब मैं इसमें इस प्रकार फंस चुकी हूं कि इच्छुक होकर भी नहीं निकल सकती। मेरे दो छोटे भाई-बहन हैं। उन्हें पढ़ा-लिखाकर अब पैरों पर खड़ा कर देना चाहती हूं ताकि मेरे समान वे अपराधी न बन सकें।

पूर्णतया अपना भेष बदलने के बाद अजय ने अपनी आंखों पर गोल बड़ा चशमा चढ़ाया और फिर अंतिम बार सामने दर्पण में देखा। परन्तु तभी चौंक गया। सड़क सीधी थी और इस सड़क पर बहुत दूर एक कार कुछ अधिक ही गति के साथ उनका पीछा कर रही थी। इसके साथ ही अजय के कानों में पुलिस सायरन भी हल्के-हल्के सुनाई देने लगा जिसकी ध्वनि धीमे-धीमे तेज होती जा रही थी। अजय ने तुरन्त पलटकर पीछे देखते हुए कहा, 'लगता है मून के ही कारण पुलिस को हमारा भी पता चल गया है। अपने उद्देश्य के पीछे उसने तुम्हारे प्यार की भी चिन्ता नहीं की।'

'शायद।' कम्मो भी पुलिस सायरन सुन चुकी थी। उसने सामने का शीशा अपनी ओर करके पीछे का दृश्य देखते हुए कहा, 'उसे मुझसे अधिक मां प्यारी थी।' कम्मो ने जैसे ही महसूस किया कि पुलिस उसका पीछा कर रही है एक्सीलेटर पर उसके पग का दबाव और बढ़ गया।

सहसा एक मोड़ आया। अजय के इशारे पर कम्मो ने तुरन्त ब्रेक जाम करके कार रोक दी। इस बीच अजय अपनी जिम्मेदारी का सूटकेस उठा चुका था। वह तुरन्त नीचे उतरा। कम्मो ने कार स्टार्ट रखी थी। वह बिना एक पल गंवाए आगे निकल गई। अजय लपककर वहीं सड़क के किनारे झाड़ी की ओट में दुबक गया। पुलिस सायरन बहुत तेजी के साथ समीप आ रहा था।

अजय जानता था कि अब कम्मो कार अधिक तेज नहीं चला रही होगी। पुलिस उसे नहीं पकड़ सकती क्योंकि उसके पास से अब कोई भी गलत वस्तु नहीं बरामद हो सकती थी। अजय ने सोचा सूटकेस पुलिस के हाथ लग गया तो वही पकड़ा जाएगा और यदि उसने जबान खोल दी तो गोवा में जॉर्ज पकड़ा जा सकता है। परन्तु चन्दानी कभी नहीं पकड़ा जाएगा। इसके विपरीत चन्दानी उसके पिता को चीतों के आगे छोड़ देगा। यदि यह सूटकेस चन्दानी के पास वापस पहुंच गया तो उसकी कोई हानि नहीं होगी। गोवा जाने का काम भी बाद में हो जाएगा।

पुलिस की कार झाड़ी के समीप से बहुत तेजी के साथ निकली और आगे बढ़ गई। अजय ने चैन की सांस ली। वह खड़ा हो गया। परन्तु तभी वह चौंक गया। पीछे पुलिस की एक जीप चली आ रही थी, शायद पुलिस की दृष्टि उस पर पड़ चुकी थी। अजय ने रिस्क लेना उचित नहीं समझा। वह तुरन्त सड़क के इसी ओर गई चढ़ाई पर तेजी के साथ भागा। पुलिस ने जीप के रुकते-रुकते गोली चलाकर उसे रुकने का संकेत भी दिया परन्तु अजय अपने जीते जी अपनी पहचान किसी भी अवस्था में देने को तैयार नहीं था। अपने से अधिक उसे अंशु का विचार था। यदि अपराधियों में उसकी तस्वीर किसी अखबार में छप गई तो अंशु क्या सोचेगी? उसकी इज्जत बचाने वाला देश का डाकू निकला।

उसके भागते पगों की गति और तेज हो गई। उसने अपने पीछे जीप के पहियों के रुकने की चीख सुनी। परन्तु वह भागता ही गया - ऊबड़-खाबड़ चट्टानों को फलांगते तथा गिरते-पड़ते। उसने पलटकर देखा पुलिस उससे बहुत दूर उसका पीछा कर रही थी। उसने साहस नहीं छोड़ा। एक छोटी चट्टान के ढलवान पर उतरने के बाद जब पुलिस उसकी दृष्टि से दूर हो गई तो अजय ने एक झाड़ी के समीप अपना सूटकेस नीचे रखा। तुरन्त चश्मा तथा गले की माला उतारकर झाड़ी के मध्य फेंक दी। दाढ़ी, मूंछ तथा विग भी उतारकर फेंक दी। कोट उतारा और पलटकर पहन लिया। अब वह अपने असली रूप में आ चुका था, काली पैंट परन्तु कोट अब सफेद था। पुलिस को अब उसकी नहीं उस हिप्पी की तलाश थी जिसे उसने देखा था। फिर भी अजय ने बहुत स्फूर्ति के साथ चौकड़ियां भरते हुए ऊबड़-खाबड़ चट्टानें कुछ दूर तक और पार कीं और फिर एक ढलवान के बाद उसे नीचे एक सड़क मिल गई। वह किसी भी आते-जाते ट्रक से निकल जाना चाहता था।

सहसा अजय चौंक गया। सड़क के किनारे एक विदेशी कार खड़ी हुई थी, बिल्कुल सफेद। कार का बोनट खुला हुआ था परन्तु इस समय वहां कोई भी नहीं था। अजय कार के समीप पहुंचा। उसने कार का नम्बर पढ़ा तो आंखों पर विश्वास ही नहीं हुआ। कार राय साहब की ही थी। अजय ने इधर-उधर देखा, कहीं राय साहब ही न यात्रा पर निकले हों। परन्तु तभी सड़क के दूसरी ओर ढलवान चढ़ती हुई अंशु चली आ रही थी। उसके हाथ में टिन का एक डिब्बा था। अजय का दिल खुशी से उछल गया।

वह कई बार पुलिस को चकमा देने में सफल हुआ था। आज भी उसके भाग्य ने उसका साथ दिया। उसने तुरन्त पीछे की सीट के नीचे कालीन पर अपना सूटकेस फेंक दिया। फिर बोनट के पास चला आया। अंशु ने उसे देखा तो चौंक पड़ी। उसके हाथ से टिन का डिब्बा छूटते-छूटते बचा। उसके लिए दिल की प्रसन्नता छिपाना कठिन हो गया। वह मुस्करा पड़ी, चहककर, कुछ इस प्रकार कि उसके दांतों की लड़ियां धूप में मोती समान चमक उठीं। अजय को ऐसा लगा मानो उसके जीवन में नई सुबह की चमकती हुई किरण प्रविष्ट हो चुकी है। उसने भी मुस्कराकर अंशु का स्वागत किया।

'आप!' अंशु ने उसे देखकर आश्चर्य तथा प्रसन्नता प्रकट की। बोली, 'आप यहां कैसे?'

'जी मैं...मैं।' अजय ने तुरन्त बुद्धि से काम लेते हुए बात बनाई। बोला, 'टैक्सी न मिलने के कारण मैं ट्रक पर ही इधर से जा रहा था कि अचानक आपको ढलवान पर उतरता देखकर चौंक गया। सोचा, कोई और होगा। परन्तु जैसे ही आपकी कार देखी तो विश्वास हो गया। बस, इसीलिए ट्रक से उतर गया। सोचा, आपसे लिफ्ट मांग लूंगा - मिल गई तो ठीक है वरना ट्रक तो और भी मिल जाएंगे।'

'वैलकम, वैलकम-' अंशु ने अपने दिल का प्यार छिपाते हुए हर्ष प्रकट किया। बोली, 'दरअसल, मैं पानी लेने के लिए ढलवान से उतरी थी।' अंशु ने बोनट का ढक्कन खोलना चाहा परन्तु तभी अजय ने उसकी सहायता कर दी। पानी भी उसने खुद ही बोनट में भर दिया। ढक्कन बंद करने के बाद बोनट गिरा दिया। तभी अंशु स्टेयरिंग पर बैठ गई। अजय भी उसकी बगल में बैठ गया। तभी अजय ने देखा, पुलिस इंस्पेक्टर एक कांस्टेबल के साथ उसकी ओर चला आ रहा था।

इंस्पेक्टर तथा कांस्टेबल के हाथों में विग, दाढ़ी, मूंछ, चश्मा तथा कौड़ियों की माला थी। अजय का दिल धड़क उठा। इंस्पेक्टर ने सीटी बजाकर कार रोकने का इशारा किया। अजय के दिल की धड़कन और तेज हो गई। इंस्पेक्टर शहर के प्रतिष्ठित व्यक्ति राय साहब की बेटी अंशु को पहचानता था। अजय को लापरवाही से देखने के बाद वह सीधा अंशु के पास आया। उसे झुकते हुए श्रद्धा के साथ नमस्ते किया। फिर पूछा, 'क्षमा कीजिएगा अंशु जी, आपने इधर किसी ऐसे व्यक्ति को तो नहीं देखा जो लाल कोट पहने हुए था?'

'जी नहीं-' अंशु ने कहा, 'मैंने ऐसे किसी भी व्यक्ति को नहीं देखा। क्यों?'

'एक अपराधी हमारी आंखों में धूल झोंककर भाग निकला है।' इंस्पेक्टर ने दाढ़ी, मूंछ तथा विग वाला हाथ ऊपर करके कहा, 'पता नहीं कौन व्यक्ति था जो पहले दाढ़ी, मूंछ तथा विग में एक हिप्पी लग रहा था और अब उसका भेष जाने क्या हो? क्या जाने उसने अपना कोट भी बदल लिया हो।'

अजय का गला सूखने लगा।

सहसा इंस्पेक्टर ने अजय को देखा। अजय उससे नज़रें मिलाने के बजाए दूसरी ओर देख रहा था। इंस्पेक्टर ने उसकी ओर इशारा करते हुए पूछा, 'आप?'

अजय की सांस ऊपर की ऊपर तथा नीचे की नीचे अटक गई।

अंशु ने बहुत गहराई के साथ सोचा। उस दिन ट्रेन में भी इस नवयुवक के आने के बाद एक पुलिस इंस्पेक्टर ने आकर ऐसा ही प्रश्न किया था। उसने अजय को देखा। अजय के मस्तक पर पसीने की नन्हीं-नन्हीं बूंदें उभर आईं। वह अंशु के दिल का अनुमान लगा रहा था। अंशु का संदेह विश्वास में बदल गया तो उसका दिल कांप गया। क्या वह एक गलत व्यक्ति को प्यार कर बैठी है? फिर भी उसने दिल पर पत्थर रखा और कहा, 'यह मेरे साथ हैं। हम अपने एक मित्र के यहां से वापस आ रहे थे कि रास्ते में हमारी कार को पानी की आवश्यकता पड़ गई। इसीलिए रोक दिया था।'

'ओह!' इंस्पेक्टर निश्चिंत होकर इधर-उधर देखने लगा।

अजय दिल ही दिल में बहुत लज्जित हुआ। वह समझ गया कि अंशु उसकी वास्तविकता भांप चुकी है। अंशु ने इस समय उसकी रक्षा इसलिए की है क्योंकि एक दिन उसने उसकी इज्जत बचाई थी। उसने अंशु की ओर आंखें उठाकर देखने का भी साहस नहीं किया। बल्कि लज्जा के कारण उसका सिर और झुक गया। अंशु ने कार बढ़ा दी। कार शीघ्र ही अपनी पूरी गति में आ गई। अजय सिर झुकाए हुए खामोशी से एक अपराधी के समान बैठा हुआ था। उसे मानो अंशु के प्रश्न की प्रतीक्षा थी। अंशु कुछ कहेगी - पूछेगी।

परन्तु अंशु ने बहुत देर तक कुछ नहीं कहा। अंशु सोच रही थी, यह व्यक्ति अपराधी है, इसे कानून से बचाकर उसने अच्छा किया या नहीं, वह कोई अनुमान नहीं लगा सकी। परन्तु वह अजय से कुछ पूछना भी नहीं चाहती थी। वह मानो स्वयं को विश्वास दिलाना चाहती थी कि जिस देवता ने उसकी इज्जत बचाई थी वह एक अपराधी नहीं है। जिस देवता की तस्वीर अपने दिल में बसाकर उसने दिन-रात पूजा की है वह एक अपराधी कभी नहीं हो सकता। यदि पूछने पर वह व्यक्ति वास्तव में एक अपराधी निकला तो उसके सारे सपने टूटकर बिखर जाएंगे। वह विचारों ही विचारों में प्यार की एक ऊंची चट्टान पर पहुंच चुकी है - यदि गिर गई तो शरीर की हड्डी-हड्डी चूर हो जाएगी। फिर भी अंशु जब स्वयं को विश्वास नहीं दिला सकी कि यह व्यक्ति अपराधी नहीं है तो उसकी पलकों की लम्बी-लम्बी नोकों पर आंसुओं की बूंदें उमड़ आईं।

अजय को अंशु के प्रश्न की प्रतीक्षा थी। अंशु ने जब कुछ नहीं पूछा तो उसके दिल की बेचैनी बढ़ गई। उसका विश्वास दृढ़ हो गया - अंशु की दृष्टि में वह एक अपराधी है। उसने अंशु को देखा। अंशु की पलकों पर आंसू थे। कार चलाते हुए वह अपने होंठ का किनारा दांतों द्वारा बहुत धीमे से काट रही थी। शायद उसे वह अपनी कार में बिठाकर पछता रही थी। अजय से रहा नहीं गया। उसने अंशु पर अपनी वास्तविकता प्रकट कर देना उचित समझा। बात छिपाने

से अंशु उससे और घृणा कर सकती थी। उसने कहा, 'अंशु जी।' अजय का स्वर भीगा हुआ था।

अंशु ने कुछ नहीं कहा। उसकी ओर देखा भी नहीं। उसी प्रकार वह अपना होंठ काटती रही।

'अंशु जी-' अजय ने फिर कहा, 'आप सोच रही होंगी कि मैं कौन हूं? उस दिन यात्रा में जब मैं आपके डिब्बे में प्रविष्ट हुआ था तब भी पुलिस को एक अपराधी की तलाश थी और आज आपकी कार में बैठने के बाद भी। निश्चय ही यदि आप मुझे नहीं बचातीं तो इस समय मैं जेल की कोठरी में पहुंच चुका होता। हां अंशु जी - मैं एक अपराधी हूं। परिस्थिति का शिकार होकर मैं एक ऐसा अपराधी बन चुका हूं कि प्रयत्न करने के पश्चात् मैं अपराधियों के जाल से नहीं निकल सकता। हां अंशु...जी!' और फिर अजय ने अंशु को अपनी सारी बीती बताना आरम्भ कर दिया।

उसने अंशु को अपने जीवन की एक-एक बात बताई - जो कुछ भी उसे याद था-। वह कैसे इस धंधे में फंस गया और जब पिछले दिनों साहस करके उसने इस धंधे को छोड़ा तो किस प्रकार चन्दानी ने उसके पिता को बन्दी बना लिया और अब उसे अपने पिता के जीवन की सुरक्षा के लिए यह अपराध करना पड़ रहा है। अजय ने अंशु को अपने अपराध से सम्बन्धित सारी ही बातें बताईं परन्तु अंशु के प्रति अपने प्यार को वह छिपा गया। एक अपराधी होकर वह अंशु पर कैसे अपना प्यार प्रकट भी करता? अंशु की उसने इज्जत बचाई थी इसलिए वह उसकी एहसानमन्द है। अंशु के दिल में उसके प्रति सहानुभूति हो सकती है परन्तु प्यार नहीं। प्यार तो वह विशाल से करती है, जब ही तो उसके नाम पर वह उस दिन होटल चली गई थी।

अंशु चुपचाप कार चलाती हुई उसके जीवन को सुनती रही। अजय ने अन्त में कहा, 'परन्तु अब, जब मेरी वास्तविकता आप पर प्रकट हो ही चुकी है तो मेरे लिए अपने आपको कानून के हवाले कर देना ही उचित है। चन्दानी मेरे पिता को चीतों के आगे डालता है तो डाल दे उन्हें उनके कर्मों का दण्ड मिल जाएगा मुझे मेरे कर्मों का दण्ड।' अजय के स्वर में दृढ़-निश्चय था।

अंशु सोच रही थी - अजय क्यों अपने पिता की चिंता न करते हुए अब अपने आपको पुलिस के हवाले कर देना चाहता है? क्यों, क्या केवल इसीलिए कि अजय का भेद उसके आगे खुल चुका है? क्यों अजय अचानक ही इस प्रकार बदल गया है कि अब उसे अपनी भी चिंता नहीं? क्या यह सब उसी के कारण हो रहा है? शायद हां। अजय की वास्तविकता से केवल वही तो एक लड़की है जो परिचित हुई है - अभी-अभी ही तो अजय ने उसे अपने जीवन की सारी बातें बताई हैं। और अभी-अभी ही तो अजय ने अपने आपको कानून के

हवाले करने का निर्णय किया है वरना इससे पहले तो उसका ऐसा विचार जरा भी नहीं था कि अपने पिता के जीवन की चिंता छोड़ दे।

अंशु का दिल धड़क उठा। क्या अजय भी उसे प्यार करता है? ट्रेन की यात्रा में वह उससे बातें करने के लिए कितना इच्छुक था। स्टेशन के बाहर भी अजय उसे कितनी हसरत भरी दृष्टि से देख रहा था। उसका मन हुआ वह अजय से पूछे। क्या उस रेलयात्रा के बाद उसने उसे कभी याद किया था? क्या उसकी इज्जत बचाने के बाद उसने उसके बारे में कभी नहीं सोचा? परन्तु अंशु का साहस नहीं हो सका। इसके अतिरिक्त यह अवसर इन बातों को पूछने का नहीं था।

उसके आंसू अजय की कहानी सुनते-सुनते स्वयं ही हवा के कारण सूख गए थे। फिर भी उसने अपनी अंगुलियों द्वारा अपनी पलकों के कोने साफ किए। फिर बोली - 'अपने आपको पुलिस के हवाले करके अपने पिता के साथ उन तमाम लोगों पर भी अत्याचार करना होगा जो चन्दानी का गैंग छोड़कर एक अच्छा जीवन व्यतीत करना चाहते हैं। आप उसके अड्डे का पता चलाइए। इस बारे में आप मेरे डैडी से मिल लें तो अच्छा होगा। वह पुलिस के सर्वोच्च अधिकारी द्वारा आपकी पूरी सहायता करेंगे।'

अजय ने सोचा, इस समय तो निश्चय ही चन्दानी का कोई व्यक्ति उसका पीछा नहीं कर रहा है। चन्दानी के विचार में वह इस समय गोवा जा रहा है। उसने राय साहब से मिलना स्वीकार कर लिया।

शाम चार बजे थे। अंशु उसे लेकर अपने डैडी की फैक्ट्री पहुंची। अंशु फैक्ट्री में जिधर से भी निकली उसे देखकर मिल के सभी कर्मचारी खड़े हो गए - मजदूर उसे झुक-झुक कर सलाम करने लगे। अंशु अपने डैडी के दफ्तर में पहुंची। राय साहब एक एक्जीक्यूटिव कुर्सी पर बैठे आगे को झुके अपने सामने मेज पर रखे कागजात पर हस्ताक्षर कर रहे थे। समीप ही एक क्लर्क खड़ा झुककर उनके हस्ताक्षर के लिए बार-बार कागज पलटता जा रहा था। वह अंशु को देखते ही चौंक गए। उन्होंने कागज छोड़ते हुए कहा, 'अरे! अंशु बेटी - तुम यहां कैसे आईं?' उन्होंने अजय को भी देखा। अजय ने उन्हें हाथ जोड़कर नमस्ते कर दिया।

'डैडी-' अंशु ने उनके समीप वाली कुर्सी पर बैठते हुए कहना चाहा परन्तु फिर वह झिझककर रुक गई। उसने क्लर्क को देखा। उसे अपने डैडी से एकान्त में बात करने की आवश्यकता थी।

राय साहब ने अपनी बेटी के संकोच का कारण समझा तो ऐश-ट्रे से सिगार उठाया और कुर्सी पर पीछे पीठ टेकते हुए क्लर्क से कहा, 'मैं आपको बुला लूंगा।'

'जी सर।' क्लर्क ने कहा और चला गया।

'डैडी, यह...' अंशु ने कहना चाहा परन्तु फिर चौंककर रुक गई। उसने आश्चर्य से अजय को देखा। बोली, 'अरे आपका नाम पूछना तो मैं भूल ही गई।'

'अजय।' अजय ने खड़े-खड़े उत्तर दिया।

'डैडी-' अंशु फिर अपने डैडी से सम्बोधित हुई। बोली, 'यह अजय बाबू हैं।' अजय ने फिर राय साहब को हाथ जोड़कर नमस्ते कर दिया। अंशु ने बात जारी रखी। बोली, 'इन्होंने ही उस दिन रंधीर के हाथों से मुझे बचाया था।'

'ओह...!' राय साहब ने अपने सिर को ऊपर-नीचे करके हिलाया। उन्होंने अंशु के बगल वाली कुर्सी की ओर इशारा करते हुए अजय से कहा, 'बैठिए-बैठिए - खड़े क्यों हैं?'

'धन्यवाद।' अजय ने कहा और कुर्सी पर बैठ गया।

राय साहब ने कहा, 'हम आपके अत्यंत आभारी हैं। हमारे योग्य कोई सेवा हो तो कहने में कभी संकोच नहीं कीजिएगा।'

'मुझे वास्तव में आपकी बहुत बड़ी सहायता की आवश्यकता है।' अजय ने मानो निवेदन किया।

'गो ऑन माई चाइल्ड। संकोच करने की जरा भी आवश्यकता नहीं है।' राय साहब उसकी कठिनाई को सुनने के लिए ध्यानपूर्वक बैठ गए।

और अजय ने एक बार उन्हें भी अपनी बीती कह सुनाई - वे सारी ही बातें जो उसने अंशु को बताई थीं। राय साहब बहुत ध्यान से अजय की बातें सुनते रहे। फिर कुछ देर बाद सिगार का एक कश लिया और धुआं छोड़कर बोले, 'हूं।' उन्होंने घटना की गहराई को समझ लिया था। चन्दानी तथा उसके बेटे को वह किसी अन्य अपराध के बहाने सजा दिलाने के पक्ष में पहले ही थे। उन्होंने तुरन्त डी.आई.जी. को फोन किया और तुरन्त ही उनसे आने का निवेदन किया।

डी.आई.जी. सारी घटना सुनकर कुछ देर मौन रहे। फिर बोले, 'चन्दानी पर हमें पहले ही सन्देह है। पिछले दिनों जो अपराधी पकड़े गए, उनमें से कुछ का कहना है कि उनके अपराध के पीछे चन्दानी का ही हाथ है। परन्तु किसी के कह देने से ही उसे गिरफ्तार करके हमें कोई लाभ नहीं हो सकता। हमें उस पर अपराध सिद्ध करना होगा और अपराध सिद्ध करने के लिए हमें कोई ठोस सबूत चाहिए। इसके लिए हमने उसके पीछे अपने आदमी लगाए परन्तु पता चला कि चन्दानी बम्बई में जिनके बंगले में जाता है वे शहर के आदरणीय नागरिक हैं। उसके अपने बंगले में तो नेताओं का भी आना-जाना है। हमें सबसे पहले चन्दानी के अड्डे का पता लगाना है। इसमें अतिरिक्त हम केवल चन्दानी को ही नहीं उसके पूरे गैंग को पकड़वाना चाहेंगे वरना यह अपराध इसी प्रकार जारी रहेगा। हम इस गैंग को जड़ से समाप्त करना चाहते हैं।'

अजय ने एक पल सोचा। चन्दानी के अड्डे का पता चलाना आसान बात नहीं। फिर भी प्रयत्न करने में क्या हर्ज है? अंशु के आगे अपनी वास्तविकता खुल जाने के बाद जब वह अपने पिता के जीवन की चिंता न करते हुए जेल जाने को तैयार हो सकता है तो फिर क्यों न अपना जीवन खतरे में डालकर वह चन्दानी के गैंग को पकड़वाने का प्रयत्न करे? उसने कहा,

'डी.आई.जी. साहब, यदि आप मेरी सहायता करें तो मैं आपको विश्वास दिलाता हूं कि अपने जीवन की परवाह न करते हुए भी मैं शीघ्र ही चन्दानी के अड्डे का पता लगा लूंगा।'

अंशु का दिल धड़क गया। भगवान न करे! अजय को अपने जीवन की परवाह न हो। उसने अजय को देखा। अजय डी.आई.जी. के उत्तर की प्रतीक्षा कर रहा था।

'पुलिस आपकी पूरी सहायता करेगी। इस बात का मैं आपको विश्वास दिलाता हूं।' डी.आई.जी. ने कहा।

कुछ और आवश्यक बातें करने के बाद जब अजय फैक्ट्री के बाहर निकला तो शाम डूब चुकी थी। फैक्ट्री के ड्राइवर ने कार द्वारा उसके इशारे पर उसे एक मोड़ पर छोड़ दिया। फैक्ट्री की कार को अपने घर तक ले जाना बुद्धिमानी नहीं थी। उसने एक टैक्सी ली और अपने घर पहुंचा। घर के पास दो व्यक्ति बहुत भेद भरी अवस्था में खड़े उसे देख रहे थे। शायद कम्मो ने चन्दानी के बंगले पर फोन करके आज की असफल घटना बता दी थी।

जब टैक्सी अजय के घर के पास रुकी तो उसने टैक्सी वाले को पैसे अदा किए और फिर अपना सूटकेस उठाकर लापरवाही बरतते हुए अपने घर की ओर बढ़ गया। घर के अन्दर जाकर उसने एक खिड़की की दरार द्वारा देखा, वे दोनों व्यक्ति उसी टैक्सी में बैठकर जा रहे थे जिससे वह आया था। अजय ने संतोष की सांस ली। यदि वे व्यक्ति उस टैक्सी वाले से पूछेंगे कि वह उसे कहां से लाया था तो वह नहीं बता सकेगा कि उसने उसे राय साहब की फैक्ट्री के सामने से बिठाया था।

अजय आरामकुर्सी पर बैठा सिगरेट फूंकता हुआ आज की घटना पर ध्यान दे रहा था कि उसे क्या करना चाहिए और क्या नहीं। पन्द्रह मिनट भी नहीं बीते कि फोन की घंटी बजी। अजय को इसकी प्रतीक्षा थी। उसने फोन रिसीव किया। फोन चन्दानी का था। पहले जैसा ढंग अपनाकर उसे चन्दानी के सामने सूटकेस सहित उपस्थित होने की आज्ञा मिली।

चन्दानी के सामने अजय ने अपनी असफलता पर खेद प्रकट किया परन्तु यह नहीं बताया कि वह किस प्रकार पुलिस से बच निकलने में सफल हो गया। चन्दानी ने भी पूछना आवश्यक नहीं समझा। उसे अजय से अधिक सूटकेस की चिन्ता थी। यदि सूटकेस हाथ से निकल जाता तो उसे एक बहुत बड़ी हानि का सामना करना पड़ता। सूटकेस के अन्दर जो मूर्ति थी उसका मूल्य उसने दस लाख रुपए लगाया था। फिर भी उसके मुखड़े पर प्रसन्नता की लकीरें नहीं आईं। उसका मुखड़ा गम्भीर था। आंखों में सन्देह था। अजय ने इससे पहले कठिन से कठिन काम में सफलता अवश्य प्राप्त की है। यह पहला अवसर है जब वह सफल नहीं हो सका। आखिर क्यों? परन्तु चन्दानी को इसका उत्तर नहीं मिल सका, फिर भी उसने तय कर लिया वह अजय की ओर से और सावधानी बरतेगा, यदि अजय उसे धोखा नहीं दे तो इस गैंग का सर्वाधिक महत्त्वपूर्ण व्यक्ति सिद्ध हो सकता है उन व्यक्तियों में जो अजय जैसा काम करते

हैं - माल ले जाना और माल ले आना। उसके अड्डे का पता तो उसके केवल गिने-चुने लोग ही जानते थे।

अजय चन्दानी की आज्ञा लेकर दो व्यक्तियों की सुरक्षा में अपने पिता से फिर मिला। दीवानचन्द का वही घुटा-घुटा वातावरण - आंखों में आंसू। अजय ने आज फिर महसूस किया वह कुछ कहना चाहते हैं परन्तु उनके होंठों पर दो व्यक्तियों की उपस्थिति ने मानो ताला लगा रखा था। चन्दानी ने दीवानचन्द को सभी आराम दे रखा था परन्तु जिसके पास स्वतन्त्रता न हो वह इन वस्तुओं को लेकर क्या करेगा? सोने के पिंजरे का बंद पक्षी भी सदा उड़ जाने को ही फड़फड़ाता रहता है।

कुछेक दिन बीत गए। इस बीच अजय जहां भी गया, उसने महसूस किया उस पर निगरानी रखी जा रही है। उसकी एक-एक बात पर ध्यान दिया जा रहा है। अजय को अधिक आश्चर्य नहीं हुआ। दीवानचन्द चन्दानी की कैद में है। अजय अपने जीवन में चन्दानी का काम करते हुए पहली बार असफल हुआ था - और वह भी अपने पिता के बन्दी बनने के बाद, इसलिए चन्दानी का उस पर सन्देह करना स्वाभाविक था।

अजय ने भी हर पग बहुत फूंक-फूंककर उठाना आरम्भ कर दिया। पहले भी वह कम सावधान नहीं था। सावधानी बरतकर वह डी.आई.जी. से केवल फोन पर ही बात करता, अपनी आवश्यकताएं बताता, उनकी सलाह लेता। वह जब भी किसी पुलिस कर्मचारी से भेंट करता तो केवल थोड़े समय के लिए ही - और वह भी होटलों की लिफ्ट में - किसी मंजिल से किसी मंजिल तक जाते हुए। लिफ्ट में उसे अपनी आवश्यकता की वस्तुएं मिल जाती थीं। तब पुलिस कर्मचारी भी शहरी वेशभूषा में ही होता था।

इस बीच कई बार अजय की इच्छा हुई कि वह अंशु को फोन करे - उससे बातें करे - उसके कलियों जैसे होंठों से टपकता शहद समान रस कानों द्वारा अपने दिल की गहराई में उतार ले - उसने टेलीफोन निर्देशिका में राय साहब का निवास स्थान देखकर टेलीफोन मिलाया भी - उधर से किसी पुरुष का स्वर सुनाई भी पड़ा - उसने अंशु को टेलीफोन पर बुलाकर बात भी करनी चाही, परन्तु फिर उसने साहस छोड़कर फोन काट दिया। अंशु से वह क्या बात कर सकता था। अपने दिल का हाल कैसे प्रकट कर सकता था? अंशु का भविष्य तो विशाल के लिए सुरक्षित है। वह विशाल को प्यार करती है - और विशाल का उसकी सुन्दरता पर रीझना स्वाभाविक है। परन्तु एक बार जब उसे स्वयं ही अंशु का फोन सुबह दस बजे के करीब मिला तो वह विश्वास नहीं कर सका।

'हैलो।' फोन उठाकर उसने कहा।

'अजय बाबू?' स्वर अंशु का था - मीठा - शहद समान।

'हां।' उसने अंशु का स्वर तुरन्त पहचान लिया था। दिल के अन्दर मिठास समा गई थी।

'मैं अंशु बोल रही हूं।'

अजय ने उसे नमस्ते कहना चाहा परन्तु तभी ठिठक गया। उसने कहा, 'अंशु? कौन अंशु? रांग नम्बर।' अजय ने तुरन्त फोन काट दिया। उसने दोबारा फोन मिलाया - राय साहब के नम्बर पर। फोन अंशु ने ही उठाया। वही स्वर - वही मिठास। अजय ने कहा, 'अंशु जी?'

'हां।'

'मैं अजय बोल रहा हूं।' अजय ने कहा। फिर पूछा, 'अभी-अभी आप ही ने मुझे फोन किया था?'

'हां।' अंशु ने कहा, 'और आपने...'

'मैंने जान-बूझकर ऐसा कहा था।' अजय ने उसकी गलतफहमी दूर करनी चाही।

'जान-बूझकर।' अंशु कुछ समझी नहीं।

'जी हां।' अजय ने कहा, 'मैंने सोचा, कहीं आपके स्वर में तथा नाम का बहाना लेकर चन्दानी मेरा भेद तो नहीं ले रहा है?'

'ओ...' अंशु चहक पड़ी। बोली, 'आप आवश्यकता से अधिक सावधानी बरत रहे हैं।'

'क्या करूं? मजबूरी है।'

'मजबूरी नहीं, बुद्धिमानी है।'

'धन्यवाद।' अजय ने कहा, 'आप मुझे जब भी फोन करेंगी ऐसा ही उत्तर मिलेगा। मैं तो आपसे केवल उसी समय बात कर सकता हूं जब मैं स्वयं आपको रिंग करूंगा। मेरे फोन काटने पर आपने बुरा तो नहीं मान लिया था?'

'जी नहीं - परन्तु दिल को...चोट अवश्य पहुंची थी।'

'आई एम सॉरी।' अजय के दिल को चोट पहुंची। उसके दिल में केवल अंशु के प्रति ही धड़कनें थीं इसलिए चोट पहुंचना स्वाभाविक था।

'इट इज ओ.के.।' अंशु ने कहा, 'तब तो बात साफ हो चुकी है न?'

'धन्यवाद।' अजय को मानो क्षमा मिल गई थी।

खामोशी। दोनों ही रिसीवर को कान से सटाए खामोशी के साथ मानो एक-दूसरे की सांसों का स्वर सुन रहे थे। अजय को यह खामोशी तोड़नी पड़ी। उसने पूछा, 'आपने मुझे किसी काम से फोन किया था?'

'जी नहीं - जी हां - जी नहीं-' अंशु बौखला गई। अजय ने इस बौखलाहट को महसूस करके उसके दिल का चोर पकड़ना चाहा। प्यार की आग क्या उस ओर भी लगी हुई है? क्या अंशु विशाल का विचार छोड़कर उसमें रुचि ले रही है? क्या ऐसा सम्भव है? अंशु अपनी बौखलाहट पर काबू करके कह रही थी, दरअसल मैं...यह जानना चाहती थी कि आप अपने इरादे में कहां तक सफल हुए?'

अजय के दिल में उठता विचारों का तूफान शांत हो गया। उसने गम्भीर स्वर में कहा, 'हम अपने इरादे में काफी सीमा तक सफल हो चुके हैं।'

'ईश्वर आपकी रक्षा करे!' अंशु ने दिल की गहराई से कहा।

'धन्यवाद।'

फिर वही खामोशी। इस खामोशी ने दोनों के दिल की धड़कनों को एक-दूसरे के समीप लाने में बहुत सहायता दी। दोनों ही एक-दूसरे से कुछ कहने के लिए शब्द ढूंढ रहे थे - दोनों के ही कान एक-दूसरे का स्वर सुनने को तरस रहे थे। कुछ देर इसी प्रकार बीत गई तो अजय ने कहा, 'अंशु जी?'

'जी?' स्वर प्यार में डूबा हुआ था।

'और तो कोई काम नहीं है?' अजय ने न चाहते हुए भी पूछा। अंशु उसकी खामोशी में क्यों सम्मिलित है, वह पूर्णतया जान नहीं सका - जान सका तो विश्वास नहीं कर सका। अंशु विशाल को छोड़कर एक अपराधी का विचार अपने दिल में बसाए, यह कैसे सम्भव हो सकता है?

'जी नहीं - और कोई काम नहीं। बस यही पूछना था जिसका उत्तर आपने दे दिया।' अंशु ने भी मानो न चाहते हुए कहा। एक लड़की होकर प्यार में वह कैसे पहल कर सकती थी? उसका नारीत्व उसे नहीं धिक्कार उठता।

'अच्छा - बाई-बाई।'

'बाई।' अंशु का स्वर मानो बहुत दूर से लहरा गया।

फोन कट गया तो अजय ने भी अपना रिसीवर रख दिया और फिर सिगरेट जलाकर कश छोड़ते हुए वह अंशु के विचारों में खो गया। अंशु को उससे सहानुभूति है या वह उसकी ओर आकृष्ट हो रही है? अंशु का विशाल के साथ विवाह होने वाला है। अंशु विशाल को प्यार करती है। प्यार नहीं करती होती तो उस दिन विशाल के नाम पर होटल क्यों जाती? बहुत सोच-विचार के बाद भी अजय अंशु के दिल का हाल नहीं समझ सका तो उसने अपने ही दिल में बसे एकतरफा प्यार के सहारे सारा जीवन बिता देने का निश्चय कर लिया, वह प्यार जिसने उसका जीवन बदल दिया था।

सहसा एक घंटे बाद फिर फोन की घंटी बजी। उसे चन्दानी के सामने खड़े होने की आज्ञा मिली। आज्ञा अनुसार उसे फ्लोरा फाउन्टेन के समीप ठीक एक घंटे बाद पहुंचना था। यह बात उसने फोन द्वारा तुरन्त डी.आई.जी. को बता दी, उनसे कुछ बातें भी तय कीं। उसके बाद वह अपने निश्चित समय पर फ्लोरा फाउन्टेन के समीप जा खड़ा हुआ। तभी एक बार उसके समीप आकर रुकी। पीछे बैठे व्यक्ति ने उसे अपना नाम बताया, अजय कार में बैठ गया। उस व्यक्ति ने अजय को चश्मा थमाया, अजय ने चश्मा लेकर बाहर देखा। एक पुलिस इंस्पेक्टर तथा एक कांस्टेबल उसी की ओर आ रहे थे। कार में बैठे अजय के अतिरिक्त उन तीनों व्यक्तियों के दिल धड़क उठे। कार आगे बढ़ी तो इंस्पेक्टर ने सामने से हाथ द्वारा इशारा करके कार रोक दी। तीनों

व्यक्तियों का पसीना छूट गया। इंस्पेक्टर ड्राइवर के पास आया। झुकते हुए उसने कहा, 'लाइसेंस।'

तीनों व्यक्तियों को कुछ संतोष मिला, फिर उनके दिल धड़कते रहे। ड्राइवर ने अपना लाइसेंस निकालकर दे दिया। इंस्पेक्टर ने लाइसेंस देखा और फिर उसे वापस कर दिया और अपने रास्ते चला गया। तीनों व्यक्तियों ने चैन की सांस ली। परन्तु इतने समय में उन तीनों व्यक्तियों का जितना ध्यान बंटा, अजय को इससे भी कम समय की आवश्यकता थी। उसका एक काम पूरा हो चुका था। उसके मिशन का पहला पग सफल था। कार आगे बढ़ी तो अजय ने अपनी आंखों पर चश्मा चढ़ा लिया।

अजय को उन्हीं रास्तों द्वारा तहखाने में चन्दानी के सामने जाकर खड़ा होना पड़ा जिनसे होकर वह सदैव जाया करता था, बिल्कुल पिछले ढंग पर ही, वहीं जूं-जूं का स्वर। अन्त में कुछेक सीढ़ियां उतरकर कुछ पगों बाद उसने चश्मा उतारा तो वह चन्दानी के सामने खड़ा था। इस समय चन्दानी एक सोफे पर बैठा था। उसके हाथ में बीयर का मग था। उसकी बगल में एक विदेशी भी था। उसके हाथ में भी बीयर का मग झाग फेंक रहा था।

'अजय...' चन्दानी ने उस विदेशी की भेंट उससे कराई। कहा, 'यह मिस्टर जॉनसन हैं। इन्हें कल सुबह के प्लेन से अपने देश जाना है। इसलिए कल सुबह तुम्हें भी उसी प्लेन का एक अपरिचित यात्री बनकर हवाई अड्डे पहुंचना होगा। हवाई अड्डे पहुंचने से पहले तुम्हें एक सूटकेस मिलेगा। वैसा ही सूटकेस मिस्टर जॉनसन के पास पहेल से ही हवाई अड्डे पर होगा। कस्टम में इनका सूटकेस पहले चैक होगा। उसके दो मिनट बाद वहां एक महिला बेहोश होकर गिर पड़ेगी। इसी मध्य कस्टम की परेशानी तथा यात्रियों की भीड़ का सहारा लेकर तुम अपना सूटकेस मिस्टर जॉनसन के सूटकेस से बदल लोगे। उसके बाद तुम अपनी फ्लाइट कैंसिल करोगे। कह सकते हो कि यात्रा आरम्भ होने से पहले एक महिला का बेहोश होना अच्छा शगुन नहीं है। सूटकेस बदल जाने के बाद तुम्हारा सूटकेस चैक हो या नहीं, कोई अन्तर नहीं पड़ेगा क्योंकि बदले हुए सूटकेस में कस्टम वालों को केवल यात्रा से सम्बन्धित वस्तुएं ही मिलेंगी। कोई प्रश्न?'

अजय ने गम्भीरतापूर्वक सिर हिला दिया - 'नहीं।'

चन्दानी ने बीयर के कुछेक घूंट पीने के बाद कहा, 'मिस्टर जॉनसन कई वर्ष बाद भारत आए हैं और हमारे एक बहुत पुराने ग्राहक हैं। इसलिए आज शाम छः बजे इनके ऑनर में हमने इस जगह पार्टी दी है। हमारे लगभग सभी कार्यकर्ता उपस्थित होंगे। तुम्हें भी निमन्त्रण है।'

अजय गम्भीरतापूर्वक सोचता रहा। आज यहां लगभग सभी अपराधी उपस्थित होंगे। यदि ऐसे सुनहरे अवसर पर पुलिस का धावा हो जाए तो निश्चय ही एक बहुत बड़ा काम पूरा

हो जाएगा। परन्तु उसके पिता? क्या पुलिस के यहां पहुंचने से पहले चन्दानी उन्हें जान से नहीं मार देगा?

'देखो अजय...' चन्दानी ने अजय की खामोशी से दूसरा अनुमान लगाया। उसने कहा, 'हमसे रुष्ट होकर तुम कभी खुश नहीं रह सकते। तुम्हें हमारे साथ काम करना है, हर अवस्था में जब तक तुम्हारे पिता जीवित हैं। फिर क्यों नहीं तुम हमारे साथ खुशी-खुशी काम करते? तुम यदि पहले के समान हमारे साथ हंसी-खुशी काम करोगे तो हम तुम्हें भी खुश रखेंगे तथा तुम्हारे पिता को भी। सम्भवतः हम तुम्हारे काम से प्रसन्न होकर एक दिन उन्हें पहले के समान फिर स्वतन्त्र कर दें। चन्दानी ने अजय का मन जीतने के लिए उसे भेद भरी दृष्टि से देखा।

परन्तु अजय का मस्तिष्क एक योजना का रंग देख रहा था। उसने कहा, 'पार्टी में मैं भी आऊंगा।'

'गुड।' चन्दानी ने कहा, 'तुम शाम को पौने छः बजे एम्बेसडर होटल के सामने पहुंच जाना। बादल तुम्हें पिकअप कर लेगा।'

अजय अपने पिता से फिर मिला, दो व्यक्तियों की सुरक्षा में। आज फिर दीवानचन्द उससे अपने दिल की बात कह देना चाहते थे परन्तु नहीं कह सके। अजय जब उनसे मिलकर वापस लौटने लगा तो उसने अपने हाथ में लिए चश्मे को आंखों पर फिर पहन लिया। उसके बाद ही उसे दो व्यक्तियों ने बाहर ले जाकर शहर के एक अन्य स्थान पर कार से उतार दिया।

उस दिन घर पहुंचते ही अजय ने अपने घर से बाहर के खुले वातावरण का निरीक्षण किया। फिर घर चारों ओर से बंद किया। इसके बाद उसने डी.आई.जी. को फोन मिलाया। उन्हें उसने बताया कि यह सुनहरा अवसर है जब लगभग सभी अपराधी पकड़े जा सकते हैं।

'लेकिन हमारे वहां पहुंचने से पहले चन्दानी और उसके विशेष आदमी वहां से भाग भी तो सकते हैं।' डी.आई.जी. ने कहा, 'वह इतना मूर्ख नहीं कि उसने तहखाने से किसी और गुप्त रास्ते द्वारा भाग निकलने का रास्ता नहीं बनाया हो। यह भी निश्चित है कि भाग निकलने से पहले वह तुम्हारे पिता को भी जीवित नहीं छोड़ेगा।'

अजय ने कुछ देर सोचा। फिर बोला, 'हम उनमें से किसी को भी भाग निकलने का अवसर नहीं देंगे। इसके बाद अजय ने उन्हें एक तरकीब बताई।

डी.आई.जी. ने अजय की बात बहुत ध्यान से सुनी। कुछ देर सोचा। फिर बोले, 'यह एक बहुत बड़ा रिस्क है। इसमें तुम्हारी भी जान जा सकती है। फिर भी कुछ न करने से तो कुछ करना ही अच्छा है। ऐसा नहीं वह स्थान कभी हमें मिलेगा भी या नहीं जहां तहखाने के गुप्त रास्ते निकलते हैं।'

अजय ने डी.आई.जी. से कुछ और विशेष बात की और फिर फोन रख दिया। उसने बहुत होशियारी के साथ कागज पर एक खाका बनाया। फिर इसे मोड़कर मेज की दराज में डाल दिया, शाम को चन्दानी की पार्टी में अपने साथ ले जाने के लिए। इसके बाद उसने अलमारी

खोली। अलमारी की तिजोरी से उसने अपने पिता की एक रिवॉल्वर निकाली, चांदी के समान सफेद चमकदार रिवॉल्वर, जर्मनी की बनी हुई छः गोलियां ही बहुत थीं, फिर भी उसने कुछ अलग गोलियां रख लेने का विचार कर लिया।

अपने पिता से उसने बचपन में ही इसका उपयोग सीख लिया था, उसका निशाना ऐसा अचूक था कि उसने कभी रिवॉल्वर की एक गोली व्यर्थ नहीं जाने दी थी। परन्तु भाग्यवश उसके हाथ से हत्या कभी नहीं हुई। वह अपने काम में इतना निपुण था कि उसने रिवॉल्वर कभी अपने पास रखना उचित नहीं समझा। रिवॉल्वर रखने से इसे चलाने का जोश भी बढ़ जाता है। साल-छः महीने में वह अपना निशाला साफ करने के लिए जंगल की ओर जाता था। कभी-कभी चन्दानी की आज्ञा पर उसके तहखाने में भी अभ्यास कर लेता था क्योंकि तहखाने से गोली का स्वर बाहर नहीं जा सकता था। चन्दानी को उसके निशाने पर गर्व था। तब चन्दानी उसे हर प्रकार का उत्साह देता था और तब अजय भी चन्दानी की सेवा बहुत लगन से करता था अपना कर्त्तव्य समझकर, क्योंकि तब अजय की भेंट अंशु से नहीं हुई थी।

अजय ने रिवॉल्वर की नली साफ की, इसमें गोलियां भरीं और फिर बेसब्री के साथ शाम की प्रतीक्षा करने लगा। आज की शाम उसके जीवन को सदा के लिए स्वतन्त्र करने के कारण बहुत महत्त्वपूर्ण थी, यदि वह वास्तव में अपनी योजना में सफल उतरा।

ठीक शाम पौने छः बजे एम्बेसडर होटल के सामने उपस्थित था। तभी एक व्यक्ति ने उसके पास आकर कहा, 'बादल'।

अजय बिना कुछ कहे उसके साथ हो लिया। दस पग पर खड़ी कार के अन्दर वे बैठे ही थे कि तभी चार इंस्पेक्टर लापरवाही बरतकर कार के समीप से जाने लगे, कार के दोनों ओर से। परन्तु जैसे ही कार के समीप पहुंचे तीन इंस्पेक्टरों ने तुरन्त अपनी-अपनी रिवॉल्वर निकालकर अजय के अतिरिक्त उन तीनों व्यक्तियों की कनपटी पर रख दिया। चौथा इंस्पेक्टर रिवॉल्वर लिए कुछ दूर खड़ा सतर्क हो गया। तीनों अपराधियों ने अजय को बहुत आश्चर्य से देखा, घूरकर भी। परन्तु अब समय हाथ से निकल चुका था। एक साधारण वैन समीप ही खड़ी हुई थी। इंस्पेक्टर के इशारे पर वैन का पिछला द्वार खुला। उसमें से दस-बारह सिपाही बाहर निकले। लपककर इंस्पेक्टरों के पास आ गए। वैन का चालक भी वैन वहां लाने लगा।

एक इंस्पेक्टर ने अपराधियों को एक-एक करके कार से बाहर निकाला और पुलिस के साथ हथकड़ियां पहना दीं। वैन वहां आ चुकी थी। वैन के अन्दर तफंगों जैसे रंग-रूप में तीन व्यक्ति बैठे हुए थे। बाहर निकले। अजय के साथ कार में बैठ गए। इंस्पेक्टर ने अपराधियों को वैन में बिठाया। मिनटों में कार अपने रास्ते बढ़ गई और वैन अपने रास्ते। इंस्पेक्टरों ने अपनी मोटर साइकिलें संभालीं और वैन के पीछे-पीछे चले गए।

यह सब तमाशा देखकर वहां जनता एकत्र हो चुकी थी। किसी के भी कुछ समझ में नहीं आ रहा था कि यह क्या हो रहा है। जब सब चले गए तो जनता आपस में एक-दूसरे को आश्चर्य से देखकर भुनभुनाने लगी।

रास्ते में अजय ने अपनी पॉकेट से अपना चश्मा निकाला जो देखने में बिल्कुल चन्दानी के भेजे हुए चश्मे समान था, चन्दानी का चश्मा बाहर से देखने में ऐसा था जैसे पहनने वाला सब-कुछ देख रहा हो, फिर ऐसा चश्मा अजय को मिलने में कठिनाई क्यों होती जिससे वह वास्तव में सब कुछ देख सके? डी.आई.जी. ने उसके दिए खाके के अनुसार उसे अनेक चश्मे बनवाकर दे दिए थे जिसमें से एक उसने चुन लिया था। जो कमी रह गई थी - उसे उसने स्वयं पूरा कर लिया था। अजय इसके द्वारा आज सुबह ही चन्दानी के व्यक्तियों को धोखा देने में सफल हो गया था उस समय जब एक इंस्पेक्टर ने आकर कार के ड्राइवर से लाइसेंस मांगा था। तब पल भर में ही अजय ने चश्मा बदल लिया था और तब उसे बहुत आसानी के साथ चन्दानी के गुप्त अड्डे का पता चल गया था। चन्दानी का अड्डा उसके बंगले का तहखाना ही था जिसे देखकर अजय को मन ही मन बड़ा आश्चर्य हुआ था। अन्तर केवल इतना था कि तहखाने के लिए बंगले के बगल से होकर आना पड़ता था।

चश्मा लगाने से पहले अजय ने अपनी पॉकेट से वह खाका निकाला जो उसने आज ही बनवाया था। खाका बंगले के तहखाने में जाने का रास्ता बताता था, किधर कैसे मुड़ना है, कहां रुकना है, कहां बटन दबाना है और कैसे अन्दर जाकर फिर बटन दबाते हुए दरवाजा बन्द करना है। अजय अपने साथियों को सारी बातें समझाने के लिए एक अलग तथा सुरक्षित स्थान पर ले गया, क्योंकि वह थोड़ा समय भी नष्ट करना चाहता था। चन्दानी के यहां वह छः के बजाए साढ़े छः बजे तक पहुंचना चाहता था ताकि उस समय तक सभी मेहमान पार्टी में पहुंच जाएं। चन्दानी समय का बहुत पाबंद था इसलिए उसके साथियों को भी पाबन्दी बरतनी पड़ती थी। जो समय का पाबन्द नहीं होता उसे इसका ठोस कारण बताना पड़ता था। यदि चन्दानी सन्तुष्ट हो जाता तो ठीक वरना वह अपने कार्यकर्ताओं को कोड़े से सजा दिए बिना नहीं रहता था।

सारी बातें अपने साथियों को समझाने के बाद अजय ने आंखों पर चश्मा चढ़ाया और ड्राइवर को अपनी मंजिल की ओर बढ़ने का आदेश दिया। ड्राइवर ने कार चन्दानी के बंगले में प्रवेश की अजय के इशारे पर कार बंगले में रुकी। बंगले के लॉन में इस आरे कुछेक व्यक्ति बहुत भेद भरे ढंग में छोटा-मोटा काम कर रहे थे। कोई फूल के गमले हटा-बढ़ा रहा था तो कोई 'लॉन मोवर' द्वारा लॉन की घास कतर रहा था। अजय कार से नीचे उतरा। दो व्यक्तियों ने उसकी बांहें पकड़ीं। तीसरा व्यक्ति कार लेकर बंगले से बाहर निकल गया। बंगले के लॉन में काम करते व्यक्तियों ने अजय तथा उसके साथ दो व्यक्तियों को देखा परन्तु कोई सन्देह नहीं कर सका, क्योंकि उनका बॉस कब और किसको अपने आदमी इस प्रकार लाने के लिए

भेजता है, कोई नहीं जानता था। आज पार्टी में शाम से इस प्रकार उनके बॉस के अनेक मेहमान आ चुके थे।

दोनों व्यक्तियों के साथ दो पग बाद अजय ने तीन सीढ़ियां पार कीं तो छोटे से बरामदे के बाद वह एक चौड़ी गैलरी में पहुंच गए। कुछ दूर चलकर वे बाएं मुड़े। कुछ पगों बाद रुके। उनके दाहिनी तथा बाईं दोनों ही ओर गैलरी जाती थी, परन्तु वे किसी ओर नहीं मुड़े। सामने दीवार पर एक बड़ी फ्रेमदार तस्वीर जड़ी हुई थी - एक उकाब की तस्वीर। एक व्यक्ति ने अजय को छोड़कर उकाब की आंख पर अंगूठा रखकर दबाया। यह एक बटन था। दीवार में पत्थर का दरवाजा खुला - एक स्वर उत्पन्न हुआ - चूं....ऊं...ऊं। वे अन्दर प्रविष्ट हुए।

अन्दर से दरवाजा बन्द करने के लिए एक साधारण बटन था। दरवाजा खुला तो पार्टी की चहल-पहल का शोर कानों में आ पहुंचा। दरवाजा बन्द करने के बाद वे सीढ़ियां नीचे उतरे। तहखाने के अन्दर रेडियोग्राम की धुन बज रही थी परन्तु इस धुन में कभी-कभी चीतों का कर्कश स्वर भी सम्मिलित हो जाता था। अजय ने महसूस किया, यह चीते मानो सदैव भूखे रहते हैं - मानव के मांस के लिए। अन्य मांस खाने से इनका पेट नहीं भरता।

चन्दानी कुछ दूर पर खड़ा जॉनसन से बातें कर रहा था। इस समय दोनों के ही हाथों में शराब के जाम थे। अजय ने अंधों समान अपने साथियों का सहारा लेकर चलते हुए कनखियों से इधर-उधर देखा। आज चन्दानी के लगभग सभी व्यक्ति उपस्थित थे - लड़कियां भी और पुरुष भी। लगभग सभी के हाथों में जाम थे। बाहर के संसार से निश्चिन्त वे ठहाके लगाकर इस पार्टी का आनन्द उठा रहे थे। रंधीर ने तो केवल लड़कियों का साथ ही ले रखा था। अजय ने चन्दानी के सामने खड़े होकर अपना चश्मा उतार दिया। चन्दानी ने एक ही घूंट में अपना जाम समाप्त किया और अजय की ओर पलटा। यहां की पार्टी में जो भी आता था, उसे सबसे पहले चन्दानी के सामने अपने आपको उपस्थित करना पड़ता था।

अजय के साथी उसे छोड़कर उसके दोनों ओर एक अच्छी दूरी लेकर खड़े हो गए। चन्दानी ने अजय के बजाए उन दोनों व्यक्तियों को देखा। उसने अपने मस्तक को एक झटका दिया। कहीं उसने अधिक तो नहीं पी है? उसने तो अजय को यहां लाने के लिए बादल का ग्रुप भेजा था। उसे दाल में काला दिखाई पड़ा। अजय तथा उसके मध्य यूं भी तनाव है। अपना भ्रम मिटाने के लिए उसने तुरन्त अपनी पॉकेट से रिवॉल्वर निकालना चाहा, परन्तु अजय सतर्क था। उसने बिजली की स्फूर्ति समान अपनी पॉकेट से रिवॉल्वर निकाला और हवा में चला दिया। चन्दानी की रिवॉल्वर उसके हाथ में आ चुकी थी परन्तु अजय का निशाना अचूक था। चन्दानी की रिवॉल्वर उसके हाथ से छूटकर दूर जा गिरी। अजय के दोनों साथियों के लिए यह एक बहुत बड़ा इशारा था। वे तुरन्त लपककर चन्दानी के दोनों ओर खड़े हो गए। अपना रिवॉल्वर उन्होंने चन्दानी की कनपटी पर लगा दिया।

पलक झपकते ही यह सब ऐसा हुआ जिसकी किसी को भी आशा नहीं थी। सभी चौंक गए। परन्तु जब संभलकर चन्दानी के व्यक्तियों ने अपना रिवॉल्वर तथा चाकू निकालना चाहा तो अजय एक ओर दीवार से सटते हुए सबको रिवॉल्वर दिखाता चीख पड़ा, 'खबरदार! तुममें से किसी व्यक्ति ने कोई भी चालाकी की तो चन्दानी को जिन्दा नहीं देखोगे।'

चन्दानी की सांस जहां की तहां रुक गई। अजय आगे बढ़ा। झुककर उसने चन्दानी की फर्श पर पड़ी रिवॉल्वर उठा ली। इसके बाद उसने दीवार पर टंगी दो बन्दूकें उठाईं। उनकी गोलियां चैक कीं। फिर अपने आदमियों को एक-एक बन्दूक थमा दी। उसके आदमियों ने अपना रिवॉल्वर जेब में रख लिया। एक व्यक्ति ने चन्दानी की पीठ पर बन्दूक रख दी। दूसरा व्यक्ति कुछ दूर हटकर अन्य व्यक्तियों के आक्रमण के लिए सतर्क हो गया। अजय कोठरी नंबर पांच की ओर बढ़ा। दीवार पर टंगी चाभी उठाकर उसने अपने पिता की कोठरी का ताला खोला।

उसके पिता बहुत आश्चर्य के साथ उसे देख रहे थे। अजय ने उन्हें बाहर निकाला। चन्दानी की रिवॉल्वर उन्हें थमाई। फिर चन्दानी की ओर बढ़ते हुए सामने की ओर जाती सीढ़ियों पर इशारा करते हुए बोला - 'वहां एक बटन है। उसे दबा दीजिएगा तो यहीं एक दरवाजा खुल जाएगा। आगे जाकर एक बटन और मिलेगा। उसे दबाने के बाद बाहर जाने का रास्ता मिल जाएगा। बाहर जाते ही तुरन्त एक हवाई फायर कर दीजिए। पुलिस यहां आने की प्रतीक्षा कर रही है। उन्हें सिगनल मिल जाएगा।

दीवानचन्द तुरन्त सीढ़ियों की ओर बढ़ गए।

चन्दानी ने अजय की बात सुनी तो उसकी आत्मा कांप गई। उसके व्यक्तियों को भी अपनी जान बचाने की चिंता लग गई। दो व्यक्तियों ने एक-दूसरे को संकेत करके अपना रिवॉल्वर बाहर निकाला। चाहा कि चन्दानी के समीप खड़े व्यक्ति को समाप्त कर दें। परन्तु अजय की आंखें बिल्ली के समान तेज थीं। उसके हाथ की रिवॉल्वर एक बार फिर चली - एक के बाद एक - बिजली समान। दोनों व्यक्तियों की रिवॉल्वर थामी हथेलियां फट गईं। रिवॉल्वर छूटकर दूर जा गिरा। पुलिस कर्मचारी की गोली चन्दानी पर चलते-चलते रह गई। अजय के दोनों साथी ही नहीं, सभी अजय की चुस्ती तथा निशाने पर चकित थे। अजय ने एक बार फिर चेतावनी दी - 'इस बार मैंने गोली केवल हथेली पर चलाई है। अगली बार छाती में उतरेगी।'

सहसा तहखाने के बाहर एक हवाई फायर हुआ। पुलिस को आने का संकेत मिल गया। परन्तु तभी वहां लॉन में खड़े व्यक्ति ठिठक गए। ऐसा तो इस बंगले में कभी हो ही नहीं सकता। वे जानते थे कि दीवानचन्द को स्वतन्त्र तथा हवाई फायर करते देखकर उन्हें उन पर सन्देह हुआ। उन्होंने मिलकर उन्हें पकड़ लेना चाहा तो दीवानचन्द ने अपने बचाव में एक व्यक्ति पर फायर कर दिया। एक व्यक्ति ने पीछे से छुरी फेंकी जो सीधे दीवानचन्द की पीठ में जा लगी, वे

वहीं गिर पड़े पीठ के बल कुछ इस प्रकार कि पीठ में लगी छुरी अन्दर तक धंस गई। दीवानचन्द की आंखों के सामने अन्धकार छाने लगा।

हत्यारा तहखाने की घटना से अनभिज्ञ था। दीवानचन्द की रिवॉल्वर उठाकर वह तुरन्त तहखाने में गया। परन्तु तभी अब या कभी नहीं की कहावत पर चन्दानी ने अपनी जान की बाजी लगा दी। वह जीते जी स्वयं को कभी भी पुलिस के हवाले करने को तैयार नहीं था। एक झटके से नीचे बैठते हुए उसने पलटकर बन्दूक की नली पकड़ ली और पुलिस कर्मचारी के मुंह पर एक मुक्का रसीद किया। अन्य व्यक्तियों को अवसर मिल गया। सभी अजय तथा उसके साथियों पर टूट पड़े। गोलियां चलीं। चन्दानी के अनेक व्यक्ति घायल हो गए। परन्तु अब बन्दूक के बजाए हाथापाई होने लगी। एक भगदड़-सी मच गई। स्त्री-पुरुष अपनी जान की सुरक्षा में खुले दरवाजे की ओर भेड़-बकरियों के समान भागने लगे।?

इनकी चीख तथा शोर सुनकर चीते भी जोर-जोर से गरजने लगे। जंजीर में बंधे उछल-उछलकर वे स्वतन्त्र हो जाने को तड़पने लगे। चन्दानी की आंखों में रक्त उतर आया था। अजय ने उसके जीवन भर के प्रयत्न को व्यर्थ कर दिया था। वह अजय को चीते के सामने गिराते हुए उनका शिकार बनते देखकर अपने दिल की आग बुझा लेना चाहता था। अपने साथियों के साथ वह अजय पर टूट पड़ा। परन्तु अजय पीछे हटने वाला नहीं था। उसके साथी भी बलवान तथा चुस्त थे। उन्होंने डटकर मुकाबला किया। अजय के नौजवान तथा गरम रक्त के आगे चन्दानी शीघ्र ही हांफ गया, फिर भी वह पूरे बल से अपने साथियों का सहारा लेकर अजय को चीतों के समीप ले आया। चीते समान शिकार प्राप्त करने के लिए बहुत अधीरता से उछलते-तड़पते गरज रहे थे। अजय कई बार उनके पंजों में आने से बच गया। परन्तु अन्त में उसने उछलकर चन्दानी के पेट पर ऐसी लात मारी कि चन्दानी भी लड़खड़ाकर चीतों की पकड़ में आ गया।

उसका परिणाम वही हुआ जो वह दूसरों के साथ करता था। चीतों ने उसका शरीर झपटकर पकड़ते ही पंजों से दबाकर दांतों द्वारा चबाना आरम्भ कर दिया। चन्दानी बुरी तरह चीखा। उसकी चीख सुनकर उसके साथियों के हाथ-पैर ढीले पड़ गए। सबने अपनी जान बचाना बुद्धिमानी समझी। परन्तु तब तक पुलिस आ चुकी थी। यद्यपि अभी शाम पूर्णतया नहीं डूबी थी फिर भी पुलिस ने सावधानी बरतते हुए सर्च लाइट का पूरा प्रबन्ध कर रखा था। तहखाने के अन्दर सर्च लाइट की आवश्यकता नहीं थी परन्तु बंगले के लॉन में सर्च लाइट बहुत उपयोगी सिद्ध हुई। पुलिस ने बंगले की चारदीवारी के बाहर एक भी अपराधी को निकलने का अवसर नहीं दिया। सब के सब अपराधी पकड़े गए। जॉनसन भी पकड़ा गया। पुलिस ने उसे भी बन्दी बना लिया।

इतनी बड़ी योजना केवल अजय के ही कारण सफल हुई थी इसलिए डी.आई.जी. अजय के पास आए। अजय अपने होंठ तथा मस्तक से निकलते रक्त को रूमाल द्वारा पोंछ रहा था

डी.आई.जी. ने उसे बधाई दी। अजय उनके साथ बाहर निकला। पुलिस की हिरासत में सारे अपराधी वैन में बैठते जा रहे थे। जो घायल थे उन्हें पुलिस वाले एक अलग वैन में बिठा रहे थे।

अजय के पिता घायल होकर एक जगह पड़े हुए थे। उन्हें पुलिस वाले उठाने ही वाले थे कि तहखाने से निकलकर बाहर आते अजय की दृष्टि उन पर पड़ गई। अजय लपककर उनके समीप चला आया। दीवानचन्द ने पुलिस वालों को उठाने से रोककर अजय को अपने समीप बैठने का इशारा किया। अजय उन्हें तुरन्त अस्पताल ले जाना चाहता था। उन्होंने उसे भी रोक दिया। अजय को उनकी स्थिति देखते हुए वहीं बैठ जाना पड़ा। अजय समझ गया, उसके पिता का अन्तिम समय आ चुका है, पीठ में छुरी अन्दर तक धंसी हुई थी। फर्श पर रक्त फैला हुआ था। अजय उनके पास झुककर बैठ गया।

दीवानचन्द ने बहुत प्यार से उसका हाथ पकड़ा। इस अन्तिम समय उन्होंने अपने दिल का भेद उगल देना चाहा। अजय भी समझ गया। उसके पिता उससे कुछ कहना चाहते हैं। शायद दिल का भेद बोझ बना हुआ था। दीवानचन्द ने कहने को अपने होंठ खोले। परन्तु उनके होंठ कांपने लगे। आंखों में आंसू आ गए। उन्होंने अपनी टूटती सांस ऊपर खींची, परन्तु शब्द नहीं निकल सके। सहसा उनकी आंखें पथरा गईं। होंठ जम गए। अजय के हाथ को पकड़ा हाथ कुछ सख्त हुआ, फिर एकदम ढीला हो गया। उनकी आत्मा उनके शरीर को छोड़ चुकी थी। बेजान होकर वे फर्श पर ढेर हो गए।

अजय की आंखों में आंसू छलक आए। उसके पिता के दिल में क्या भेद था? वह उससे सदा ही कुछ न कुछ कहना चाहते थे। कहते-कहते रुक जाते थे बाद में बताने का वचन देते थे। मरने से पहले वह अपने दिन का भेद उस पर प्रकट करने का वादा कर चुके थे, परन्तु अब क्या हो सकता है? अब? उसके पिता का भेद तो अब उनके साथ ही दफन हो गया। आज जब उसके पिता अपने बेटे को बुरे कर्मों से स्वतन्त्र देखने योग्य हो गए थे तो उनकी आंख ही सदा के लिए बन्द हो गई। आज जब वह स्वयं भी चन्दानी के जाल से स्वतन्त्र होने योग्य हो गए तो उनका जीवन ही उन्हें धोखा दे गया। डी.आई.जी. ने अजय को तसल्ली देने के लिए उसके कन्धे पर हाथ रखा और खेद प्रकट करते हुए बोले, 'आई एम सॉरी, माई सन।'

अजय की आंखों के आंसू गालों पर लुढ़क आए। जिनके जीवन के लिए उसने अपने जीवन की बाजी लगाई अब वह ही नहीं रहे।

3

अजय को कोतवाली में अपना बयान देने के लिए बहुत देर ठहरना पड़ा। अपराधियों का इतना बड़ा गैंग पकड़ने की सूचना रात ही रात सारे शहर में जंगली आग के समान फैल गई थी। कोतवाली के बाहर दर्शकों की इतनी भीड़ लग गई थी कि पुलिस को संभालना कठिन हो

51

रहा था। पत्रकार कोतवाली में पहुंचकर सभी पुलिस वालों से तुके-बेतुके प्रश्न पूछ रहे थे। कुछेक पत्रकारों को जब यह पता चला कि इस गैंग को पकड़वाने का सेहरा अजय को है तो उस पर प्रश्नों की बौछार कर दी। कुछेक ने उसकी तस्वीरें भी खींचीं। अजय का मन उसके पिता की मृत्यु के कारण भारी था फिर उसे सबके प्रश्नों का उत्तर देना था और वह संक्षेप में उनका उत्तर देता रहा। जब आधी रात बाद वह अपने घर पहुंचा तो बहुत थक चुका था। परन्तु उसके बाद भी उसे नींद नहीं आ सकी। अपने पिता के बिछुड़ने का बहुत दुःख था।

पिता का शव उसे दूसरे दिन पोस्टमॉर्टम के बाद मिलना था। पलंग पर लेटने के बाद बार-बार वह एक ही बात सोचने पर विवश था। उसके पिता उससे क्या कहना चाहते थे? उसके पिता के दिल में क्या भेद था जो वह बहुत उदास रहा करते थे। क्यों भगवान का अट्टहास उड़ाते-उड़ाते अचानक उनकी आंखों में आंसू आ जाते थे? अजय के मन में ऐसी बेचैनी बनी हुई थी कि वह बहुत देर तक नहीं सो सका। जाने कैसे सुबह होने से कुछ पहले ही उसे नींद आई।

सुबह जब उसकी आंखें खुलीं तो समीप ही रखे फोन की घंटी बज रही थी। फोन की निरन्तर बजती घंटी ने ही उसकी नींद तोड़ दी थी। उसने मन ही मन इतनी सुबह फोन करने वाले को कोसा। देर से सोने के कारण उसका सिर फटा जा रहा था। फिर भी उसने करवट बदलते हुए फोन उठा लिया। बोला, 'हैलो?'

उस तरफ एक भेद-भरी खामोशी थी।

अजय का दिल धड़का। कहीं कोई अपराधी कल बच निकलने के बाद उसे बदले की चुनौती तो नहीं देना चाहता है? संभलकर बैठते हुए उसने कहा, 'हैलो?' उसका स्वर तेज था।

सहसा उसके कानों में रस टपक गया। एक आवाज आई, बहुत ही मीठी, सुरीली, परिचित-सी, 'हैलो।' स्वर अंशु का था।

अजय अंशु का स्वर पहचान चुका था। फिर भी उसने पूछना आवश्यक समझा, 'आपका शुभ नाम?'

'मैं...' उत्तर में थोड़ा संकोच था। परन्तु वाक्य पूरा हो गया, 'मैं अंशु हूं।'

'ओह! अंशुजी आप!' अजय के सिर का दर्द मानो तुरन्त दूर हो गया। वह आलथी-पालथी मारकर बैठ गया और गोद में एक तकिया रखकर फोन वाले हाथ की कोहनी इस पर टेक दी। बोला, 'कहिए इतनी सुबह-सुबह कैसे याद किया?'

'आज के अखबार में आपकी तस्वीर तथा सफलता देखकर आपको बधाई देना आवश्यक समझा, बस इसीलिए रिंग कर दिया।'

'ओह...धन्यवाद! अजय ने कहा। परन्तु उसका स्वर गंभीर था। उसने बात जारी रखी, 'परन्तु जिनके जीवन की सुरक्षा के लिए मैंने दोबारा अपराध करना स्वीकार किया था तथा जिनकी स्वतन्त्रता के लिए मैंने इतना बड़ा खतरा मोल लिया, वही नहीं रहे तो क्या लाभ?

'आपने कभी यह भी सोचा कि आपके पिता ने अपनी बलि देकर अनेक बेबस तथा मजलूम लोगों को अपराध करने से बचा कर कितना बड़ा पुण्य का काम किया है?' अंशु ने कहा।

'जी हां, यह बात तो है फिर भी...' अजय ने कहना चाहा।

'फिर-फुर कुछ नहीं। भगवान जो भी करता है अच्छा ही करता है।' अंशु ने समझाया, 'क्या जाने उनके बचने के बाद सरकार उन्हें क्षमा करने के बजाए बाकी जीवन...'

अजय को अंशु की बात उचित लगी तो उसे शान्ति मिली। यदि उसके पिता जीवित बच जाते कानून उन्हें कभी क्षमा नहीं करता। आखिर उनका सारा जीवन एक अपराधी बनकर ही तो बीता था। उसने कहा, 'आप ठीक कहती हैं कि भगवान जो भी करता है, अच्छा ही करता है।'

'जी हां...' अंशु ने कहा, 'आप अपने पिताजी को भूलकर अब एक नया जीवन आरम्भ कीजिए।'

नया जीवन! अजय ने सोचा, नया जीवन आरम्भ करने के लिए उसे एक नए जीवन-साथी की आवश्यकता भी तो है। क्या अंशु...अंशु...अजय का दिल अंशु के बारे में सोचते हुए धड़क उठा। परन्तु उसने अपने दिल को समझा लिया। अंशु के मन में उसके प्रति सहानुभूति है। वह उसकी एहसानमन्द होने के कारण उसका भविष्य उज्ज्वल देखना चाहती है। उसके दिल में तो केवल विशाल का प्यार है ओर किसी के प्रति प्यार उत्पन्न होने का प्रश्न ही नहीं उठता। काश! अंशु के जीवन में विशाल नहीं आया होता तो वह निश्चय ही उसका दिल जीतने का पूरा प्रयत्न करता। उसने कहा - 'जी हां, इरादा तो यही है।'

'वैरी गुड-' अंशु ने मानो संतोष की सांस ली। बोलो, 'अब मैं फोन रख रही हूं। फिर कभी भेंट होगी। नमस्ते।'

'नमस्ते।' अजय ने मानो न चाहते हुए कहा। अंशु के दिल में उसका प्यार न सही, फिर भी अंशु उससे यदि इसी प्रकार बातें करती रहे तो उसके दिल की शांति तथा मिठास प्राप्त होती रहेगी। उसने सोचा क्या अब वास्तव में उसकी भेंट अंशु से एक बार फिर होगी? फोन द्वारा या...व्यक्तिगत रूप में? अंशु ने कुछ बताया नहीं!

एक सप्ताह बीत गया। इस मध्य अंशु से उसकी भेंट एक बार भी नहीं हुई। उसका फोन भी नहीं आया। उसने अंशु को किसी बहाने फोन करना चाहा, परन्तु साहस नहीं हुआ। कहीं अंशु को उसके दिल का भेद न ज्ञात हो जाए। भेद खुल जाने के बाद कहीं उसके दिल की सहानुभूति घृणा में बदल गई तो वह जीवित नहीं रह सकेगा। कभी-कभी किसी के दिल में अपने प्रति घृणा देखकर मानव का जीवन कठिन हो जाता है। अंशु के प्रति उसका प्यार दिल की गहराई में उतर गया।

इस मध्य अजय को ज्ञात हो गया कि उस पर कोई मुकदमा नहीं चलेगा। उसका जीवन बेदाग छूटेगा क्योंकि पुलिस ने उसे सरकारी गवाह बना लिया है। यही नहीं डी.आई.जी. ने उसकी बहादुरी सराहते हुए इतने बड़े गैंग के पकड़े जाने के परिणाम में उसे सरकार से एक उपहार भी देने की सिफारिश कर दी थी। पुलिस ने चन्दानी का बंगला, तहखाना तथा इसके अन्दर की सारी वस्तुएं अपने कब्जे में कर ली थीं। कागजात तथा वस्तुओं की पूरी-पूरी जांच की जा रही थी।

इतना भयानक तथा बड़ा गैंग पकड़ने की प्रसन्नता में डी.आई.जी. ने अपने बंगले में एक निजी पार्टी दी। पुलिस विभाग के ऊंचे-ऊंचे पदाधिकारी इसमें सम्मिलित हुए। डी.आई.जी. ने अजय को भी निमन्त्रण दिया। अजय जब शाम होने के बाद पार्टी में पहुंचा तो उसने देखा वहां राय साहब, उनकी पत्नी तथा अंशु भी उपस्थित हैं। अंशु को मानो अजय की ही प्रतीक्षा थी। अजय को देखते ही मानो उसका दिल प्रसन्नता से उछल पड़ा। लम्बी बोझिल पलकों के मध्य आंखें सितारों समान चमक उठीं। परन्तु फिर उसने अपने दिल पर काबू कर लिया। यदि उसे अजय के लिए इतना उत्सुक किसी ने देख लिया तो क्या सोचेगा? सभी जानते हैं उसके डैडी उसका विवाह विशाल के साथ करना चाहते हैं।

अजय ने अंशु को देखा। अंशु अपनी सहेलियों के मध्य हाथ में मिठाई की एक प्लेट लिए उसी को देख रही थी। अजय के होंठों पर एक गम्भीर मुस्कान चली आई। अंशु की यह सुन्दरता - सुन्दरता की प्रतिमा, जिसे वह अपने दिल की गहराई से प्यार करता है, शीघ्र ही किसी और की बन जाएगी। विशाल कितना भाग्यवान है जिसे अंशु के दिल पर पूरा अधिकार मिलेगा।

अजय ने राय साहब तथा उनकी धर्मपत्नी को नमस्ते किया तो उन्होंने उसका नमस्ते स्वीकार करने के बाद हर्ष प्रकट करते हुए उसे बधाई भी दी। उसके बाद अजय ने एक प्लेट ली और मेज पर सभी मिठाइयों में से कुछेक टुकड़े प्लेट में रखने के बाद एक किनारे खड़ा हो गया। अंशु के दिल की कली बेचैन थी। उसने अजय को अकेले देखा तो तुरन्त उसके पास चली आई। अजय ने उसे नमस्ते किया तो उत्तर में नमस्ते कहते हुए वह इस प्रकार मुस्कराई मानो सफेद बादलों में बिजली कौंध गई हो। उसके मोती जैसे दांत कुछ ऐसे ही चमकदार थे।

अंशु ने आज भी एक मैक्सी पहन रखी थी - गहरे नीले रंग की मैक्सी - कलाइयों से लेकर दोनों कंधों तक अत्यधिक झोलदार आस्तीन - फिर कंधों से कमर तक कुछ कम झोल - इसके बाद कमर से बेल्ट समान बंधकर नीचे तक झोल ही झोल था। आज अंशु की सुनहरी लटों को संवरने का ढंग भी बिल्कुल निराला था। नीली मैक्सी में उसका मुखड़ा नीले बादलों पर चन्द्रमा समान निखर आया था। अजय अंशु को देखता ही रह गया। अंशु अजय से मुस्कराकर बातें कर रही थी। अजय को ऐसा लगा मानो उसकी सांसों की सुगन्ध सारे कमरे में फैल गई। अंशु बातों ही बातों में अजय पर अपने दिल का भेद प्रकट कर देना चाहती थी परन्तु

हर बार उसके साहस पर नारीत्व छा गया। अजय क्या सोचेगा? क्या अजय को मालूम नहीं कि उसके डैडी विशाल को उसके लिए पसन्द कर चुके हैं? फिर भी वह अजय से घुल-मिलकर उसका मन जीत लेना चाहती थी।

अजय ने जब अंशु की रुचि अपने में देखी तो वह विश्वास नहीं कर सका - विश्वास करने का साहस नहीं हुआ। क्या अंशु विशाल को भुलाकर उसकी बन सकती है? क्या यह सम्भव है कि वह एक ऐसे व्यक्ति से प्यार करे जो पहले एक अपराधी रह चुका है तथा जिसके अपराध के बारे में सारा संसार जान चुका है? उसे इस पार्टी में बुलाकर जो भी सम्मान दिया जा रहा है यह तो एक औपचारिकता है ताकि अन्य अपराधियों को अपराध छोड़ने की प्रेरणा मिल सके। क्या उसके मस्तक पर लगा कलंक कभी मिट सकेगा? क्या अंशु भूल सकती है कि वह कभी अपराधी था? फिर भी उसे विश्वास होने लगा कि अंशु उसमें जो भी रुचि ले रही है वह सहानुभूति के अतिरिक्त कुछ और भी है। अंशु के देखने का ढंग - आंखों में डूब जाने का ढंग - अंशु जब अजय से अपनी आंखें मिलाती तो अजय को ही अपने दिल पर काबू करके पलकें झुका लेनी पड़ती थीं।

सहसा वहां अंशु की एक प्रिय सहेली आ गई। पार्टी में वह देर से आई थी इसलिए उससे मिलने वहां चली आई। अजय ने देखा, यह वही लड़की थी जो अंशु को उस दिन स्टेशन पर लेने आई थी जब उसने अंशु के साथ पहली बार रेल-यात्रा की थी।

'हाय अंशु!' उसने चहककर कहा।

'हाय!' अंशु ने कहा। परन्तु इस समय उसे अपनी सहेली का हस्तक्षेप करना अच्छा नहीं लगा। फिर भी उसके स्वागत में वह मुस्करा दी। अंशु ने तुरन्त ही उसकी भेंट अजय से कराई। अजय की प्रशंसा भी की तो उस लड़की ने उससे मिलकर प्रसन्नता प्रकट की। लड़की का नाम अंशु ने मीना बताया।

'हमारे होने वाले जीजा कब आ रहे हैं?' सहसा अन्य बातों से फुर्सत पाकर मीना ने पूछा, बहुत चंचलता के साथ।

जीजा? अजय चौंक पड़ा। अंशु भी चौंक गई। पूछा, 'जीजा।'

'हां-हां...विशाल बाबू।' मीना ने कंधा झटका।

विशाल! अजय ने ऐसा मुंह बनाया मानो उसने अपनी प्लेट से मिठाई का एक टुकड़ा नहीं कोई किरकिरी वस्तु उठाकर दांतों के बीच रख ली है।

'मुझे क्या पता।' अंशु ने लापरवाही से उत्तर दिया। उसे इस समय विशाल का नाम अच्छा नहीं लग।

'अरे! पागल हो गई है क्या?' मीना ने आश्चर्य से कहा, 'यहां सारी सहेलियों ने तेरे सहारे इस शनिवार को पिकनिक की तैयारी कर रखी है और तू कह रही है कि मुझे क्या पता?

आखिर तूने ही तो कहा था कि वह आठ या नौ तारीख तक आ जाएंगे। क्या तूने अभी तक उन्हें पत्र भी नहीं लिखा?'

'ओ माई गॉड!' अंशु को अचानक याद आया। वह वास्तव में भूल गई थी। विशाल को उसने कभी पत्र नहीं लिखा था परन्तु पिकनिक के कारण लिखने को अवश्य तैयार हो गई थी। परन्तु अजय के प्यार में वह इस प्रकार खो गई थी कि उसे कुछ याद ही नहीं रहा।

'कहां खो गई थी जो विशाल बाबू को पत्र लिखना ही भूल गई?' सहसा समीप से जाते बैरे की ट्रे से कोका-कोला की एक बोतल उठाकर मीना ने पूछा।

अंशु ने अजय को देखा। फिर बात संभालकर बोली, 'कहीं नहीं। मैंने उसे कभी पत्र नहीं लिखा, शायद इसीलिए भूल गई थी।'

'खैर...' मीना ने कहा, 'अब भी बहुत समय है। विशाल बाबू को रिंग कर देना। हम लोगों का दस तारीख का प्रोग्राम बिल्कुल पक्का है।' मीना अजय की ओर पलटी। बोली, 'बेचारे विशाल बाबू इससे प्यार करते हैं। परन्तु शर्मीले इतने हैं कि अंशु से आंख तक नहीं मिलाते।' सहसा वह चौंकी। बोली, 'अजय बाबू, आप भी हमारे साथ क्यों नहीं चलते? वास्तव में पिकनिक का आनन्द आ जाएगा।'

'मैं!' अजय बौखला गया। उसका इन बड़े लोगों में क्या काम?

अंशु ने एक पल सोचा। फिर बोली, 'अजय बाबू चलें - अवश्य।' अंशु ने अपनी प्लेट से एक टुकड़ा मिठाई का उठाया और होंठों तक ले जाने से पहले कहा, 'अजय बाबू आप तो बिल्कुल अकेले हैं। इसलिए आप खाने की चिन्ता मत कीजिए। मैं आपका ब्रेकफास्ट तथा लंच रख लूंगी। रात का खाना तो हम रसोइए द्वारा पिकनिक स्पॉट पर ही बनवाएंगे।

अजय की आंखों में एक सपना जागा जिसे मीना ने पढ़ने का प्रयत्न किया। सोचा, अंशु अजय का इतना विचार क्यों रख रही है? क्या अजय एक समय खाने का प्रबन्ध किसी होटल से नहीं कर सकता? परन्तु फिर उसने अपना मन झटक दिया। उसे ऐसा नहीं सोचना चाहिए। अंशु अजय की मित्र भी तो हो सकती है। मित्र तथा प्रेमी-प्रेमिका में बहुत अन्तर होता है।

रविवार का दिन था। सारी लड़कियां तथा लड़के सुबह अपने निश्चित समय पर अंशु के बंगले पर पहुंचने लगे। मीना भी आ गई। परन्तु मीना को यह देखकर बड़ा आश्चर्य हुआ कि विशाल वहां उपस्थित नहीं है। अंशु जब अपना सामान बस के ऊपर रखवाने लगी तो मीना ने पूछ ही लिया, 'विशाल बाबू क्यों नहीं आए?'

'तेरी रुचि उनमें इतनी क्यों बढ़ रही है? नहीं आए तो नहीं आए।' अंशु ने मस्तक पर बल डालकर कहा।

'अरे बाबा, मेरी रुचि उनमें क्यों बढ़ने लगी?' मीना ने कहा, 'मैं तो तेरी संगति के लिए कह रही थी। कम से कम इसी बहाने उन्हें तेरे ऊपर अपने दिल का हाल तो प्रकट करने का

अवसर मिल जाता। आजकल विवाह से पहले यदि रोमांस नहीं किया जाए तो जीवन सूखा-सूखा लगता है। निश्चय ही तू उन्हें फोन करना भी भूल गई होगी।'

परन्तु वास्तविकता यह नहीं थी। अंशु ने जब भी विशाल को ट्रंककाल करना चाहा दिल साथ नहीं दे सका। एक बार तो अंशु ने ट्रंककाल मिलाने के बाद भी काट दिया था। अजय के साथ पिकनिक का इतना सुनहरा अवसर वह हरगिज गंवाने को तैयार नहीं थी। पिकनिक में अजय के साथ रहकर वह बहुत आसानी से उसके दिल की बात जान सकती थी और फिर स्वयं भी अपना प्यार प्रकट कर सकती थी। उसने बात समाप्त करने के लिए कहा, 'यही समझ ले।'

'अब तो तुम निश्चय ही पिकनिक में बोर होओगी।' मीना ने खेद प्रकट किया।

'बोर क्यों होऊंगी?' अंशु ने कहा, 'मेरे साथ अजय बाबू जो रहेंगे।'

'अजय बाबू!' मीना चौंकी। फिर चंचलता से बोली, 'उनसे तो मैं साथ प्राप्त करने की आशा कर बैठी थी ओर तू...।'

'क्या?' अंशु ने आंखें दिखाईं।

'सच बता...' मीना गम्भीर हो गई। पूछा, 'कहीं तुझे अजय बाबू से प्यार तो नहीं हो गया?'

अंशु ने कोई उत्तर नहीं दिया। वह गम्भीर हो गई।

'मैं समझ गई।' मीना ने कहा। पूछा, 'क्या वह भी तुझे चाहते हैं?'

'पता नहीं!'

'पता नहीं की बच्ची!' मीना फिर चंचलता पर उतर आई। उसने अंशु के कूल्हे पर चिकोटी काटी। बोली, 'क्या कभी किसी नवयुवक का दिल तेरे लिए धड़कने से इन्कार कर सकता है? खैर, पिकनिक में मैं उनके दिल की बात अवश्य पता लगाकर बता दूंगी।'

धीरे-धीरे सभी लड़के-लड़कियां वहां पहुंच गए। अजय भी आ गया तो मीना ने अंशु को देखा। अंशु का मुखड़ा प्रसन्नता तथा लाज से दमक उठा था। अजय ने अपना ब्रीफकेस स्वयं बस के ऊपर डाल दिया। फिर सुबह की पौ फटते-फटते बस बम्बई से दूर एक पिकनिक स्पॉट की ओर चल पड़ी।

बस में अंशु को उसकी सहेलियों ने घेर रखा था जो अंशु नहीं चाहती थी तथा अजय भी। अजय एक कोने में सबसे पीछे बैठा था। लड़के-लड़कियों से बस भर गई थी। किसी ने गिटार साथ ले लिया तो किसी ने बैन्जो। अन्य साज भी थे। बस चलते ही चहक तथा ठहाके आरम्भ हो गए थे। बस में ही लड़के-लड़कियों ने अपना-अपना ब्रेक-फास्ट लेना आरम्भ कर दिया। अंशु भी उठकर अजय के पास गई। कुछ 'स्नैक्स' उसकी ओर बढ़ाए तो अजय ने धन्यवाद के साथ एक 'स्नैक' ले लिया।

जब सुबह अच्छी तरह निखर आई तो एक जगह बस रुकी। सबने थरमस से चाय निकालकर पी। उसके बाद बस अपनी मंजिल के लिए रवाना हुई तो ठहाकों का शोर और ऊंचा हो गया। कुछ घण्टों बाद संगीत का प्रोग्राम होने लगा। मनचले नवयुवक चलती बस में विदेशी ढंग पर खड़े होकर थिरकने के अंदाज में शरारत से मटके जाते। सभी चहक रहे थे परन्तु सदा चहकने वाली अंशु आज गंभीर थी। इस बात को अजय ने भी महसूस किया तथा अंशु के समीप बैठी मीना ने भी। प्यार मानव को किस प्रकार गंभीर बना देता है यह बात मीना अंशु को देखने के बाद ही जान सकी। कुछ लड़कियों को छोड़कर सभी के अपने-अपने प्रेमी थे। कुछ लड़कियों ने दृष्टि द्वारा अजय को भी निमन्त्रण दिया परन्तु अजय टाल गया।

अजय की दृष्टि बार-बार अंशु से टकरा जाती थी परन्तु दोनों खामोश थे - एक-दूसरे के दिल की धड़कनों का स्वर सुनकर भी एक-दूसरे से बहुत दूर थे। जब लड़के-लड़कियां संगीत से थक गए तो चुटकुले आरम्भ हो गए। चुटकुले का दौर खूब चला। चुटकुले सुनकर अशुं भी मुस्करा देती। मुस्कराकर जब वह अजय को देखती तो अजय के दिल में अंशु की प्राप्त करने की अभिलाषा और तीव्र हो उठती।

छः घण्टों की यात्रा करने के बाद बस बम्बई से दूर एक पिकनिक स्पॉट पर पहुंचने लगी तो अजय ने देखा - एक चट्टान के ऊपर ऊंचे-ऊंचे घने वृक्षों के मध्य डाक बंगला नारंगी रंग के फूल समान लग रहा है। कुछ ही देर बाद बस इस डाक बंगले की चारदीवारी से सटकर रुक गई। लड़के-लड़कियां बस से उतरने लगे। तभी वहां डाक बंगले के कुछेक चौकीदार तथा माली आ गए। उन्होंने बस के ऊपर से सामान उतारा। कुछ सामान नवयुवकों ने स्वयं संभाल लिया। बगल में चारदीवारी से बंगले के लॉन में जाती हुई सीढ़ियां बनी हुई थीं। लड़के-लड़कियां लॉन में चले आए।

बंगले के सामने लॉन अधिक बड़ा नहीं था परन्तु सुन्दर बहुत था। फूलों की क्यारियां तथा पत्थर की नीची-नीची बैंच अनेक थीं। बंगले के ठीक सामने लॉन के बाद सीढ़ियां गई थीं - कुछ आड़ी-तिरछी होकर - बहुत दूर तक नीचे तक, जहां अनेक छोटे-बड़े पत्थरों के बाद चट्टान का किनारा लिए पानी एक झील के समान फैला रखा था। पानी में चट्टान के टुकड़े बीच-बीच में भी उभरे हुए थे। लगभग एक फर्लांग बाद, झील के उस पार बहुत ऊपर से दो चट्टानों को काटते हुए एक झरना अपने संगीत के पूरे जोश के साथ नीचे गिर रहा था। झरने का झाग सूर्य के प्रकाश में चांदी समान चमक रहा था। लड़के-लड़कियां बहुत देर तक आंखें बिछाए प्रकृति के इस दृश्य को देखते रहे। अंशु ने सारा सामान डाक बंगले के अन्दर रखवाया। अपने प्रोग्राम के अनुसार वह यह डाक बंगला पहले ही बुक करा चुकी थी।

बम्बई से दूर, जंगल के इस किनारे मौसम बहुत सुहाना था - हल्का गुलाबी जाड़ा। लंच एक बजे के बाद लेने का विचार था इसलिए लड़के-लड़कियां सीढ़ियां उतरकर झील की ओर चल पड़े। कुछेक मनचले लड़कों ने सीढ़ियों के बजाए ऊबड़-खाबड़ तथा झाड़-झंखाड़ वाले

रास्ते अपना लिए। किसी के हाथ में दरी थी तो किसी के हाथ में फलों की टोकरी। कोई कैमरा लिए था तो कोई रेडियोग्राम या अन्य साज। जो नहाने या तैरने का शौक रखते थे उनके हाथ में अपनी आवश्यकताओं की वस्तुएं थीं। सीढ़ियां पार करने के बाद झरने के समीप जाने का रास्ता कठिन नहीं था। जगह-जगह पानी के मध्य छोटी-छोटी चट्टानें उभरी हुई थीं जिनके द्वारा पानी फलांग कर बहुत आसानी के साथ झरने के समीप पहुंचा जा सकता था। कुछेक जोड़े पानी के मध्य इन चट्टानों पर ही दरी बिछाकर बैठ गए थे।

मीना ने भी डाक बंगले में अपनी आवश्यकतानुसार कुछ कपड़े निकालकर एक एयरबैग में डाले। फिर तैराकी के कपड़े उठाकर दूसरे कमरे में बदलने के लिए जाने से पहले अंशु से पूछा, 'क्या तेरा इरादा तैरने का नहीं है?'

'इरादा तो था-" अंशु ने उत्तर दिया, 'परन्तु अब लाज आ रही है। अजय बाबू क्या सोचेंगे?'

'अरे पगली, वह सोचेंगे-वोचेंगे कुछ नहीं। उल्टे तुझ पर दीवाने हो जाएंगे।' मीना ने एक पल रुककर सोचा। फिर बोली 'तू एक काम कर। पानी में तैरते-तैरते तू अजब बाबू के समीप से निकलना और फिर दो डुबकी लगाकर चीख पड़ना - बचाओ। यदि अजय बाबू को तुझसे प्यार होना तो वे तुरन्त ही तुझे बचाने के लिए छलांग लगा देंगे। बस, तू वहीं उनकी छाती से लिपट जाना। फिर तेरे तथा उनके प्यार के मध्य संकोच की दीवार जरा भी नहीं रहेगी। क्या समझी?'

अंशु लजाकर हल्के से मुस्करा दी। मीना की तरकीब तो वास्तव में बड़ी अच्छी है, परन्तु इसे अपनाने के लिए उसका दिल तैयार नहीं हो सका।

'शरमाती क्यों है? चल कपड़े बदला।' मीना ने मानो आज्ञा देते हुए उसके सूटकेस से स्वयं ही तैराकी का वस्त्र निकाला और उसकी बांह पकड़कर खींचते हुए उसे अपने साथ दूसरे कमरे में ले गई। दोनों ने तैराकी का वस्त्र पहना। फिर शरीर पर कंधों से घुटने तक झोलदार गाउन पहनकर दोनों डाक बंगले से बाहर आए। मीना ने लॉन में से एक फूल तोड़कर अंशु की लटों में टांक दिया। एक फूल अपनी लटों में भी टांक दिया। दो सीढ़ियां उतरीं। पीछे-पीछे अंशु का नौकर था - एक हाथ में एयरबैग तथा दरी लिए। दूसरे हाथ में रेडियोग्राम था। बजय दूर, पानी के मध्य एक उभरी चट्टान पर खड़ा सिगरेट पी रहा था। उसकी दृष्टि अंशु पर ही चिपकी हुई थी। धूप में अंशु की सफेद पिण्डलियां बिजली समान चमक रही थीं। अंशु ने अजय को देखा तो लजा गई। चेहरा और गुलाबी हो गया। बोझिल पलकों का बोझ बढ़ गया। अजय से वह किस प्रकार दृष्टि मिलाए?

'देख ले-' मीना ने अंशु को कोहनी मारी। बोली, 'अजय बाबू की दृष्टि में तेरे लिए कितना अधिक दीवानापन झलक रहा है। अब संकोच की दीवार हटाना तेरे हाथ में है।

अंशु ने कोई उत्तर नहीं दिया। वह और लजा गई।

पानी के मध्य एक चट्टान पर मीना ने दरी बिछाई। नीचे बैठी तो अंशु भी घुटने समेटकर बैठ गई। मीना ने रेडियोग्राम पर रिकॉर्ड लगा दिया। फिर खड़ी होकर अपना गाउन उतारते हुए अंशु को देखा।

'न बाबा, मैं नहीं तैरूंगी। तू ही चली जा।' लाज के मारे अंशु अब उठना भी नहीं चाहती थी।

अंशु बड़े-बड़े होटलों तथा क्लब के स्वीमिंग पूल में अपरिचित व्यक्तियों के सामने भी तैरने में कोई हर्ज नहीं समझती थी। वह ऊंचे समाज की एक स्वतन्त्र विचारों वाली लड़की थी जहां इन बातों में लजाना एक पिछड़ापन समझा जाता है। परन्तु आज जब वह अपने ही मित्रों के सामने लजाने लगी तो मीना आश्चर्य किए बिना न रह सकी। उसने कहा, अरे वाह? जीवन भर नटखटी करने वाली लड़की आज अजय बाबू से डर रही है? अरे पगली, यही तो अवसर है। आ, चल, मैं तेरे साथ हूं।' मीना ने अंशु की बांह पकड़कर उसे खड़ा किया। बोली, 'आज तुम दोनों के प्यार का भेद एक-दूसरे पर अवश्य खुल जाना चाहिए। आगे पता नहीं ऐसा अवसर कभी मिले या न मिले, कौन जानता है?'

अंशु ने स्वयं में सिमटते हुए एक बहुत प्यारी मुस्कान के साथ अपना गाउन उतारा। अजय उसे देख रहा था। अंशु का कुन्दन समान दमकता शरीर। भगवान ने मानो उसके अंग-अंग को अपने हाथों से तराशा था। अंशु ने अजय को देखा। उसकी चुभती हुई दृष्टि वह सहन नहीं कर सकी तो तुरन्त आगे बढ़कर उसने पानी के वस्त्र में अपने को गर्दन तक छिपा लिया। हल्के नीले पानी में उसका शरीर सफेद जलपरी समान झलकने लगा।

मीना भी अंशु के समीप पानी में उतर गई थी। उसने दबे स्वर में अंशु से कहा, 'थोड़ा गहराई में जाकर एक-दो डुबकी लगा दे। अजय बाबू का ध्यान कहीं और होगा तो मैं तेरे बचाव के लिए चीख पड़ूंगी।'

अंशु ने कुछ नहीं कहा। वह तैरती हुई गहराई में गई - अजय की ओर, परन्तु उसका साहस नहीं हो सका कि वह शरारत करते हुए डुबकी लगाए। प्यार की गम्भीरता शरारत करने की आज्ञा नहीं दे सकी। अजय अंशु को बहुत हसरत से देख रहा था। अंशु को उसके सामने हाथ पैर चलाना कठिन हो गया। परन्तु फिर स्वयं को संभालकर वह तैरती हुई अजय की दृष्टि से दूर चली आई, एक ओर, जहां झरना कुछ अधिक था। वहां छोटी-छोटी चट्टानों के मध्य तथा तेज गति से बहते पानी में एक सुन्दर जोड़ा बैठा हुआ था। लड़के ने सफेद कमीज और चॉकलेट रंग की पैण्ट पहन रखी थी तथा लड़की ने गुलाबी साड़ी। दोनों प्रेम सागर में डूबे हुए थे।

अंशु ने इनके स्थान पर अजय तथा अपने आपको देखा। काश, इसी प्रकार वह भी अजय के साथ ठंडे पानी में बैठी दिल की आग बुझाती होती। वहां समीप ही पानी के मध्य एक चट्टान और उभरी हुई थी। इस पर किसी लड़की का रेशमी आंचल बिछा हुआ था। एक किनारे

कुछेक सेब भी रखे हुए थे। चट्टान की दरारों में थोड़ी-थोड़ी घास उग आई थी। घास में कुछ फूल भी मुस्करा रहे थे, अंशु इसी चट्टान पर आकर लेट गई। उस जोड़े की ओर से उसने अपना मुखड़ा फेर लिया और दूसरी ओर करवट ले ली। उसकी आंखों में एक सपना जागा। उस जोड़े के स्थान पर वह अजय के साथ है। अजय इस समय सफेद कमीज तथा चॉकलेट रंग की पैण्ट में बहुत सुन्दर लग रहा है। वह अजय के बहुत समीप बैठी है, तैराकी वस्त्र में नहीं, साड़ी में, जिससे नारी की लाज को गहना मिलता है। उसका आंचल हवा के दबाव तथा पानी के बहाव पर बार-बार सरक जाता है। अजय उसे बहुत हसरत से देखता हुआ प्यार भरी बातें कर रहा है परन्तु वह उससे दृष्टि मिलाने में भी असमर्थ है। लाज के कारण बोझिल पलकें उठने का नाम ही नहीं ले रही हैं।

अंशु को यह सपना इतना सुन्दर लगा कि पत्थर पर लेटे-लेटे ही वह शर्माने लगी। बेखयाली में उसने पत्थर पर बिछा आंचल अपनी कलाई पर खींच लिया और अंगुलियों से खेलने लगी। समय इतना बीत गया कि उसका भीगा शरीर भी सूख गया। केवल लटें ही कुछ भीगी थीं।

अजय, अंशु से अधिक दूर नहीं रह सका तो वह भी इस ओर चला आया था। एक चट्टान पर खड़े होकर वह अंशु की पीठ की ओर देख रहा था, बहुत ध्यान से। अंशु की लटों पर नन्हीं-नन्हीं बूंदें सितारों समान चमक रही थीं। अंशु का शरीर बेदाग था पैरों की प्यारी-प्यारी सफेद अंगुलियां, गोल तराशी हुई पिण्डलियां, घुटनों के जोड़ के नीचे हल्का-सा गड्ढा। अंशु की पीठ पर चोली का बंध इंच भर चौड़ा था। ऐसा लगता था मानो संसार की चिंता से दूर कोई जलपरी स्वप्न देखने के लिए इस चट्टान पर आकर लेट गई है।

अजय ने इस परी के स्वप्न को भंग करने का साहस नहीं किया, सहसा कुछ देर बाद उसने महसूस किया कि कोई उसकी दृष्टि का अनुमान लगाकर उसे देख रहा है। उसने गर्दन घुमाकर देखा, पानी में बैठा जोड़ा उसी को देख रहा था। अजय ने अपने दिल पर काबू किया और वहां से हट गया। यह लोग जाने क्या सोचेंगे? वह एक ओर गया। अपने कपड़े उतारे, चड्डी में वह भी पानी में कूद गया, तैरता हुआ वह कुछ दूर पर अंशु के सामने से हो निकला, जहां पानी गहरा था। अंशु ने उसे देखा तो तुरन्त उठकर बैठ गई। उसे अजय के तैरने का ढंग बहुत अच्छा लगा। वह थोड़ी-थोड़ी दूर पर डुबकी लगाते हुए झरने की ओर बढ़ रहा था।

अचानक अंशु का दिल धड़कने लगा। उधर पानी में कोई खतरा न हो। ऐसे स्थान पर जहां पानी गहरा होता है डुबकी लगाने वाला कभी-कभी चट्टान की आड़ी-तिरछी दरारों में फंस जाता है। अधिकांश अच्छे तैराकों की मृत्यु चट्टानी इलाके के पानी में इसी कारण होती है। अंशु ने चाहा कि वह आवाज देकर अजय को ऐसा करने तथा झरने के बिल्कुल समीप जाने से मना कर दे। उसने खड़े होकर अजय को आवाज भी दी, परन्तु झरने का शोर अजय के कानों में अधिक था। वह अंशु का स्वर नहीं सुन सका। अंशु ने उसे आवाज दी। परन्तु तब तक

अजय डुबकी लगाकर झरने के गिरते पानी में प्रविष्टाहे चुका था। अंशु के दिल की धड़कनें और तेज हो गईं। उसने सहायता के लिए इधर-उधर देखा। मीना उसकी पुकार सुन चुकी थी। वह तुरन्त उसके पास चली आई।

'वह उधर...उधर...' अंशु ने कांपते स्वर से अपने दिल का भेद प्रकट किया, 'झरने के गिरते पानी में चले गए हैं।'

'तो इसमें घबराने की क्या बात है उन्हें तैरना तो आता ही है।' मीना भी चिंतित हुई परन्तु उसने प्रकट नहीं किया। अंशु की पहली पुकार पर वह भी अजय को झरने की ओर जाता देख चुकी थी।

अंशु को संतोष नहीं मिला। वह पानी के मध्य उभरी एक चट्टान से दूसरी चट्टान पर कूदती हुई झरने की ओर बढ़ गई, जहां तक वह पहुंच सकती थी। मीना भी उसके साथ चली आई परन्तु अजय वापस नहीं आया। बहुत देर तक वापस नहीं आया तो अंशु तथा मीना की चिंता बढ़ने लगी। अंशु की आंखों के सामने तो अंधकार ही छाने लगा। जब कुछ और समय बीत गया ओर अंशु सहन नहीं कर सकी तो उसका दिल फट गया। दिल के फटने की चीख निकली, 'अजय।' परन्तु उसकी चीख झरने के शोर में डूबकर रह गई। अंशु ने फिर भी साहस नहीं छोड़ा। वह फिर चीखी, 'अजय।'

झरने के शोर में अंशु की चीख डूब गई थी परन्तु उसके पीछे कुछ दूर खड़े लड़के-लड़कियों ने अंशु की तड़पती पुकार सुन ली। लपककर सब अंशु के पास चले आए, अंशु से दिल की तड़प सहन नहीं हो सकी तो उसने पानी में कूदकर स्वयं अजय का पता चलाना चाहा। परन्तु मीना पहले ही सतर्क थी। उसने अंशु का हाथ पकड़ लिया। कुछ अन्य लड़कियों ने भी अंशु को रोकने में मीना की सहायता की। कुछेक लड़के अजय का पता चलाने के लिए झरने के गिरते पानी के काफी समीप गए परन्तु इसके अन्दर जाने का साहस किसी ने भी नहीं किया। झरने के पानी का बोझ उन्हें गहराई में दबाकर चट्टान की किसी भी दरार में फंसा सकता था।

कुछ लड़के तो इतना डर गए कि तैरना जानकर भी पानी में दोबारा नहीं उतरे। अंशु मीना से लिपट गई। वह फूट-फूटकर रो पड़ी। दिल के अंदर प्यार का बंधा लावा फटकर बाहर आ गया था। अभी-अभी उसने कितना सुन्दर सपना देखा था और आंख खुलने से पहले ही यह टूट गया! अजय कहां होगा? दरार में फंसकर उसके शरीर ने किस प्रकार तड़प-तड़पकर जान दी होगी? वह अनुमान लगा-लगाकर तड़प रही थी। अजय कहां हो तुम? कहां? उसका दिल पुकार-पुकार कर कह रहा था। और वह रो रही थी, रोती रही, सिसक-सिसककर, फूट-फूटकर। और लड़के दिल में निराशा लिए हुए अजय की लाश को पानी में तलाश करने का प्रयत्न करते रहे।

'यहां इतना रोना-पीटना क्यों हो रहा है?' सहसा एक स्वर अंशु ने ही नहीं सभी के कानों ने सुना, 'कोई दुर्घटना हो गई है क्या?'

सभी पलटकर चौंक पड़े। अंशु ने मीना के कंधे पर से सिर उठाकर आंसू भरी दृष्टि से देखा तो विश्वास ही नहीं हुआ। सामने अजय खड़ा था, पैण्ट तथा बुशर्ट पहने, पैरों में चप्पल। बाल संवरे हुए। अजय इस प्रकार चकित था मानो कुछ जानता ही नहीं था।

'अजय-' अंशु ने उसे देखा तो स्वयं को नहीं रोक सकी। अजय ने उसे सबके सामने रुलाकर उसके प्यार का मजाक बना दिया था। वह इस अपमान को सहन नहीं कर सकी। दांत पीसती हुई वह अजय के सामने आई। क्रोध में बोली, 'तुम...तुम...' परन्तु जब उसके कांपते होंठों से आगे कुछ भी नहीं निकल सका तो वह अपनी दोनों मुट्ठियां बांधकर उसकी छाती पर पीटने लगी, परन्तु अंशु का यह अंदाज कितना प्यारा था यह अजय ही नहीं सभी जानते थे। इस अंदाज में क्रोध भी था और प्यार भी। अंशु हिचकियां लेकर रोती भी जा रही थी।

अजय इसी प्रकार खड़ा रहा, चुपचाप। अंशु ने जब महसूस किया कि वह सबकी दृष्टि के सामने यह क्या कर रही है तो उसके हाथ रुक गए। उसने यहां से भाग जाना चाहा। परन्तु तब तक अजय ने सबके सामने ही अंशु के कंधे पर हाथ रख दिया था। उसने अंशु को अपनी ओर खींचा तो अंशु उसकी छाती पर सिर रखकर फूट-फूट कर रो पड़ी। यदि अजय को वास्तव में कुछ हो जाता तब क्या होता? अजय के हाथों को जब अंशु की नग्न बांहों तथा पीठ का स्पर्श प्राप्त हुआ तो उसके शरीर में बिजली दौड़ गई।

तब तक सभी लड़के पानी से निकलकर वहां आ चुके थे। अंशु के दिल का भेद सब पर खुल गया। सभी लड़कियों ने एक-दूसरे को देखा, फिर बहुत तेज स्वर में हर्ष प्रकट करते हुए चीख पड़े, 'हुर्रे!'

अंशु लाज के मारे अजय की छाती में और सिमट गई। फिर जंगल में भटकी हिरनी के समान घबराकर उसने अपने चारों ओर देखा। परन्तु किसी से दृष्टि नहीं मिला सकी तो चट्टानों में चौकड़ियां भरती वहां से डाक बंगले की ओर भाग गई। रास्ते में उसने एक चट्टान पर से अपना कपड़ा उठाया और इसे पहनते हुए सीढ़ियां फलांगने लगी।

मीना ने प्यार से नाक-भौं सिकोड़ी। फिर आंखें निकालती हुई अजय के पास आई। क्रोध प्रकट करती हुई बोली, 'क्यों जी, यह क्या मजाक था?'

'मजाक?' अजय कुछ समझा नहीं।

'जी हां, मजाक!' मीना ने गर्दन झटकी। बोली, 'इस प्रकार हम सबको परेशान करने का क्या तुक था?'

'लेकिन मैं क्यों किसी को परेशान करने लगा?' अजय को बड़ा आश्चर्य हो रहा था। मीना की बातें पहेली समान थीं।

'क्यों? क्या आप तैरते हुए उस झरने की ओर नहीं गए थे?'

'गया तो था परन्तु इसमें हर्ज क्या था?' अजय बौखलाया।

'हर्ज!' मीना ने अकड़ते हुए एक हाथ अपनी कमर पर रखा तथा दूसरे हाथ की अंगुलियां हवा में नचाईं। बोली, 'आप इधर से गए लेकिन वापस नहीं आए? किधर निकल गए थे?'

'जी हां...' एक लड़के ने आगे बढ़कर कहा, 'आप इधर से वापस नहीं आए तो अंशु ने समझा कि आप डूब गए हैं।'

'अंशु क्या, हम सभी यह समझ बैठे थे।' एक अन्य लड़की ने कहा।

'ओह...' अजय हल्के से ठहाका लगाकर मुस्करा दिया। बोला, 'मुझे क्या पता था कि आप लोग ऐसा अनुमान लगा बैठेंगे। मैंने झरने की दीवार पानी में डुबकी लगाकर पार की इसलिए ऊपर से गिरते पानी का अधिक भार मुझ पर नहीं पड़ सका। मैं चट्टान के किनारे तक पहुंच चुका था। इसलिए वहीं से किनारे-किनारे तैरते हुए बहुत आगे निकल गया। फिर बाहर निकलकर झाड़-झंखाड़ तथा पेड़ों के सहारे एक चट्टान से दूसरी चट्टान चढ़ता ऊपर पहुंच गया। कपड़े बदलकर जब बाहर निकला तो देखा कि यहां अच्छी-भली भीड़ लगी है। मुझे संदेह हुआ कि कहीं कोई दुर्घटना तो नहीं हो गई है। बस, इसीलिए चला आया था। क्या पता था कि आप लोगों को मेरी ही तलाश है।'

'वाह!' एक लड़का हंसता हुआ बोला, 'यह भी खूब रही!'

'आप नहीं आते तो बेचारी अंशु का न जाने क्या हाल हो जाता?' मीना ने चिंता प्रकट की।

अंशु! अजय ने देखा, अंशु डाक बंगले की अन्तिम सीढ़ियां पार करके ऊपर पहुंच रही है। वह मुस्करा दिया। अब उसके तथा अंशु के प्यार के मध्य संकोच की कोई दीवार नहीं थी।

बात आई-गई हो गई। सब डाक बंगले की ओर चल पड़े। रास्ते में सब अपनी वस्तुएं चट्टानों पर से उठाते जाते थे। अजय ने भी एक चट्टान पर रखा अपना कपड़ा उठाया और दिल में अरमानों की मिठास लिए डाक बंगले की ओर बढ़ गया।

लंच का समय हो चुका था। भूख सता रही थी। कोई अपना खाना लेकर बरामदे में बैठ गया तो कोई लॉन में वृक्ष के नीचे पत्थर की बेंच पर या दरी पर। अंशु ने भी दो प्लेटों में खाना निकाला। उसे अजय देख रहा था, बहुत खामोशी के साथ। अंशु के दिल की बात उस पर खुल चुकी थी फिर भी अंशु को उससे दृष्टि मिलाने में लाज आ रही थी। अजय को देखकर वह हल्के से मुस्करा दी और फिर एक प्लेट उसकी ओर बढ़ा दी। अजय भी उसके पीछे-पीछे हो लिया। बरामदे के एक कोने में बैठकर दोनों ने खाना खाया, बहुत खामोशी के साथ, परन्तु इस खामोशी में भी एक आवाज थी, प्यार का मधुर संगीत था।

दोनों एक-दूसरे को देखते रहे फिर भी उनके मध्य लाज की दीवार बनी रही, एक दूसरे के दिल का भेद जानने के पश्चात् वे कुछ नहीं कह सके। अंशु को देखकर जब अजय मुस्करा देता तो अंशु की आंखों के लाल डोरे कांप जाते। एक बहुत ही मीठी मुस्कान के साथ वह अपनी

पलकें नीची करके अपनी प्यारी-प्यारी अंगुलियों द्वारा खाने का छोटा-सा कौन बनाती और मुंह में डालकर कलियों समान होंठ बन्द करके हल्के-हल्के चबाने लगती। प्यार ने उसके अंदर कितना परिवर्तन उत्पन्न कर दिया था। एक चंचल धार, शांत हो गई थी।

खाना खाते, खेलते-कूदते तथा चुटकुले सुनते शाम हो गई। ठण्ड और बढ़ गई। खुले वातावरण में जंगलों के किनारे ठण्ड कम नहीं होती। सबने अपने-अपने गरम कपड़े निकालकर पहन लिए। अंशु ने भी बेलबॉटम पैण्ट तथा कुर्ता पहन लिया। फिर उसने बनाव-श्रृंगार किया। लटों को संवारकर छल्ले बना लिए। घनी लम्बी पलकों को 'आई लाइनर' द्वारा और बोझिल बनाया। होंठों को सुर्खी तथा गालों के गुलाबीपन निखार उत्पन्न किया और फिर जब कुर्ते पर अत्यंत सुन्दर सफेद जालीदार कैप डालकर वह बंगले से बाहर निकली तो अजय पहले ही लाल जरसी पहने उसकी प्रतीक्षा कर रहा था।

अजय का मन हुआ वह अंशु को एक बार अपनी बांहों में समेट ले। अंशु उसे देखकर मुस्कराई और फिर कुछ देर बाद सब एक समूह बनाकर शाम का पूरा आनन्द उठाने के लिए एक ऐसी चट्टान की ओर बढ़ गए जो बहुत ऊंची थी परन्तु जिस पर चढ़ने के लिए दूर-दूर तक फैली लम्बी-लम्बी सीढ़ियां कुछ तो प्रकृति ने बना दी थीं तथा कुछ प्रकृति का कमाल देखने के लिए मानव ने।

चट्टान वास्तव में बहुत ऊंची थी। चढ़ते-चढ़ते सभी थक गए। परन्तु चढ़ाई का आनन्द कम नहीं हुआ। जहां इतने सारे नौजवान दिल एकत्र हों वहां कभी भी आनन्द कम नहीं होता। चट्टान के ऊपर प्लेटफार्म समान इतना चौड़ा स्थान था कि वहां दो सौ से भी अधिक व्यक्ति एक साथ खड़े हो सकते थे। कुछ देर बाद डूबते सूर्य की यात्रा कुछ इस प्रकार आरम्भ हुई कि इस चट्टान के पीछे हल्का-हल्का अन्धकार छाने लगा और सूर्य के सामने की चट्टान लाल रंग में नहाने लगी। यह लालिमा और अधिक गहरी होने लगी परन्तु चट्टान के पीछे का भाग अन्धकार में नहीं डूब सका। बल्कि इसके स्थान पर सुनहरापन आ गया था। सभी ने पलटकर देखा, पूर्व दिशा की ओर चन्द्रमा मुस्कराता हुआ चट्टानों के पर्दे हटाता ऊपर आ रहा है। पश्चिम दिशा की ओर सूर्य क्रोध में आग-बबूला होकर बहुत दूर जा रहा था।

सूर्य ने अपना रंग बदलना आरम्भ किया। पहले गुलाबी फिर नारंगी, और फिर आग का गोला बन गया। पूर्व दिशा की ओर चन्द्रमा और आगे बढ़ चुका था आधी क्षितिज पर मानो सूनी चादर बिछी हुई थी तो आधी क्षितिज पर सुनहरा आंचल लहरा गया था। कुछ दूर सर लहराकर गिरता झरना ऐसा लग रहा था मानो किसी सुन्दरी के आंचल में आग लग गई हो। फिर सूर्य डूबने लगा, बहुत धीमे-धीमे, एक छोटी पहाड़ी के उस पार देखने में ऐसा लग रहा था मानो सूर्य का विश्रामगृह उसी पहाड़ी के अन्दर है, उसके पार नहीं। परन्तु अंशु को ऐसा लगा मानो जिस पहाड़ी में सूर्य डूब रहा है वह एक दैत्य का जबड़ा है जिसे खोलकर दैत्य आग के गोले को धीमे-धीमे निगल रहा है। सूर्य डूब गया तो मानो पहाड़ी में आग लग गई। दैत्य के मुंह

से शोले निकल रहे थे। चट्टान पर खड़े लड़के-लड़कियों के मध्य खामोशी छा गई। केवल झरने का शोर दहाड़ रहा था। अंशु कुछ सहम गई। उसने समीप खड़े अजय का हाथ पकड़ लिया। अजय ने उसकी अंगुलियों को अपनी अंगुलियों के मध्य कसकर बांध लिया, कभी न छोड़ने के लिए।

सूर्य डूब गया। चट्टानों पर आग की लपटें कम होते-होते बुझ गई तो सबने पलटकर चन्द्रमा को देखा। चन्द्रमा अपनी पूरी शान के साथ मुस्कराता हुआ निखार पर आ चुका था। देखते ही देखते पूरी क्षितिज चांदनी बिछ गई। झरने का पानी सुनहरा आंचल बनकर लहराने लगा तो सब डाक बंगले की ओर लौट पड़े।

सहसा कहीं दूर नगाड़े की हल्की-हल्की थाप बजना आरम्भ हुई, धन...धन...धन। फिर बहुत सारे नगाड़े एक साथ बजने लगे। कुछ और साज भी इसमें सम्मिलित थे। ऐसा लगता था मानो आज की रात अपने जोश पर आ रही है। सुनसान इलाकों में ऐसे संगीत दिल को बहुत लुभावने लगते हैं।

डाक बंगले में लॉन के एक ओर चौकीदार ने अलाव जला रखा था। अलाव ठण्ड के साथ-साथ जंगली जानवरों से बचने के लिए भी जलाया जाता था। कुछ लड़के वहीं जाकर खड़े हो गए, कुछ डाक बंगले के अन्दर कपड़े बदलने चले गए।

'चौकीदार-' सहसा एक लड़के ने पूछा, 'यह नगाड़ा क्यों बज रहा है?'

'यहां से कुछ दूर तराई में एक गांव है। वहां हर पूर्णमासी को चन्द्रमा की पूजा होती है। लोग नगाड़ों की थाम पर गा-गाकर चन्द्रमा की आरती उतारते हैं।'

'क्या हम वहां नहीं जा सकते?'

'जंगल का रास्ता है। रात में कभी-कभी जानवर भी हमला कर देते हैं, इसलिए इस समय जाना ठीक नहीं।' चौकीदार ने उत्तर दिया, 'अगली पूर्णमासी पर आइए तथा शाम ढलने से पहले ही वहां पहुंच जाइए तो अच्छा होगा।'

नवयुवक चुप हो गया। सभी सोचने लगे कि केवल उस नृत्य को देखने के लिए कौन इतनी दूर आएगा?' इस पिकनिक स्पॉट का सूर्यास्त दृश्य प्रसिद्ध है और वह उन्होंने देख लिया। उन्हें और चाहिए भी क्या?

रात का खाना खाने के बाद लगभग सभी लड़के-लड़कियां कपड़े बदल चुके थे। कुछ नौजवान जोड़े चांदनी का आनन्द उठाने के लिए लॉन के किनारे पत्थर की बेंच पर आकर बैठ गए सामने नीचे झील का पानी झिलमिल-झिलमिल कर रहा था। ओस से बचने के लिए कुछ जोड़े बंगले के बरामदे में, एक ओर अजय के साथ अंशु भी बैठी हुई थी, नीचे फर्श पर, बरामदे की दीवार से पीठ टेककर। अजय ने अपना कम्बल निकाल लिया था तथा अंशु ने अपना। अजय अलाव में अंशु का दमकता हुआ मुखड़ा देखता तो उसके दिल में भी आग भड़क उठती। अंशु भी अजय के मुखड़े को देखते हुए खो जाती।

ज्यों-ज्यों रात गहरी होने लगी ठंड भी बढ़ती गई। एक कंबल से काम नहीं चला तो अजय ने दोनों कम्बल एक के ऊपर एक कर दिया और फिर दोनों ने एक साथ ही घुटने उठाते हुए कम्बल को गर्दन तक ओढ़ लिया। दोनों के शरीर एक-दूसरे के समीप हो गए, बिल्कुल समीप। दोनों एक-दूसरे की सांसों का स्वर सुन सकते थे। अजय नवयुवक था। शरीर का रक्त गर्म था। उसका दिल अंशु से मिलने से पहले कभी नहीं धड़का था। उसकी आंखों में खुमार छाने लगा। वह अपने आप पर काबू नहीं कर सका तो अंशु के मुखड़े की ओर झुक गया। अजय ने मानो मदहोशी के संसार में डूबकर कहा, 'तुम्हारी आंखें बहुत सुन्दर हैं।'

'हूं।' अंशु पलकें झपकाकर हल्के से मुस्कराई।

'हां।' अजय उसकी ओर झुका और फिर उसने उसकी आंखों को चूम लिया, वह आंखें जो अंशु की सबसे बड़ी सुन्दरता थीं, जिस सुन्दरता ने अनजाने में जाने कितने दिलों को घायल कर दिया होगा। आज यह सुन्दरता अजय के लिए सुरक्षित थी, केवल अजय के लिए।

अंशु ने कुछ नहीं कहा। उसने अपनी पलकें बन्द कर लीं। उसकी सांसें और गहरी हो गईं। वह प्यार के नशे में डूब गई।

अजय ने उसकी बन्द पलकों को प्यार किया, उसके कपोलों को भी चूमा, बहुत प्यार से, बहुत हल्के से, उसकी गर्दन के नीचे हड्डियों के मध्य दो नन्हें-नन्हें गड्ढों को प्यार किया। उसके होंठों पर भी उसने बहुत हल्के-से अपने होंठ रख दिए और जब वह और अधिक अपने आप पर काबू नहीं कर सका तो उसने अंशु को अपनी बांहों में सख्ती से समेटकर छाती से लगा लिया, अंशु के होंठों को उसने इस बार सख्ती से प्यार किया।

अंशु ने अपने होंठों की कलियां उसके सुपुर्द कर दीं। उसकी छाती में समाई वह बहुत देर तक गहरी-गहरी सांसें लेती रही, अजय उसकी लटों से खेलता हुआ बार-बार उसकी पलकों को चूम लेता था। बहुत दूर नगाड़ा बज रहा था, बजता रहा। संगीत का स्वर झरने के शोर में सम्मिलित होकर एक नई मिठास लिए हुए था।

अजय एक चरित्रवान नवयुवक था। इससे पहले कि भटक कर वह कोई पाप करे, वह उठ खड़ा हुआ। अंशु को डाक बंगले के अन्दर ले गया। उसे उसके कमरे के दरवाजे पर छोड़कर वह खुद भी दूसरे कमरे में अपने बिस्तर पर जाकर लेट गया। लड़कियों के सोने का कमरा अलग था तथा लड़कों का अलग।

अंशु जब अपने बिस्तर पर लेटी तो सोचे बिना नहीं रह सकी, आज शायद वह भटक रही थी, शायद भटक जाती, परन्तु अजय ने उसे संभाल लिया। अजय की छांव तले उसका प्यार सदा सुरक्षित रहेगा।

दूसरे दिन किसी को बम्बई लौटने की जल्दी जरा भी नहीं थी। बहुत संतोष के साथ सबने नाश्ता किया फिर सामान समेटकर यात्रा की वापसी पर चल पड़े। लौटते समय अंशु तथा अजय बस में एक साथ ही बैठे, एक-दूसरे से सटकर, हाथों में हाथ देकर। अब उनके मध्य

संकोच की कोई दीवार नहीं थी। दोनों ने ही एक-दूसरे को प्राप्त करने का इरादा कर लिया था। एक-दूसरे की प्रशंसा पर जान देना आवश्यक समझ लिया था। दोनों अपने प्यार में इस प्रकार गंभीर थे जैसे तूफान के बाद सागर शांत हो जाता है। अब उनके मध्य रही-सही संकोच की दीवार भी नहीं बची थी।

'मैं एक अच्छा अवसर देखकर अपनी मम्मी तथा डैडी को बता दूंगी कि मैंने अपनी पसन्द का लड़का ढूंढ लिया है।' सहसा अंशु ने कहा, 'वे जबरदस्ती मेरा विवाह विशाल से नहीं कर सकते।'

अजय के मन में अनिच्छुक होते हुए भी एक प्रश्न उठा। क्या अंशु ने कभी विशाल को प्यार नहीं किया? कभी उसका स्वप्न नहीं देखा? आखिर उसके साथ अंशु का विवाह होने वाला था। उसने कहा, 'विशाल क्या सोचेगा?'

'मैंने उसे कभी प्यार नहीं किया।' अंशु ने कहा, 'मैं निश्चय ही अपनी मम्मी-डैडी की इच्छा का आदर करते हुए विशाल से विवाह कर लेती, परन्तु विशाल के लिए उन्होंने न कभी मुझसे पूछने की आवश्यकता समझी और न ही मैंने कभी स्वीकृति दी। यदि मैंने हां कर दी होती तब भी मैं इन्कार कर जाती क्योंकि अब मैं दिल की बात समझने लगी हूं। तुमसे प्यार करने लगी हूं, करती रहूंगी, सारे जीवन।' अंशु भावुक हो गई।

अजय अपने जीवन के इस नए मोड़ पर खो गया।

□ □

सिनेमा - पार्क - होटल तथा नई-नई पिकनिक - जहां कहीं भी अंशु अकेली या सहेलियों के साथ जाती, अजय को लिए बिना नहीं जाती। उसकी हर प्रसन्नता अजय के बिना अधूरी थी। उसने अपना सारा भविष्य अजय के लिए सुरक्षित कर दिया था। दोनों एक-दूसरे के प्यार में बिल्कुल खो गए थे। पार्क में बैठे आपस में बातें करते तो आस-पास का होश नहीं रहता। बातें करते तो समय का भी पता नहीं चलता। अजय अंशु की छोटी-छोटी अदा पर भी दीवाना हो चुका था, सिनेमा हॉल में एक-दूसरे का हाथ थामे वे फिल्म में कम तथा अपने प्यार में अधिक खोए रहते। अजय बहुत प्यार से उसकी अंगुलियां अपने दांतों तले दबाकर हल्के से काट लेता। होटलों में वे एक ही मेज सुरक्षित किए घंटों बैठे रहते। पिकनिक में अंशु का वह स्वप्न पूरा हो जाता जो उसने पहली बार अपने तथा अजय के लिए देखा था, वह झरने के बहते पानी में साड़ी पहने बैठी है और अजय उसके अंग-अंग को भीगी साड़ी से झलकता देख रहा है।

अंशु के प्यार ने ही अजय का जीवन बदला था और अब वह अपनी मेहनत तथा लगन के साथ एक नए भविष्य की खोज में था। अंशु ने अभी तक अपने मम्मी-डैडी को अपने प्यार के बारे में कुछ नहीं बताया था। वह जानती थी उसके मम्मी-डैडी विशाल को पसन्द कर चुके

68

हैं। विशाल के सामने वे अजय को बिल्कुल पसन्द नहीं करेंगे, क्योंकि अजय पहले एक अपराधी रह चुका है। यदि वह अपनी मम्मी को बताती तो वह निश्चय ही यह बात अपने पति से कहतीं। यही कारण था कि अपनी सारी बातें बताने के लिए उसे एक अच्छे अवसर की प्रतीक्षा थी। तब तक के लिए उसने अजय को फोन करने के लिए भी मना कर रखा था। वह स्वयं ही अवसर देखकर उसे फोन करते हुए अपना प्रोग्राम बना लेती थी।

अंशु को सारे संसार की खुशियां मिल चुकी थीं, इसलिए वह बहुत प्रसन्न थी। यह प्रसन्नता उससे छिपाए नहीं छिपती थी। उसकी इस प्रसन्नता तथा बचपन की प्रसन्नता में अन्तर था। प्यार करने से पहले उसकी प्रसन्नता में लापरवाही थी, चंचलता थी। परन्तु प्यार करने के बाद की प्रसन्नता गंभीर थी। पहले वह सबके सामने निश्चिन्त होकर ठहाके लगाने में कोई हर्ज नहीं समझती थी। अपने डैडी के गले में बांहें डालकर बच्चों समान झूल जाती थी।

परन्तु अब उसकी प्रसन्नता में एक ठहराव था। अब वह अकेली भी होती तो अजय के विचार से उसकी आंखों में सुर्ख डोरे कांप जाते। श्रृंगार मेज के सामने बैठकर जब विचारों में डूबते हुए अपनी बोझिल पलकों, कपोलों तथा अधरों पर अजय के होंठों का स्पर्श महसूस करती तो लाज के मारे स्वयं में ही सिमटती हुई वह अपनी दोनों हथेलियों द्वारा मुखड़ा ढांप लेती। फिर धीमे-धीमे जब वह अंगुलियां अपनी आंखों पर से हटाते हुए फैलाती तो उसकी आंखों के डोरों में और सुर्खी आ जाती। कपोल गुलाबी हो जाते। अधर भीग जाते। सांसों का उतार-चढ़ाव बढ़ जाता। यह था उसकी पहले तथा प्यार के बाद की प्रसन्नता में अंतर जिसका आभास जब एक दिन उसकी मम्मी ने किया तथा डैडी ने भी, तो अंशु से इसका कारण पूछे बिना नहीं रह सके। तब अंशु के रविवार की सुबह अजय के साथ एक अंग्रेजी फिल्म देखने के बाद उसे उसके घर छोड़ती हुई अपने बंगले लौटी थी। बड़े कमरे से होकर गुनगुनाती हुई वह अपने ऊपर वाले कमरे के लिए सीढ़ियां चढ़ जाना चाहती थी कि तभी अपने डैडी का स्वर सुनकर चौंकते हुए रुक गई।

'बेटी-।' राय साहब कह रहे थे। वहीं समीप ही उनकी पत्नी भी बैठी हुई थी। अंशु की ही चर्चा चल रही थी। कहीं अंशु किसी गलत रास्ते पर तो नहीं चल रही है? उनका चिन्तित होना स्वाभाविक था। उन्होंने कहा - 'मुझे अत्यन्त प्रसन्नता मिलती है जब मैं तुम्हें प्रसन्न देखता हूं। परन्तु बेटी, आजकल तुम्हारी प्रसन्नता में एक परिवर्तन आ गया है। क्या इसका कारण हम जान सकते हैं?' राय साहब ने इस प्रकार पूछा ताकि उनकी बेटी का दिल न टूट जाए। अपनी बेटी को वह अपनी जान से भी बढ़कर प्यार करते थे।

अपने डैडी पर से दृष्टि हटाकर अंशु ने अपनी मम्मी को देखा फिर अपने डैडी के समीप आई। आज जब बात उठी है तो उसने उन्हे सब-कुछ बता देना ही उचित समझा। क्या जाने उसके तथा अजय के बारे में उसके मम्मी-डैडी को किसी और के द्वारा ही सब-कुछ पता चल गया हो। उसने कहा, 'हां डैडी, परिवर्तन तो मुझमें अवश्य आया है, जीवन का सबसे बड़ा

परिवर्तन क्योंकि...क्योंकि डैडी...मुझे' अंशु सकुचाने लगी। उसने अपनी मम्मी को देखा। फिर बात पूरी कर दी, 'मुझे किसी से प्यार हो गया है।'

राय साहब ने एक बार अपनी पत्नी को देखा। उनका संदेह उचित ही था। राय साहब ने नम्रता से काम लिया। ऐसा न हो कि प्यार में अंधी होकर उनकी लड़की भटक जाए और उनकी बदनामी हो। उनके मिलने-जुलने वाले लगभग सभी लोग जानते हैं कि अपनी बेटी के लिए वह विशाल को पसन्द कर चुके हैं। उन्होंने पूछा, 'कौन है वह लड़का?'

'अजय!' अंशु ने उत्तर दिया।

'क्या!' राय साहब चौंककर खड़े हो गए। बोले, 'उसका यह साहस!'

अंशु का उत्तर सुनकर उसकी मम्मी भी चौंकती हुई खड़ी हो गई थीं। वह अंशु को डांटते-डांटते रह गई।

'डैडी-।' अंशु कह रही थी, 'वह मुझसे प्यार नहीं करता था, मैं उसे प्यार करने लगी थी, उसी दिन से, जब उसने रंधीर के हाथ से मेरी इज्जत बचाई थी। उसने तो मुझे बाद में प्यार करना आरम्भ किया है।'

'बेटी-।' राय साहब ने अपने क्रोध पर काबू किया और नम्रता बरती। बोले - 'भले ही उसने एक नया जीवन अपना लिया है फिर भी मस्तक पर जो खानदानी अपराधी होने का कलंक लगा है वह कभी नहीं मिट सकता। जरा सोचो बेटी, लोग क्या कहेंगे?'

'लोगों से मुझे क्या लेना है? मैं तो यह जानती हूं कि इन लोगों से उसकी श्रेणी कितनी ऊंची तथा महान है जिसने अपना चरित्र बदलकर कानून की रक्षा ही नहीं की बल्कि अपराधियों को पकड़वाकर देश को एक बहुत बड़ी हानि से भी बचाया है। मैं विवाह करूंगी तो उसी से, वरना किसी से भी नहीं करूंगी।' अंशु ने मानो अपना निर्णय दिया और फिर सीढ़ियां चढ़ती हुई अपने कमरे की ओर बढ़ गई।

राय साहब अपनी बेटी की बात सुनकर स्तब्ध रह गए। उनकी धर्मपत्नी भी चकित थीं। उनकी बेटी ने जीवन में आज पहली बार अपने पिता से इस प्रकार बातें की थीं। दोनों ही समझ गए कि अब उनकी लाडली उनके बस में नहीं रही। जवानी दीवानी होती है और दीवानापन अंधा होता है। राय साहब ने अंशु को समझाने के बजाए अजय से मिलने की ठान ली।

❑ ❑

शाम के लगभग छः बजना चाहते थे। अजय नहाने की तैयारी कर रहा था कि उसके घर के सामने एक कार आकिर रुकी, सफेद लम्बी विदेशी कार। अजय चौंक गया। इस समय तो उसने अंशु से मिलने का कोई प्रोग्राम नहीं बनाया था। वह तो सात बजे आने वाली थी। परन्तु जब उसने अंशु के स्थान पर राय साहब को कार से निकलते देखा तो वह और भी चौंक गया। स्वयं को संभालकर वह तुरन्त उनके स्वागत में बाहर निकला। उन्हें नमस्ते किया तो उन्होंने

70

केवल सिर हिलाकर नमस्ते का उत्तर दिया। उनका मुखड़ा गम्भीर था। घर के अन्दर लाकर अजय ने उन्हें बैठने के लिए एक कुर्सी दी परन्तु उन्होंने खड़े-खड़े अजय के घर की एक-एक वस्तु का निरीक्षण किया। फिर बोले, 'यही तुम्हारा घर है?' उनका स्वर कर्कश था।

अजय ने उनके आने का मतलब समझने का प्रयत्न करते हुए कहा, 'जी।'

'क्या तुम समझते हो कि सारा जीवन ऐश और आराम से बिताने वाली अंशु यहां खुश रह सकेगी?'

'प्यार यह सब नहीं देखता राय साहब।' अजय ने उत्तर दिया।

'प्यार यह सब देखता है - और अवश्य देखता है।' राय साहब मानो भड़क उठे। बोले, 'अगर तुमको अंशु से प्यार है तो तुम अपनी नहीं अंशु की प्रसन्नता का विचार रखो, उसकी भलाई, उसकी इज्जत की चिन्ता करो तभी तुम्हारा प्यार का नाम ही त्याग है। प्यार इसी को कहते हैं, उसे नहीं जिसके कारण तुम एक अच्छी-भली सुखी लड़की का जीवन नर्क बना दो। क्या यह सत्य नहीं कि जब कभी तुम अंशु के साथ बाहर निकलोगे तो लोग कहेंगे कि देखो, यह अजय जा रहा है जो कभी एक खानदानी अपराधी था?'

'नहीं राय साहब-' सहसा एक नया स्वर दरवाजे की ओर से प्रविष्ट हुआ। अजय तथा राय साहब ने चौंकते हुए देखा, कमरे में डी.आई.जी. प्रविष्ट हो रहे थे। बाहर एक जीप खड़ी थी। वह दोनों अपनी बातों में इस तरह तल्लीन थे कि जीप के स्वर पर ध्यान ही नहीं दे सके। सामने सड़क पर यूं भी गाड़ियां चलती रहती थीं, इसलिए ध्यान देने का प्रश्न ही नहीं था। डी.आई.जी. के हाथ में एक पत्रिका थी। वह राय साहब की बात सुन चुके थे। उन्होंने कहा, 'मेरे विचार में ऐसी बात कोई नहीं कहेगा कि अजय एक खानदानी अपराधी है। अजय का रक्त तो गंगाजल के समान पवित्र है। तभी तो इसने अनेक अपराधियों को पकड़वाकर पवित्र जीवन बिताने पर विवश कर दिया है।'

'क्या मतलब?' राय साहब ने चौंकते हुए देखा।

अजय भी कुछ नहीं समझा।

'चन्दानी के बंगले में जितनी भी वस्तुएं थी उन्हें पुलिस ने अपने आधीन कर लिया है। हर वस्तु की बहुत बारीकी से जांच की जा रही है कि कौन वस्तु कब, कहां और कैसे लाई गई ताकि दूसरे देशों की सरकारों को भी सतर्क कर दिया जाए कि उनके यहां ऐसे-ऐसे गैंग फलां-फलां पते पर पकड़े जा सकते हैं। उन्हीं वस्तुओं में यह एक विदेशी मैगजीन भी मिली है।' डी.आई.जी. ने अपने हाथ की पत्रिका दिखाई। उन्होंने बात जारी रखी, 'यह मैगजीन हमारे काम की नहीं है परन्तु अजय के लिए यह मैगजीन अत्यधिक महत्त्व रखती है। अजय-' उन्होंने पत्रिका अजय की ओर बढ़ाते हुए कहा, 'इस मैगजीन में दीवानचन्द ने एक पत्र लिखने का प्रयत्न किया था। परन्तु शायद वह किसी कारण इसे पूरा नहीं कर सके। फिर भी इस पत्र से

सिद्ध होता है कि तुम्हारे पिता दीवानचन्द नहीं थे। तुम दिल्ली के किसी सेठ जुगल प्रसाद के बेटे हो।'

'क्या!?' अजय को विश्वास नहीं हुआ।

राय साहब भी चकित-से कभी अयज को तो कभी डी.आई.जी. को देखने लगे। अजय ने तुरन्त डी.आई.जी. से पत्रिका लेकर खोली। बीच का एक पृष्ठ डी.आई.जी. ने पहले ही मोड़कर चिह्न बना दिया था। अजय ने मुड़े हुए भाग को खोला। एक विज्ञापन के नीचे काफी स्थान सादा था। वहां कलम से लिखा था।

'बेटा अजय, तुम मेरे बेटे नहीं हो - तुम दिल्ली के एक सेठ जुगल प्रसाद के बेटे हो। चन्दानी की कैद में फंसने के बाद मैं तुरन्त ही तुम्हें यह बात बता देना चाहता था ताकि तुम मेरे जीवन की चिंता न करो परन्तु इसका अवसर नहीं मिला। चन्दानी के आदमियों के सामने कह देता तो चन्दानी मुझे ही नहीं तुम्हें भी यहां से जाने नहीं देता। हम उसके चीतों का निवाला बन जाते। आज जॉनसन आया हुआ है। थोड़ी देर में पार्टी आरम्भ हो जाएगी। तुम भी आओगे ही। मैं जेल में समय बिताने के लिए चन्दानी से आज्ञा लेकर साहित्य शब्द पहेली भरता रहता हूं। अभी याद आया कि क्यों न तुम्हें पत्र लिखकर बता दूं कि वह पत्र मैंने कहां रखा है जिसमें मेरी जीवनी लिखी हुई है। पार्टी में शराब का दौर चलेगा ही। इस बीच शायद तुम मुझसे मिलने आ जाओ और तब शायद मैगजीन के पृष्ठ तुम्हें देने में सफल हो जाऊं। समय कम है। पार्टी भी आरम्भ हो चुकी...।'

पत्र अधूरा था। पत्र एक नहीं विज्ञापन के दो पृष्ठ पर था। अजय सोच में पड़ गया।

'ऐसा लगता है कि दीवानचन्द पत्र लिख रहे थे कि तुम पार्टी में पहुंच गए और सारी काया पलटते देखकर उनका पत्र अधूरा रह गया।' डी.आई.जी. ने कहा।

'जी।' अजय ने सोचते हुए कहा। बात यही हो सकती है और कुछ भी नहीं। अजय को अब ज्ञात हुआ कि दीवानचन्द क्या कहना चाहते थे।

'निश्चय ही दीवानचन्द ने सारा भेद प्रकट करते हुए कोई पत्र लिखकर इसी घर में छिपा रखा है।' डी.आई.जी. ने कहा।

'जी हां...' अजय ने कहा, 'और मैं उस पत्र के लिए इस घर का एक-एक कोना छान मारूंगा। पत्र मुझे मिलना ही चाहिए - अवश्य।'

डी.आई.जी. ने अजय की अधीरता देखी तो कहा - 'यदि उस पत्र में पुलिस योग्य कोई सूचना हो तो हमें बताना, हरगिज नहीं भूलना।'

डी.आई.जी. ने चलते-चलते राय साहब को देखा। फिर बोले - 'राय साहब, एक अपराधी अपना अपराध छोड़कर यदि एक नया जीवन आरम्भ करता है तो उसे निराश नहीं करना चाहिए। फिर अजय ने तो सिद्ध कर दिया है कि वह अपराधी का शत्रु है। अजय को उत्साह मिलना ही चाहिए। डी.आई.जी. ने कहा और चले गए।

राय साहब एक पल खामोश रहे। फिर गंभीर स्वर में बोले - 'दूसरों को शिक्षा देना सभी को आता है परन्तु जब स्वयं पर पड़ती है तो मालूम चलता है कि सच्चाई क्या है।' सहसा उनका स्वर रुष्ट हो गया। उन्होंने अपना निर्णय देते हुए कहा - 'मैं अंशु के लिए लड़का चुन चुका हूं। मेरे सारे सगे सम्बन्धी तथा मिलने-जुलने वाले यह बात जान चुके हैं। अंशु का विवाह होगा तो केवल हमारी इच्छा से - और किसी की इच्छा से नहीं।'

'इसका निर्णय आप नहीं अंशु करेगी क्योंकि वह बालिग है। उसे अपने जीवन के बारे में निर्णय करने का पूरा अधिकार है।' अजय ने कहा। वह जानता था कि अंशु उसी के साथ प्रसन्न रह सकती है - और किसी के साथ कभी नहीं।

'मैंने तुम्हें एक अपराधी से इंसान बनने में इसलिए सहायता नहीं दी थी कि तुम मेरी ही इज्जत पर डाका डालो।'

'राय साहब-' अजय ने कहा, 'मैंने कोई डाका नहीं डाला, हम तो एक-दूसरे से प्यार करते हैं - एक पवित्र प्रेम। यदि मुझे आपकी इज्जत से खेलना होता तो आज अंशु मेरे बच्चे की...।'

'शटअप...।' राय साहब क्रोध में भड़ककर चीख पड़े। एक दो कौड़ी के व्यक्ति की इतनी लम्बी जबान। उन्होंने अजय के मुंह लगना उचित नहीं समझा। आजकल के नवयुवकों को अपने बड़ों से बात करने की तमीज ही नहीं है। उन्हें जो भी पग उठाना है स्वयं उठाएं। अंशु के भविष्य के लिए उन्हें किसी का सहारा नहीं चाहिए। पैर पटककर वह पलटे और तेजी के साथ अजय के घर से बाहर निकल गए।

राय साहब के जाते ही अजय ने अपने पिता का लिखा पत्र ढूंढना आरम्भ कर दिया। और पत्र ढूंढने में उसे अधिक देर नहीं लगी। पत्र एक मेज की दराज में बिछे कागज के नीचे छिपा था। धड़कते दिल के साथ अजय ने पत्र खोला। पढ़ा। लिखा था -

'अजय, मुझे तो तुझे बेटा कहने का भी अधिकार नहीं है। हां बेटा, यह सत्य है क्योंकि तुम मेरा बेटा नहीं है।'

अजय ने एक बार दृष्टि उठाकर सामने दीवार पर टंगी मां की तस्वीर को देखा। फिर आगे पढ़ा।

'तू दिल्ली में शारदा प्रसाद एण्ड कम्पनी प्राइवेट लिमिटेड के मालिक जुगल प्रसाद का बेटा है। दिल्ली में तेरी एक मां भी है - और एक बहन भी है।'

मां! बहन!! अजय ने कभी मां का प्यार नहीं देखा था, बहन के लिए उसने सोचा भी नहीं था। मां की ममता के लिए उसका दिल तड़प गया। बहन के लिए दिल में प्यार उमड़ आया। अपने पिता को देखने के लिए वह अधीर हो उठा। यदि उसके पर होते तो वह तुरन्त उड़कर अपने माता-पिता तथा बहन के गले जा मिलता। उसने आगे पढ़ा, लिखा था -

'बेटा, आज से अट्ठारह वर्ष पहले की बात है, तुम्हारे पिता जुगल प्रसाद तथा तुम्हारी माताजी ने अपनी नन्हीं बेटी स्वर्णलता की वर्षगांठ बहुत धूमधाम से मनाई थी। पार्टी में उसके छोटे-बड़े अफसरों में मुझे भी आमन्त्रित किया गया था। मैं उसकी कम्पनी का एक असिस्टेंट एकाउण्ट्स ऑफिसर था। मेरे अधिकार में कम्पनी की काफी धनराशि रहती थी। तब मुझे कम्पनी में काम करते हुए केवल बीस दिन ही हुए थे। मेरा नाम दीवानचन्द नहीं सुरेश वर्मा था। दीवानचन्द तो मुझे परिस्थिति ने बना दिया।

'मैं अपनी धर्मपत्नी कीर्ति के साथ स्वर्णलता की वर्षगांठ पार्टी में गया। वहां जुगल प्रसाद ने अपनी पत्नी की भेंट हम दोनों से कराई तथा मैंने अपनी पत्नी की भेंट उन दोनों से। तुम्हारी मांजी स्वभाव की बहुत सुशील थीं परन्तु हमें यह नहीं ज्ञात था कि तुम्हारा पिता भेड़ की खाल में भेड़िया है। मेरी पत्नी कम पढ़ी-लिखी तथा बहुत भोली थी परन्तु सुन्दर बहुत थी, हम दोनों में क्योंकि हमारे घरानों में जाति-बिरादरी का भेद था वर्षगांठ की पार्टी के दिन हमारे विवाह को डेढ़ मास से अधिक नहीं हुआ था। उस दिन जुगल प्रसाद ने हमारे साथ अन्य मेहमानों समान व्यवहार किया इसलिए मेरे मन में उसके प्रति किसी प्रकार का संदेह उत्पन्न होने का प्रश्न ही नहीं उठा। कुछ दिनों बाद मैंने सुना कि हमारा मालिक बहुत अय्याश है परन्तु मुझे इससे क्या मतलब था? मैंने एक कान से सुना, दूसरे कान से उड़ा दिया। यह जुगल प्रसाद का निजी मामला था। उसे उसकी पत्नी समझे।

एक सप्ताह बाद एक शुक्रवार को मुझे कम्पनी की ओर से मैनेजर द्वारा अम्बाला जाकर कुछ पेमेण्ट लेने की आज्ञा मिली। विवाह के बाद मैं पहली बार अपनी पत्नी से अलग हुआ। एक ही रता की बात थी। फिर भी मैंने उसके साथ घर में एक रात सोने के लिए अपनी आया से कह दिया। मैं अम्बाला में उस व्यक्ति के यहां ठहरा जिससे पैसे लेने थे। परन्तु वह व्यक्ति चैक देने को तैयार नहीं हुआ तो मैंने सोचा मैं नकदी वसूली ही कर लूंगा। परन्तु दूसरे दिन शनिवार था। बैंक जल्दी बन्द हो गया और वसूली नहीं हो सकी। मैं समझ गया कि वह व्यक्ति मुझे पैसे देने के लिए टाल रहा है। मैं शनिवार को ही दिल्ली वापस चला आया। परन्तु तब तक मेरा संसार लुट चुका था। मेरा स्वागत मेरी पत्नी की लाश ने किया।

पत्र पढ़ते-पढ़ते अजय चौंक गया। उसने एक बार फिर दीवार पर टंगी तस्वीर को देखा, बहुत ध्यान से, फिर पत्र पर दृष्टि झुका ली। उसने आगे पढ़ा -

'मृत्यु के बाद भी मेरी पत्नी की आंखें सूजी हुई थीं। मुखड़े पर जगह-जगह ऐसे दाग थे जैसे उसे बरसाती कीड़ों ने काट लिया है। मुझे चक्कर आ गया। मैं उसकी लाश पर गिरकर फूट-फूट कर रो पड़ा। आया पहले ही सिर पीट-पीट कर रो रही थी। आया ने मुझे बताया कि पिछली रात मेरी पत्नी को कम्पनी का वह चपरासी बुलाने आया? वह नहीं जान सकी। आज सुबह मेरी पत्नी वापस आई है और तब से दिन भर रो रही है। आया के पूछने पर भी कुछ नहीं बताया और जब दिन में लेटी तो इस प्रकार कि बहुत शाम बीतने के बाद आया को स्वयं ही

उसे उठाना पड़ा। परन्तु तब तक उसकी आत्मा उसका साथ छोड़ चुकी थी। मैंने तुरन्त चपरासी से मिलना चाहा परन्तु तभी मेरी दृष्टि कीर्ति के सिरहाने के नीचे कागज के एक कोने पर पड़ गई, मैंने उसे तुरन्त खोला। वह एक पत्र था, अत्यन्त दर्द भरा, उठा लिया। इसकी शब्दों की स्याही आंसुओं से भीगकर फैल गई थी। इस पत्र के एक-एक शब्द की छाप अब भी मेरे दिल पर कांटे समान चुभती है। पत्र में कुछ इस प्रकार लिखा था।

मेरे नाथ!

बहुत सोचा-विचारा कि एक बार और केवल एक बार आपके दर्शन कर लूं, और वह सारी ही बातें आपको बता दूं जो मुझ पर कल रात बीतीं जब आप चले गए थे, परन्तु फिर सोचा कि क्या मुझे अपना कलंकित मुंह आपको दिखाने का अधिकार है? मैं कलंकित ही तो हो गई - निर्दोष होते हुए भी।

कल आप चले गए तो रात लगभग आठ बजे मेरे पास कम्पनी का चपरासी आया। तब आया रसोई में थी। चपरासी ने मुझे बतया कि स्टेशन जाते समय कार द्वारा आपकी दुर्घटना हो गई थी। इस समय आप कम्पनी के मालिक जुगल प्रसाद की कोठी में हैं। आपको होश आ चुका है। तुरन्त बुलाया है। मैं सब-कुछ छोड़कर उसी प्रकार आपसे मिलने कोठी पहुंच गई। परन्तु वहां आप नहीं थे। आपके स्थान पर जुगल प्रसाद शराब पीते हुए मेरी प्रतीक्षा में बेचैन था। मैं वापस लौटने को पलटी तो दरवाजा बाहर से बन्द हो चुका था। सभी दरवाजे बन्द थे। मैं एक बन्द पक्षी के समान फड़फड़ाकर रह गई। उस चाण्डाल ने मुझे दौलत का लालच दिया, परन्तु मैंने अन्त तक अपना बचाव किया। उससे अपनी इज्जत की भीख मांगी, रोई-गिड़गिड़ाई, तड़पी, चीखी। मैंने सोचा शायद मेरी चीख सुनकर उसकी पत्नी मुझे बचाने आ जाए। परन्तु शायद वह कोठी में नहीं थी। जुगल प्रसाद ने मुझ पर जरा भी दया नहीं की। उसने मुझे लूटकर सुबह छोड़ा।

मैं तुरन्त आत्महत्या कर लेना चाहती थी परन्तु अपने आंसू दिखाकर पहले आपको अपनी विवशता बता देना चाहती थी। परन्तु अब जीना कठिन हो रहा है। एक-एक सांस घुट रही है, इसीलिए जहर खा रही हूं। पता नहीं आप उस चांडाल की चाल में फंसकर आज आ भी सकेंगे या नहीं? मेरा शव आपको अब देखने को न ही मिले तो अच्छा है। मुझे क्षमा कर दीजिएगा।

आपके चरणों की दासी,
कीर्ति!

अजय की पलकें भीग गईं। उसने दीवार पर टंगी तस्वीर को फिर देखा, तस्वीर के समीप आया, तस्वीर को कुछ देर तक देखता रहा। फिर पॉकेट से रूमाल निकालकर उसने तस्वीर का शीशा पोंछा। उसे अपने पिता से घृणा हो गई। आगे की बात जानने के लिए उसने दीवानचन्द का पत्र फिर पढ़ा। लिखा था -

'बेटा, तुम समझ सकते हो, अपनी पत्नी का पत्र पढ़कर मुझ पर क्या बीती होगी। मैं पागल हो उठा। मेरी आंखों के आंसू शोले बन गए। मैंने पत्र को सख्ती के साथ अपनी मुट्ठी में भींच लिया। फिर उसी प्रकार पत्र को पॉकेट में डालते हुए तुरन्त जुगल प्रसाद के यहां पहुंचा। बरामदे में प्रवेश द्वार खुला हुआ था। मैं अन्दर प्रविष्ट होता हुआ चीख पड़ा, 'कहां है वह नीच जुग्रल प्रसाद, मैं उसका खून पी जाऊंगा।'

परन्तु सामने के बड़े कमरे में कोई नहीं था। किसी ने मेरे प्रश्न का उत्तर भी नहीं दिया। मैं सामने एक दूसरे कमरे में प्रविष्ट हुआ। वहां एक कुर्सी पर बैठा जुगल प्रसाद बहुत संतोष के साथ शराब पी रहा था। उससे कुछ हटकर दो व्यक्ति खड़े हुए थे। देखने में ही वे गुण्डे लग रहे थे परन्तु मैंने उनकी जरा भी परवाह नहीं की। मैं तड़पकर फिर चीखा, 'कुत्ते, आज तुझे जीवित नहीं छोड़ूंगा।' मैंने लपककर जुगल प्रसाद की गर्दन पकड़ लेनी चाही परन्तु वहां खड़े एक व्यक्ति ने तुरन्त आगे बढ़कर मेरे मुंह पर एक मुक्का मार दिया। मैं चकराकर नीचे गिर पड़ा। दोनों व्यक्तियों ने मुझे उठाकर मेरे दोनों हाथों को सख्ती से पकड़ लिया। मैं उनकी बांहों में स्वतन्त्र होने के लिए तड़पने लगा।

जुगल प्रसाद ने जाम की शराब समाप्त की। फिर खड़े होते हुए बोला, 'हमें अफसोस है कि तुम्हारी पत्नी ने आत्महत्या कर ली। यदि परिस्थिति से समझौता करके वह आत्महत्या नहीं करती तो हम उसे माला-माल कर देते और इसके साथ कुछ दिन बाद तुम्हें भी अकाउण्ट ऑफिसर बना देते।'

'नीच, पापी-' मैं उन गुण्डों की पकड़ में तड़पता हुआ चीखा।

परन्तु तभी एक गुंडे ने मेरे मुंह पर एक मुक्का फिर मारा। मैं फिर गिर पड़ा। दूसरे व्यक्ति ने उठाकर मुझे एक मुक्का और मारा। मैं फर्श पर गिरकर हांफने लगा। होंठों से रक्त निकल आयां इसी मध्य मेरी पॉकेट से कीर्ति का अन्तिम पत्र भी गिर गया। एक व्यक्ति ने उसे उठा लिया और जुगल प्रसाद को थमा दिया। दोनों व्यक्तियों ने मुझे फिर खड़ा किया तो मुझे चक्कर आने लगा। जुगल प्रसाद ने पत्र खोलते हुए मुझसे कहा, 'जब हम कुछ बोलते हैं तो किसी को बीच में कहने की आज्ञा नहीं देते।' फिर उसने पत्र पढ़ा। हल्के से मुस्कराया। पत्र के टुकड़े-टुकड़े किए तो मेरे दिल के टुकड़े हो गए। उसने घण्टी बजाई। एक नौकर आया तो उसे पत्र के टुकड़े थमाते हुए कहा, 'इन्हें जलते चूल्हे में डाल दो।' नौकर चला गया तो उसने अपने जाम में बोतल से शराब उंड़ेली। फिर जाम हाथ में उठाकर बोला, 'हमें अम्बाला के फोन द्वारा ज्ञात हो गया कि तुम किस गाड़ी से चले हो, इसीलिए हमने ठीक समय पर तुम्हारे घर के समीप एक आदमी लगा दिया था। हम देखना चाहते थे कि पिछली रात की घटना का तुम पर क्या असर पड़ता है? प्रायः लोग परिस्थिति से समझौता करके लाभ उठाने में ही अपनी भलाई समझते हैं। परन्तु वहां तुम्हारी आया का रोना गाना देखकर उसे ज्ञात हो गया कि उस मूर्ख लड़की ने

आत्महत्या कर ली है। उसने तुरन्त आकर हमें बताया और इसलिए हम विवश हो गए कि तुम्हारा इस प्रकार स्वागत करें।'

जुगल प्रसाद ने अपनी कलाई पर बंधी घड़ी देखी। तभी दीवार पर टंगी बड़ी घड़ी ने भी आठ बजने के घण्टे बजाए...आठ घण्टे। उसने दूसरे कमरे में जाकर फोन किया। मैं बीच के खुले द्वार से देखता हुआ उसकी हत्या करने की योजना बना रहा था। फोन पर उसने क्या बात की यह मुझे तब ज्ञात हुई जब थोड़े समय के बाद वहां एक इंस्पेक्टर के साथ कुछ कांस्टेबल भी आ गए। इसी बीच जुगल प्रसाद ने अपनी तिजोरी से रुपयों की कुछेक गड्डियां भी निकालकर सामने मेज पर रख दी थीं। जुगल प्रसाद ने मेरी ओर इशारा करते हुए इंस्पेक्टर से कहा, 'इंस्पेक्टर, यह व्यक्ति मेरा नौकर है - छोटा खजांची। मेरी कम्पनी का दफ्तर पांच बजे बन्द हो जाता है परन्तु जब यह व्यक्ति अभी लगभग सात बजे दफ्तर खोलने गया तो मेरे चौकीदार को...'

जुगल प्रसाद की बात सुनकर मैं चौंक गया। तड़पकर चीख पड़ा, 'इंस्पेक्टर साहब, यह झूठ बोल रहा है। मैंने आज इसकी कम्पनी का मुंह भी नहीं देखा। अवश्य यह व्यक्ति कोई चाल चल रहा है। मैं इसकी जान लिए बिना नहीं छोड़ूंगा।' इस बार अपने को छुड़ाने के लिए मैंने पूरी ताकत लगा दी। और मैं छूट भी जाता यदि दो कांस्टेबल मुझे नहीं पकड़ लेते।

'आप सब थाने चलें। वहीं हम आप सबका बयान लेंगे। इंस्पेक्टर ने तुरन्त आज्ञा दी।

हम सब थाने पहुंचे। अजय बेटा, जानते हो वहां जुगल प्रसाद ने मुझ पर क्या दोष लगाया? उसने कहा कि जब मैं सात बजे दफ्तर गया तो चौकीदार ने सोचा कि मैं ओवर टाइम करने आया हूं परन्तु जब मैं दस मिनट बाद लौटने लगा तो उसे मुझ पर सन्देह हो गया। सन्देह होने का कारण यह भी बताया कि मैं उस कम्पनी का नौकर था। उसने मुझे रोकना चाहा तो मैं भागने लगा और तब मुझे पकड़ने के लिए उसे दो व्यक्तियों की सहायता भी लेनी पड़ी। मेरी तलाशी ली। मेरे पास बीस हजार रुपए निकले तो मुझे जुगल प्रसाद की कोठी में ले आए। जुगल प्रसाद के आदमियों ने अपने बयान में अपने मालिक का पूरा-पूरा साथ दिया। अन्त में जुगल प्रसाद ने मेरी ओर इशारा करते हुए इंस्पेक्टर से कहा, 'इस व्यक्ति की बात से सिद्ध होता है कि इसने किसी करण अपनी पत्नी को जहर दे दिया और अब यह उतने रुपए लेकर यहां से भाग जाना चाहता था जितने रुपए इसके आधीन रहते थे।'

इतना बड़ा झूठ! इतना बड़ा दोष! अपनी पत्नी का मैं ही हत्यारा! मुझसे सहन नहीं हो सका। मैंने लपककर उस पाखंडी की गर्दन पकड़ ली। मैं उसकी गर्दन दबाता ही गया - दबाता ही गया। जुगल प्रसाद की आंखें निकलने लगीं। परन्तु तभी मुझे खींचकर अलग करते सिपाहियों में से एक ने मेरे सिर पर इतनी जोर से डण्डा मारा कि मुझे चक्कर आ गया। तुरन्त हवालात में बन्द कर दिया गया। मैं तड़पता रह गया।

उसी दिन कीर्ति की लाश को पुलिस ने अपने आधीन कर लिया। दूसरे दिन पोस्टमार्टम की रिपोर्ट ने मृत्यु का कारण जहर बताया। उस दिन उसवे अन्तिम संस्कार में सम्मिलित होने के लिए सरकार ने मुझे आज्ञा दे दी, परन्तु पुलिस की सुरक्षा में - मेरे हाथ की एक हथकड़ी एक पुलिस वाले के हाथ में भी बंधी हुई थी। कीर्ति की चिता के सामने मैंने प्रण किया था कि जब तक मैं जुगल प्रसाद से बदला नहीं लूंगा, चैन से नहीं बैठूंगा।

फिर मुकद्मा चला। मुझे अपने घरवालों से पूरी सहायता मिली, परन्तु मेरी जमानत नहीं हो सकी, क्योंकि मैं एक गरीब घर का दीपक था। जुगल प्रसाद ने भी अपनी हत्या का भय प्रकट करते हुए मेरी जमानत में रुकावट डाल दी थी। परन्तु कीर्ति के घरवालों ने इस मुकद्मे से कोई सम्बन्ध नहीं रखा। बल्कि कीर्ति की मृत्यु का जिम्मेदार भी उन्होंने मुझे ही ठहराया। मुकद्मे में हर बात मेरे ही विरुद्ध सिद्ध होती चली गई। जिस व्यक्ति के साथ मैं अम्बाला में ठहरा था उसने तो मुझे पहचानने से भी इन्कार कर दिया। यही नहीं, मेरी आया भी मेरे पक्ष में कुछ नहीं कह सकी क्योंकि उसका पति जुगल प्रसाद की कम्पनी में एक छोटा-सा नौकर था। फिर भी अजय बेटा, भगवान ने मेरी सुन ली। मुझ पर कम से कम अपनी पत्नी की हतया नहीं सिद्ध हो सकी। मुझे सजा हुई तो केवल चोरी की, तथा जुगल प्रसाद की हत्या करने के प्रयत्न की - सात वर्ष की सजा।

परन्तु तब मैं जवान था - रक्त गर्म। बदले की ज्वाला में मेरा शरीर झुलस रहा था। शीघ्र ही एक रात मैं जेल से निकलने में सफल हो गया। मुझे अपने जीवन की जरा भी चिंता नहीं थी। मैं छुरा लिए सीधा जुगल प्रसाद के यहां पहुंचा - उसकी हत्या करने की नीयत से। वह शराब के नशे में धुत्त सो रहा था। मैंने उसे मारना चाहा कि तभी मेरी दृष्टि उसके बगल के पलंग पर पड़ी। दो नन्हें तथा प्यारे-प्यारे बच्चे सो रहे थे - एक लड़की और एक लड़का। लड़की की आयु अब दो वर्ष के समीप हो चली थी। लड़का तीन साढ़े तीन वर्ष के अधिक नहीं था। मैंने सोचा, यदि मैं जुगल प्रसाद की हत्या कर दूंगा तो वह तड़प नहीं सकेगा। क्यों न मैं इन बच्चों का अपहरण करके जुगल प्रसाद को जीवनभर तड़पाने का साधन उत्पन्न कर दूं? उसके हाथों जाने कितने घर पहले ही बर्बाद हो चुके हैं - जाने कितने घर अभी बर्बाद होंगे। निश्चय ही अपने बच्चों के गम से पागल होकर वह भविष्य में किसी का भी घर बर्बाद नहीं कर सकेगा। बल्कि वह स्वयं बर्बाद हो जाएगा। और फिर जब लड़का बड़ा होकर अपराधी बनने के बाद जेल चला जाएगा तथा लड़की वेश्या बन जाएगी तो मैं जुगल प्रसाद को यह सब बताते हुए उसका खूब उपहास उड़ाऊंगा - वह तड़पेगा - और तब इस प्रकार मेरे दिल की आग निश्चय ही बुझ जाएगी। ऐसा सोचते हुए मुझे जुगल प्रसाद की पत्नी पर भी दया नहीं आई, क्योंकि उसने मुकद्मे में एक बार भी आकर अपने पति के विरुद्ध कुछ नहीं कहा था। अपने स्वार्थ तथा इरादे के पीछे मैंने उसकी ममता का गला भी घोंट दिया। मैं जुगल प्रसाद को अधिक से अधिक तड़पाना चाहता था - किसी भी मूल्य पर।

'मैंने वहीं खिड़की के दो परदे उतारकर बच्चों का मुंह बांधा और फिर उन्हें लेकर भागने में सफल हो गया। दिल्ली से सीधा मैं बनारस पहुंचा सोचा था बनारस में लड़की को वेश्या के कोठे पर सौंप दूं परन्तु ऐसा करते समय मेरी अंतरात्मा कांप गई। मेरे तथा जुगल प्रसाद के झगड़े में इस बच्ची का क्या दोष? मैं तय नहीं कर सका कि इस बच्ची को कोठे की शोभा बनाने का पाप करूं या नहीं? इससे मेरी अन्तरात्मा बदले की आग से ठंडी हो सकेगी या नहीं? या मैं अपने ही पाप की आग में और जल उठूंगा? मुझे सोचने का समय चाहिए था। सोचने के लिए मैंने बनारस के बंगाली टीला की एक गली में एक कोठरी ले ली। परन्तु दो दिन बाद ही अखबार में तुम्हारी तथा स्वर्णलता की तस्वीर छपी। तुम दोनों का पता चलाने के लिए जुगल प्रसाद ने पचास हजार रुपए इनाम रखा था। मुझे अब स्वर्णलता के लिए शीघ्र से शीघ्र निर्णय कर लेना था। फिर भी मेरी अन्तरात्मा ने उसे कोठे की शोभा बनाने की आज्ञा नहीं दी। मैं अपने आपको कोसने लगा।

तीसरे दिन सुबह लगभग चार बजे मेरी आंखें खुलीं। ऐसा जैसे मेरे घर के चारों ओर लोग घेरा डाल रहे हैं। मैंने खिड़की द्वारा छिपकर देखा तो सन्न रह गया। मैंने तुरन्त दोनों बच्चों के मुंह में कपड़ा ठूंसा और चुपचाप अपने मकान के पीछे वाली छत पर कूदा। वहां से मैंने दूसरे तथा फिर तीसरे मकान की छत पार की। लोग अपने-अपने घरों के अन्दर सो रहे थे इसलिए किसी को भी मेरी आहट नहीं मिली। तीसरी छत पार करने के बाद मैं एक अंधेरी गली में उतर गया। मैं गंगाजी की ओर भागा। परन्तु पुलिस को मेरी आहट मिल चुकी थी। मैं और आगे बढ़ा तो गली पार करके गंगाजी के घाट की सीढ़ियों पर पहुंच गया। पौ फट रही थी। अंधकार छंट रहा था। घाट पर कुछ यात्रियों ने स्नान के लिए आना आरम्भ कर दिया था। मेरे लिए गली में वापस जाना असम्भव था इसलिए मैं सीढ़ियां उतर गया।

घाट से घाट होता हुआ मैं तेज पगों से चलने लगा। मैं दशाश्वमेघ घाट तक पहुंचा तो पौ फट चुकी थी। बच्चों को लिए मेरे हाथ थक गए थे। मैंने इधर-उधर पुलिस की टोह लेकर तुम बच्चों को नीचे उतारा। मुंह में ठूंसे कपड़े निकाले तो तुम दोनों रोने लगे। मैंने तुम दोनों का हाथ पकड़ा और घाट पर भीड़ का सहारा लेकर भाग निकलने का प्रयत्न करने लगा। परन्तु वहां भीड़ में अचानक स्वर्णलता का हाथ मुझसे छूट गया। तभी मेरे कानों पुलिस की सीटी सुनी। मैंने तुरन्त तुम्हें गोद में उठा लिया फिर स्वर्णलता को गोद लेना चाहा तो वह भीड़ का धक्का खाकर मुझसे और दूर हो गई थी। मैंने उसकी चिंता नहीं की। तुम्हारे साथ अब मुझे अपनी जान बचाने की चिंता हो गई। अब मेरे पास अधिक भार नहीं था। मैं भीड़ का सहारा लेकर वास्तव में भाग निकलने में सफल हो गया। सोचा, जुगल प्रसाद की लड़की भले ही उसे वापस मिल गई, परन्तु लड़के को हाथ से अब हरगिज नहीं जाने दूंगा।

बेटा अजय, उसके बाद मैं बम्बई चला आया। मैं एक अपराधी था। जेल से भागने के बाद पुलिस को मेरी तलाश थी। मुझे छिपकर रहना आवश्यक था। मैंने सुरेश वर्मा से अपना

नाम बदलकर दीवानचन्द रख लिया। इसके बाद मुझे चन्दानी के गिरोह में शामिल होने का अवसर मिला तो मैंने उसे तुरन्त स्वीकार कर लिया। कुछ वर्षों तक छिपकर रहा, छिपकर काम भी करता रहा, कभी किसी भेष में तो कभी किसी भेष में। फिर जब तू बड़ा होने लगा - तेरी आयु लगभग बारह वर्ष की हो गई, जब जुगल प्रसाद तथा पुलिस की ओर से मेरा भय समाप्त हो गया और जब मुझे पूरा विश्वास हो गया कि मुझे पहचानने की आवश्यकता अब किसी को भी नहीं पड़ेगी तो मैंने बम्बई शहर में एक छोटा-सा घर खरीद लिया और इस प्रकार तू भी मेरे साथ काम करते-करते स्मगलर बन गया। परन्तु बेटा, जब तू अकेले खतरों से खेलता तो मेरी अन्तरात्मा मुझे धिक्कारने लगती - मैंने तुझे अपराधी बनाकर अच्छा नहीं किया। मैंने तेरे पिता का बदला तुझसे क्यों लिया? आखिर इसमें तेरा क्या दोष था? जब तू मुझ पर अपना प्यार प्रकट करता तो मुझे अपने आपसे घृणा होने लगती। मेरा मन कहता मैं तुझे तेरे बारे में सब-कुछ बता दूं ताकि तू इस गैंग से बचकर अपने माता-पिता तथा बहन के पास चला जाए। परन्तु फिर मेरी आंखों के सामने मेरी पत्नी की लाश चली आती। चिता के सामने किया प्रण याद आ जाता और तब मैं अपने इरादे पर फिर अटल हो जाता - बदला - बदला - बदला। मैं इतना अवश्य जानता था कि यदि भगवान चाहता तो एक निर्दोष स्त्री की लाज एक चण्डाल के हाथों नहीं लुटती। मेरी पत्नी दिन-रात भगवान की उपासना में डूबी रहती थी। क्या उसकी उपासना का यही परिणाम मिलना था? इसीलिए बेटा, मेरा विश्वास भगवान पर से हट गया। बल्कि जब मैं उसका उपहास उड़ाता तो मुझे एक शांति-सी मिलती।

बेटा, पत्र लिखकर मैंने अपने जीवन का भेद तो खोल दिया परन्तु यह पत्र तुझे कब दूंगा - या दूंगा भी या नहीं - नहीं जानता। सारी बातें जानकर तेरे मन में मेरे प्रति असीमित घृणा का उत्पन्न हो जाना स्वाभाविक है। तेरे पिता का बदला मैंने तुझसे क्यों लिया? तुझे तेरी मां तथा बहन से क्यों अलग कर दिया? फिर भी सोचता हूं कि मरने से पहले तुझ पर सारा भेद प्रकट कर दूं तो अच्छा है वरना शायद अगले जन्म में भी भगवान मुझे क्षमा नहीं करेगा। देखें, परिस्थिति क्या रंग दिखाती है।

तुम्हारा
दीवानचन्द या सुरेश वर्मा।'

पत्र पढ़ने के बाद अजय गुमसुम रह गया। अपने पिता के साथ उसे दीवानचन्द से भी घृणा होने लगी। उसके पिता से बदला लेने के लिए दीवानचन्द ने उसे क्यों शतरंज के मोहरे समान उपयोग किया? यदि उसकी बहन वेश्या बन जाती तब क्या होता? अजय ने एक बार सोचा, यदि दीवानचन्द के स्थान पर वह होता तथा दीवानचन्द की पत्नी के स्थान पर अंशु होती तब वह क्या करता? इसके पश्चात् उसके मन में दीवानचन्द के प्रति सहानुभूति क्यों नहीं समा सकी?

उसका मन भारी हो गया। मां तथा बहन से मिलने की प्रसन्नता पर पिता के पापों का बोछ छा गया। वह अपने पिता को कभी नहीं क्षमा करेगा - कभी नहीं। वह तो सारी बर्बादियों की जड़ है। वह तो उनकी सूरत भी नहीं देखना पसन्द करेगा। परन्तु ममता का भूखा दिल मां से मिलने को तड़पने लगा। बहन को देखने के लिए आंखें तरस गईं तो पलकें भीग गईं। उसने तुरन्त अपना छोटा सूटकेस निकाला और थोड़ी बहुत आवश्यकता की वस्तुएं रखते हुए ट्रेन से ही दिल्ली जाने की तैयारी करने लगा।

बम्बई छोड़ने से पहले उसने अंशु से मिलना चाहा परन्तु ऐसा असम्भव था। अंशु ने उसे फोन करने को भी मना कर रखा था। अब उसके माता-पिता को सब-कुछ ज्ञात हो गया है तो निश्चय ही उस पर कड़ी निगरानी रखी जाती होगी। बम्बई छोड़ने से पहले वह मीना के घर गया। बरामदे में खड़े होकर उसने कॉलबेल दबाई तो मीना ही बाहर आई। उसके हाथ में लटका एक सूटकेस देखा तो चकित रह गई। बोली, 'अजय बाबू, आप। आज इधर कैसे भूल पड़े? कहीं बाहर जाने का विचार है क्या? आइए, अन्दर आइए।' मीना ने मुस्कराते हुए उसे अन्दर ले जाना चाहा।

'नहीं मीना...' अजय ने गम्भीरतापूर्वक कहा, 'मेरे पास समय नहीं है। मुझे दिल्ली के लिए गाड़ी पकड़नी है।'

मीना ने अजय का गम्भीर मुखड़ा देखा तो कुछ नहीं बोली।

'तुम अंशु से मिलकर उसे बता देना कि मैं दिल्ली गया हूं।' अजय ने फिर कहा, 'जल्द ही वापस आ जाऊंगा।'

'ऐसा क्या काम पड़ गया कि अंशु से मिलने बिना ही जा रहे हैं?' मीना ने कहा, 'आप उससे मिलकर कल भी तो जा सकते हैं।'

'शायद कल भी मुलाकात नहीं हो सकेगी।' अजय ने उसी गम्भीरता के साथ कहा, 'हमारी बातें उनके माता-पिता को मालूम हो चुकी हैं। अब वह अंशु पर कड़ी नजर रख रहे हैं।'

'ओह!' मीना ने केवल इतना ही कहा। जिस बात का डर था वही हुआ।

'तुम अंशु को बता देना कि मरे पिता दीवानचन्द नहीं थे। मेरे माता-पिता दिल्ली में हैं। उनका पता चल गया है। मेरी छोटी बहन भी है।'

'अच्छा!' मीना चहककर बोली, 'यह तो बड़े हर्ष की बात है।'

'हां।' अजय गम्भीर था।

'परन्तु इतनी बड़ी वास्तविकता जानकर भी आप प्रसन्न क्यों नहीं हैं?' मीना ने उसकी गम्भीरता पर और ध्यान दिया।

'है कोई बात।' अजय ने कहा और बात टाल गया। मीना को कैसे बताता कि वह एक ऐसे बाप का बेटा है जिसके हाथ मजबूर स्त्रियों के रक्त से रंगे हुए हैं। अजय की मां तथा बहन

से मिलने की सारी प्रसन्नता पिता के पापों के बोझ से कुछ इस प्रकार दब गई थी कि वह मुस्करा भी नहीं सकता था। यदि मां तथा बहन से मिलने का मोह नहीं होता तो वह अपने पिता की सूरत भी नहीं देखता।

'एनी वे, कांग्रेचुलेशन।' मीना ने मुस्कराकर बधाई दी।

'धन्यवाद!' अजय ने घड़ी देखी। फिर बोला, 'अच्छा चलता हूं - बाय।'

'बाय।'

अजय चला गया।

4

अजय दिल्ली पहुंचा। स्टेशन पर ही उसने टेलीफोन निर्देशिका द्वारा शारदा प्रसाद एण्ड कम्पनी प्राइवेट लिमिटेड तथा इसके मालिक जुगल प्रसाद के निवास स्थान का पता ज्ञात कर लिया ओर घर की ओर बढ़ गया। अपने पिता से घृणा करने के पश्चात् अपने घर जाते हुए उसे एक नई प्रसन्नता का आभास हो रहा था। उसकी मां कैसी है? उसकी बहन कैसी है? क्या वे उसे पहचान सकेंगी? क्या मां विश्वास कर सकेगी कि उसका बेटा यही है जो अट्ठारह वर्ष पहले अपहरण कर लिया गया था? हां, मां को तो विश्वास करना ही पड़ेगा। मां को अपने बेटे की पहचान के लिए किसी प्रमाण की आवश्यकता नहीं पड़ती। वैसे उन्हें विश्वास दिलाने के लिए दीवानचन्द अर्थात् सुरेश वर्मा का पत्र काफी है।

कोठी के मुख्य द्वार पर ही उसने ऑटो रिक्शा छोड़ दिया। फिर मुख्य द्वार पर खड़े होकर उसने एक गहरी सांस ली। दिल धड़कने लगा। उसने मुख्य द्वार के खम्भे की ओर देखा। लोहे का केवल एक ही गेट वह भी टेढ़ा होकर एक ओर सरका हुआ था। अजय ने खम्भे पर लिखा कोठी का नम्बर मिलाया। जुगल प्रसाद की कोठी का यही नम्बर था।

उसने अन्दर झांका। दो मंजिल की लम्बी-चौड़ी इमारत बीते हुए युग की शानो-शौकत की कहानी रो-रोकर सुना रही थी। वर्षों से कोठी पर सफेदी नहीं की गई थी। सीमेंट के प्लास्टर कुछ स्थान पर टूटे हुए थे। कहीं-कहीं दीवारों पर काई जमी हुई थी। ईंटों के जोड़ों में घास उग आई थी। लॉन के वृक्ष उद्यान के समान घने हो गए थे। लॉन की घास को अच्छी तरह काटने का प्रयत्न नहीं किया गया। क्यारियां बेतरतीब थीं। अजय ने देखा, पोर्टिको के नीचे एक जीप खड़ी है। धड़कते दिल के साथ वह आगे बढ़ा। मुख्य द्वार से पोर्टिको तक जाने के लिए लॉन के दोनों ओर के रास्ते मानो मरम्मत को तरस रहे थे। अजय अभी इस रास्ते पर कुछेक पग ही चला था कि उसे कोठी के बगल में कुछ अन्दर हटकर एक बूढ़ा व्यक्ति खड़ा दिखाई दिया। वहीं एक नल के नीचे बाल्टी रखे वह पानी भर रहा था। अचानक उसकी दृष्टि भी अजय पर पड़ गई। अजय सीधा उसी के पास चला गया। उसने पूछा, 'क्या जुगल प्रसाद का मकान यही है?'

'स्वर्गवासी जुगल प्रसाद का।' बूढ़े ने मानो उसका वाक्य सुधारते हुए कहा, 'अब इस मकान में उनकी धर्मपत्नी रहती हैं - उमा देवी।'

पिता की मृत्यु की सूचना सुनकर न चाहते हुए भी अजय के दिल को चोट पहुंची। उसने मन ही मन अपनी मां का नाम दोहराया - उमा देवी। वह कितना अभागा है कि उसे अपनी मां का नाम भी नहीं मालूम था। उसने कहा, 'मैं उनकी धर्मपत्नी से मिलना चाहता हूं।'

'वह अभी बाहर गई हैं। आती ही होंगी। बरामदे में कुर्सी रखी है, आप प्रतीक्षा कर लें।'

अजय एक पल खामोश रहा। फिर पूछा, 'कोठी में स्वर्णलता तो होगी। मैं उससे भी मिलना चाहता हूं।'

'स्वर्णलता।' बूढ़े ने अपने मस्तक पर बल डालकर सोचा। अजय को उसने बहुत ध्यान से देखा - ऊपर से नीचे तक। फिर पूछा, 'कहीं आप बेबी के बारे में तो नहीं पूछ रहे हैं?'

'बेबी! कौन बेबी?' अजय कुछ समझा नहीं।

तभी मुख्य द्वार में एक कार प्रविष्ट हुई। बूढ़े ने तुरन्त कहा कि, 'मालकिन आ गई हैं।' और फिर वह अपनी बाल्टी की ओर झुक गया जो पानी से भर चुकी थी।

अजय सूटकेस लिए कुछ आगे बढ़ गया, पोर्टिको की ओर। तभी कार भी उसके सामने से आकर कुछ गर्द उड़ाती हुई पोर्टिको के समीप रुक गई। कार में पीछे एक स्त्री बैठी हुई थी - आंखों पर चश्मा - बालों में सफेदी। अजय को उस स्त्री ने कार में से ही बहुत ध्यानपूर्वक देखा। ड्राइवर ने कार का गेट खोला तो अजय कार के समीप पहुंच चुका था। वह स्त्री बाहर निकली। बरामदे की सीढ़ियां चढ़ने से पहले उसने अजय को पलटकर देखा। उसकी आंखों में ममता से अधिक सख्ती थी - मस्तक पर बल...मुखड़े पर तनाव। सफेद साड़ी में वह विधवा से अधिक पत्थर की मूर्ति लग रही थी। अजय ने कुछ कहना चाहा परन्तु तभी वह लापरवाही बरतकर बरामदे पर बढ़ी और फिर कोठी के अन्दर प्रविष्ट हो गई। अजय उसे देखता ही रह गया।

ड्राइवर कार में से सामान निकाल रहा था। अजय उसके पास गया। बोला, 'मैं उमा देवी से मिलना चाहता हूं।'

ड्राइवर ने हाथ में पैकेट लिए उसे ऊपर से नीचे तक देखा। पूछा, 'क्या काम है?'

'यह मैं उन्हीं को बताऊंगा।' अजय अपनी मां के मुखड़े की सख्ती देख चुका था इसीलिए उसने ड्राइवर को कुछ भी बताना उचित नहीं समझा।

'जब तक तुम कारण नहीं बताओगे तुम्हें उनसे मिलने को नहीं मिलेगा।'

'शटअप...' अजय ने ड्राइवर को अपने रुआब में ले लिया। बोला, 'मैं खुद उनसे जाकर मिल लूंगा।' अजय बरामदे की सीढ़ियों की ओर बढ़ गया।

'अरे ठहरो-ठहरो...' ड्राइवर उसकी ओर लपका। बोला, 'अरे भाई, इसमें नाराज क्यों होते हो? ठहरो, मैं अभी तुम्हारे लिए मेम साहब से टाइम लेकर आता हूं। दरअसल मैं तो

तुमसे तुम्हारे भले के लिए ही यहां आने का कारण पूछ रहा था।' ड्राइवर ने बहुत भेद भरे स्वर में पूछा, 'कहीं तुम उनका लड़का बनकर तो यहां नहीं आए हो?'

'उनका लड़का!' अजय ने आश्चर्य से पूछा, 'लेकिन तुम्हें कैसे मालूम?'

ड्राइवर ने अपनी सूझ-बूझ की दाद देते हुए ठहाका लगाना चाहा, परन्तु उसके गले से सीटी समान स्वर निकल गया। अपनी बेढंगी हंसी को रोकते हुए उसने कहा, 'पिछले दो वर्षों के अन्दर मेम साहब के चार लड़के और दो लड़कियां आ चुकी हैं। कुछेक भाग गए, कुछ जालसाजी में अभी तक बन्द हैं।'

'ओह!' अजय ने एक पल सोचा।

'मिलोगे मेम साहब से?' ड्राइवर हल्के से मुस्कराया।

'अवश्य मिलूंगा।' अजय ने कुछ सोचते हुए उत्तर दिया।

ड्राइवर सामान लिए अन्दर चला गया। फिर जब कुछ देर बाद वह वापस लौटा तो अजय को अन्दर जाने की अज्ञा मिल चुकी थी।

अजय ने धड़कते दिल के साथ बरामदे की सीढ़ियां पार कीं। प्रवेश द्वार पर रुककर उसने दम साधा और फिर अन्दर चला गया। यह एक बड़ा कमरा था। बहुत पुरानी कालीन...रंग फीका पड़ गया था, कोने तथा किनारे कहीं-कहीं फट गए थे। पुराने युग की काली लकड़ी वाले फर्नीचर - पीतल के बड़े-बड़े फूलदान - बड़ी-बड़ी तस्वीरें, तस्वीरों के रंग फीके पड़ गए थे। फिर भी हर वस्तु अपने युग की शान बघार रही थी। उमा देवी एक किनारे प्रवेश द्वार की ओर पीठ किए कुछ तनकर खड़ी हुई थीं। उनके सामने एक मेज पर दो बच्चों की तस्वीरें एक फ्रेम में चढ़ी हुई रखी थीं। अजय चुपचाप उनके पीछे जाकर खड़ा हो गया। मन कर रहा था कि मां से लिपट जाए परन्तु परिस्थिति को देखते हुए उसे हर अवस्था में सब्र करना था।

'मां...' कुछ देर बाद अजय ने कहा। उसका स्वर भावुकता में डूबा हुआ था।

उमा देवी कुछ ठिठकीं। परन्तु पलटकर अजय को नहीं देखा।

'मां...' अजय ने फिर कहा, 'मैं तुम्हारा बेटा हूं, अजय।'

उमा देवी पलटीं, उन्होंने अजय को ऊपर से नीचे तक देखा संदेह भरी दृष्टि से। उनके होंठों पर एक व्यंग्यात्मक मुस्कान आ गई।

अजय के दिल को धक्का लगा। उसका दिल मां की छाती से लिपटने को तड़प रहा था। उसने कहा, 'मां, तुमने मुझे पहचाना नहीं?'

'पहचानने का काम हमने पुलिस को सौंप रखा है।' उमा देवी ने रूखेपन से कहा।

'मां...' अजय ने कहा, 'जब पुलिस तुम्हारे बच्चे का पता नहीं लगा सकी तो उसे पहचानेगी कैसे?'

'यह भी पुलिस बेहतर जानती है क्योंकि इससे पहले मेरी दौलत के लालच में जो भी मेरी सन्तान बनकर यहां आया तो उसे मुझसे पहले पुलिस ने ही जालसाज साबित किया।'

'ओह!' अजय की आंखों में आंसू आ गए। बोला, 'कितने अरमान लेकर मैं यहां आया था। सोचा था, मां मुझे देखते ही अपनी छाती से लगा लेगी। मां को अपने बेटे की पहचान के लिए सबूत की आवश्यकता नहीं पड़ती। खैर...' अजय के होंठों पर एक निराश मुस्कान आई और चली गई। उसने पूछा - 'अपनी मां को तो मैंने देख लिया। तुम्हारे चरण छूने के बाद मैं यहां रुकूंगा भी नहीं। परन्तु जाने से पहले क्या मैं एक बार, केवल एक बार अपनी बहन को देख सकता हूं? मैं जानता हूं, अब वह भी मुझे तुम्हारी तरह नहीं पहचानेगी।'

'तुम्हारी बहन!' सहसा उमा देवी चौंकी। बोली, 'यह कोई नया नाटक है क्या?' उसके मस्तक पर फिर बल पड़ गए थे।

'नाटक...' अजय को ऐसा लगा मानो मां ने उसे गले लगाने के बजाए मुंह पर थप्पड़ मार दिया है। मां थप्पड़ भी मारती तो वह सहन कर लेता परन्तु मां का उसे इस प्रकार तिरस्कृत करना अच्छा नहीं लगा। उसकी आंखों से आंसू निकलकर गाल पर बहने को अधीर हो गए। उसने हल्के से अपना निचला होंठ काटा भीगे स्वर में बोला, 'ठीक है मां, मैं जा रहा हूं। जाकर तुम्हें सबूत भेज दूंगा, लेकिन उसके बाद अब तुम भी मेरी तलाश कभी मत करना।' अजय ने एक झटके के साथ आगे बढ़कर मां के चरण छुए और फिर पलटकर बाहर जाने के लिए पग बढ़ा दिए।

'ठहरो!' उमा देवी ने मानो आज्ञा दी।

अजय के पग जहां के तहां रुक गए। उसने पलटकर मां को देखा। मां के मुखड़े के तनाव में जरा भी कमी नहीं हुई थी।

उमा देवी दो पग उसके समीप आई। उन्होंने कहा, 'तुम अपनी बहन को देखना चाहते हो?' उनका कहने का ढंग भेद भरा था।

अजय ने बहुत आशा के साथ सिर हिला दिया - 'हां।'

'लेकिन बेबी का अपहरण तो तुम्हारे साथ हुआ था। वह यहां कैसे हो सकती है?' उमा देवी ने मानो अजय का झूठ पकड़ा। बोली, 'उसे तो अब तक तुम्हारे साथ होना चाहिए था।'

'बेबी!' अजय चौंका। बोला, 'मैं स्वर्णलता की बात कर रहा हूं, अपनी बहन की।'

'ओह!' उमा देवी को मानो उसकी चोरी पकड़ने का एक और अवसर मिला। उन्होंने कहा, 'तुमको यह भी नहीं मालूम कि स्वर्णलता को ही हम बेबी कहते थे।'

'ओह!' अजय ने एक पल सोचा। उसके मन में झटका लगा, उसने आश्चर्य से कहा, 'इसका मतलब यह हुआ कि स्वर्णलता बनारस में पुलिस के हाथ नहीं लगी।'

'बनारस में?' उमा देवी ने आश्चर्य से पूछा।

'जी हां।' अजय ने कहा, 'दीवानचन्द ने मुझे यही बताया है कि जब पुलिस उसका पीछा कर रही थी तो दशाश्वमेघ घाट पर स्वर्णलता का हाथ छूट गया था। उसका विचार था कि वह पुलिस के हाथ लगने के बाद आप लोगों के पास पहुंच गई होगी।'

'दीवानचन्द! कौन दीवानचन्द?' उमा देवी ने मस्तिष्क पर जोर देते हुए पूछा।

'सुरेश वर्मा।' अजय ने कहा, 'पुलिस से बचने के लिए उसने अपना नाम दीवानचन्द रख लिया था।'

बनारस! दशाश्वमेध! उमा देवी ने आंखों पर से चश्मा उतारकर बहुत ध्यान से सोचा। उन्हें याद आ गया, हां-हां पुलिस वालों ने निश्चय ही उन्हें यह सूचना दी थी कि पुलिस ने सुरेश वर्मा को बनारस में देखा था, दशाश्वमेध पर उसका पीछा भी किया परन्तु वह भाग निकला। उन्होंने तुरन्त चश्मा लगाकर अजय को देखा, ऊपर से नीचे तक। दिल ने धड़ककर कह दिया यही तो है उनका बेटा, अजय। उनकी आंखों में आंसू आ गए। एक युग के बाद ही यह आंसू आज सोते के समान फूट निकले थे। वरना उनकी आंखें तो निरन्तर आंसू बहाते-बहाते सूख गई थीं। रोते-रोते उनका दिल इस प्रकार सख्त हो गया था कि धड़कन ही समाप्त हो गई थी। समय ने इतनी चोटें दीं कि सहन करते-करते स्वभाव सख्त हो गया था। उन्होंने अपने दोनों हाथ फैलाते हुए कहा, 'बेटा अजय...' उनका गला भर आया था।

अजय अपनी मां की स्थिति समझ चुका था। मां के दिल में उठते तूफान को देख चुका था। उसकी भी आंखें छलक आईं थीं। होंठ कांप गए थे। उसके भीगे गले से निकला, 'मां और फिर लपककर वह अपनी मां की छाती से लिपट गया। उमा देवी ने उसे चूम लिया। एक युग के बाद उनकी आंखों का तारा वापस आया था। उन्होंने दूसरे तारे के आने की भी आशा कर ली।

उमा देवी के नौकर-चाकर वहां आ गए थे। उमा देवी ने अपने आंचल से अजय के आंसू पोंछे फिर अपनी भीगी पलकें भी पोंछीं। इसके बाद उन्होंने अपने नौकरों को तुरन्त आज्ञा दी - 'तुरन्त अच्छे से अच्छा खाना हमारे बच्चे के लिए तैयार किया जाए। आज हमारा खोया बेटा हमें अट्ठारह वर्ष बाद मिला है। हम अपने हाथों से इसे खाना खिलाएंगे, जैसे पहले खिलाया करते थे।'

उमा देवी के स्वर में वही रुआब था। शायद उनका स्वभाव ऐसा बन गया था, इतने लम्बे समय तक दुःख सहते-सहते। शायद इसीलिए अपने बेटे से मिलने के बाद वह खुलकर चहक नहीं सकीं। प्रसन्नता से चीख-चीखकर आकाश सिर पर नहीं उठा सकीं। इसका कारण यह भी हो सकता है कि उनकी लड़की अभी तक नहीं मिली थी। जाने कहां हो? किस हाल में हो? अजय ने अपनी मां की विवशता को काफी सीमा तक समझने का प्रयत्न किया।

नौकर-चाकर लपककर ऊमा देवी की आज्ञा का पालन करने चले गए तो उमा देवी ने बहुत प्यार से अयज की बांह थामी और फिर उसे एक सोफे पर लेकर बैठ गईं। उन्होंने उसके सिर पर हाथ फेरते हुए पूछा, 'तूने ऐसा क्यों कहा कि मैं जाकर सबूत भेज दूंगा, लेकिन उसके बाद मेरी तलाश कभी मत करना?'

'मां', अजय ने कहा, 'जिस प्रकार तुमने मुझे तिरस्कृत किया उससे मेरा दिल टूट गया था। बस, इसीलिए ऐसा कह दिया था। परन्तु ऐसा मैं कर नहीं सकता था। तुम्हें सबूत भेजता। उसके बाद जब तुम्हें विश्वास हो जाता और तुम मुझे बुलातीं तो फिर चला आता।'

'मैं जानती हूं बेटे', उमा देवी ने कहा, 'तू मेरे बुलाने पर अवश्य आ जाता। क्या करूं बेटे, पिछले वर्षों से कभी कोई मेरा बेटा बनकर चला आता है तो कभी कोई बेटी बनकर चली आती है। आरम्भ में जो एक लड़का आया था उसके आंसू देखकर तो मैं सचमुच समझ बैठी कि मेरा ही बेटा आ गया है। कमबख्त कहने लगा कि स्वर्णलता बचपन में ही मर गई। वह तो अच्छा हुआ कि उसकी गंदी आदतों के कारण मुझे उस पर संदेह हो गया और जब उसकी पहचान के लिए मैंने पुलिस की सहायता ली तो पता चला कि वह एक अपराधी है। केवल मेरी सम्पत्ति प्राप्त करने के लिए ही मेरा बेटा बना था।'

'मां', अजय ने कहा, 'अपराधी तो मैं भी रह चुका हूं।'

'तू कुछ भी रहा हो, परन्तु अब तू मेरा बेटा है। तेरा नया जीवन अब प्रारम्भ होगा, मेरी ममता की छांव तले।' उमा देवी ने अजय को कुछ कहने का अवसर दिए बिना कहा, 'एक बार तो एक लड़का ओर एक लड़की दोनों ही यहां चले आए। दोनों ही आकर मुझसे लिपटते हुए फूट-फूटकर रो पड़े।'

'अरे!' अजय को आश्चर्य हुआ।

'हां बेटा', उमा देवी ने कहा, 'यह बात सभी जानते हैं कि जेल से भागने के बाद ही सुरेश शर्मा ने मेरे बच्चों का अपहरण किया था। बस उन दोनों ने खूब मनघड़ंत कहानियां बनाना आरम्भ कर दिया, सुरेश वर्मा मरने लगा तब उसने यह भेद उन पर प्रकट किया कि वे फलां-फलां जुगल प्रसाद के बेटे हैं। परन्तु मैं उनकी बातों में नहीं आ सकी। मैं उस लड़की को तुरन्त पहचान गई, वह मेरी बेटी हो ही नहीं सकती थी।'

'वह कैसे?' अजय को आश्चर्य हुआ।

'बेबी की लटें दो वर्ष की आयु में ही अत्यन्त सुनहरी थीं, चमकदार, कुछ-कुछ घुंघराली भी। उसकी आंखें भी कुछ सुनहरी थीं। पलकें इतनी लम्बी थीं मानो आंखों पर कोई बोझ हो।'

'मां।' जाने क्यों अजय का दिल धक से कर गया। अपनी मां से वह कुछ पूछते-पूछते रह गया। उसकी आंखों के सामने अंशु चली आई थी। अंशु का रंग-रूप भी तो बिल्कुल यही है।

'हां बेटा', उमा देवी ने अजय के दिल की धड़कनों से अनभिज्ञ कहा, 'उसकी आंखों की पलकें वास्तव में इतनी बोझिल थीं कि जब वह नींद के बाद इन्हें खोलती तो ऐसा लगता था मानो उसे ताकत लगानी पड़ रही हो। कम से कम यह बात तो मेरी बच्ची में कभी नहीं बदल सकती।'

अजय के दिल का सन्देह बढ़ने लगा। क्या अंशु ही तो...उसका दिल एक अनुमान लगाकर कांप गया। नन्हीं-नन्हीं, ऐसा कभी नहीं हो सकता। ऐसा कैसे हो सकता है? यह

असम्भव है। ऐसी घटना तो स्वप्न में भी नहीं हो सकती। अंशु राय साहब की बेटी है फिर उसकी बहन का नाम तो स्वर्णलता है। सुनहरे बालों वाली लड़कियां तो इस देश में अनेक हैं। कितनी लड़कियों की भी कमी नहीं! उसने अपने आपको तसल्ली दी। फिर अपनी मां से पूछा - 'मां, यह तो कोई विशेष पहचान नहीं है। मान लीजिए आपके पास कोई सुनहरे बालों, सुनहरी आंखों तथा लम्बी पलकों वाली लड़की आ जाए तो क्या आप उसे अपनी बेटी स्वीकार कर लेंगी?'

'नहीं', उमा देवी ने कहा, 'मेरी बेटी की एक और विशेष पहचान है।'

'क्या?' अजय ने अधीर होकर पूछा।

'उसकी सफेद पीठ पर एक काली पतली तथा महीन लकीर है, बहुत छोटी-सी। उसका पैदाइशी लच्छन है यह।' उमा देवी ने कहा, 'अब तो यह दाग निश्चय ही बढ़कर दो सूत मोटा तथा एक इंच लम्बा हो गया होगा।'

अजय की आंखों में वह दृश्य घूम गया जब वह पहली बार अंशु के साथ पिकनिक पर गया था तब उसने अंशु को तैराकी के वस्त्र में पीछे खड़े होकर बहुत ध्यान से देखा था। उस समय अंशु उसकी ओर पीठ किए झरने की एक चट्टान पर लेटी खोई थी। अंशु की पीठ बिल्कुल बेदाग थी। उसके दिल को शांति मिली। परन्तु तभी वह चौंक गया। उसका दिल फिर धड़क उठा। उसे याद आया अंशु की पीठ पर चोली का एक फीता बंधा हुआ था। उसका माथा ठनका! कहीं...कहीं उस फीते के नीचे तो लच्छन का दाग नहीं छिपा था? न चाहते हुए भी अजय के मन में यह प्रश्न उठने लगा।

सहसा पुलिस का सायरन सुनकर अजय चौंक गया। पुलिस की गाड़ी मुख्य द्वार में प्रविष्ट हो चुकी थी। उसने आश्चर्य से कहा, 'पुलिस!'

'तुमसे मिलने से पहले मैं पुलिस को बुला चुकी थी।' उमा देवी ने उठकर खड़े होने से पहले कहा, 'परन्तु अब मुझे सबूत की कोई आवश्यकता नहीं। उन्हें वापस किए देती हूं।' उमा देवी उठ खड़ी हुई।

अजय को भी उठकर खड़े हो जाना पड़ा।

पुलिस वाले अपनी गाड़ी से उतरकर बरामदे पर चढ़ चुके थे। इससे पहले कि वे अन्दर आने की आज्ञा लें, उमा देवी ने स्वयं ही कहा, 'आइए इंस्पेक्टर साहब, आइए-आइए।'

पुलिस के जत्थे में छः कांस्टेबल थे तथा एक इंस्पेक्टर। इंस्पेक्टर अजय को घूरते हुए अन्दर प्रविष्ट हुआ, उसके पीछे-पीछे कांस्टेबल। कांस्टेबल अजय के समीप आकर खड़े हो गए। इंस्पेक्टर ने भेद भरी दृष्टि से अजय को देखा और खड़े-खड़े झूम कर अपना छोटा डण्डा एक हाथ द्वारा दूसरे हाथ की हथेली पर हल्के-हल्के मारने लगा।

‘इंस्पेक्टर’, उमा देवी ने इंस्पेक्टर के कुछ पूछने से पहले ही कहा, ‘यह मेरा बेटा है, अजय। भगवान ने मेरी सुनकर आज वास्तव में इसे मेरे पास वापस भेज दिया वरना मैं तो बिल्कुल ही निराश हो चुकी थी।’

‘क्या कह रही हैं आप?’ इंस्पेक्टर कुछ समझा नहीं।

‘मैं ठीक कह रही हूं इंस्पेक्टर’, उमा देवी ने उसे विश्वास दिलाया, ‘यही मेरा बेटा है अजय, जिसके भेष में जाने कितने धोखेबाज इससे पहले आए तो मुझे आपकी सहायता लेनी पड़ गई थी।’

‘लेकिन आप एक-दो बार धोखा भी तो खा चुकी हैं।’ इंस्पेक्टर ने कहा।

‘लेकिन इस बार मुझे कोई धोखा नहीं हुआ। यही मेरा बेटा है, अजय।’ उमा देवी ने विश्वास से कहा।

‘फिर भी’, इंस्पेक्टर ने राय दी, ‘जो काम आपने पुलिस को सौंपा है वह पुलिस ही करे तो अच्छा है। इनके पास क्या सबूत है कि यह आपके ही बेटे हैं?’

‘अब मुझे सबूत की आवश्यकता नहीं’, उमा देवी ने कहा, ‘मेरा दिल कहता है...’

‘ठहरो मां’, सहसा अजय ने कहा, ‘मैं अभी इन्हें पूरा सबूत दिखाता हूं।’ अजय ने अपना सूटकेस खोला। उसमें से एक पत्र निकाला और फिर इंस्पेक्टर की ओर बढ़ा दिया और कुछ कहने ही वाला था कि कुछ सोचकर पत्र वाला हाथ पीछे खींच लिया। बोला, नहीं-नहीं, यह पत्र मैं आपको कैसे दे सकता हूं? इसमें तो मेरे खानदान की इज्जत छिपी हुई है। यह मैं आपको कभी नहीं दे सकता। यह पत्र केवल मेरी मां पढ़ सकती हैं।’

इंस्पेक्टर हाथ बढ़ाकर पत्र लेते-लेते रह गया। उसने देखा, अजय पत्र उमा देवी को दे रहा था। अजय इंस्पेक्टर की ओर फिर पलटा। बोला, ‘इंस्पेक्टर साहब, आपको जो भी प्रश्न पूछना है मुझसे पूछिए। मैं अपने उत्तर द्वारा आपको पूर्णतया संतुष्ट करने का प्रयत्न करूंगा।’

‘मैं आपसे केवल इतना पूछना चाहता हूं कि अपहरण के बाद आपका जीवन कहां और कैसे बीता? आपको कैसे पता चला कि आप उमा देवी के ही सुपुत्र हैं?’

‘जो व्यक्ति मुझे अपहृत करके ले गया था वह बम्बई में चन्दानी नाम के एक बड़े अपराधी के साथ काम करने लगा।’

‘चन्दानी।’ इंस्पेक्टर ने मस्तिष्क पर जोर दिया।

‘जी हां। वह एक बहुत बड़ा स्मगलर था। उसका गैंग अभी हाल ही में पकड़ा गया है।’

‘अच्छा-अच्छा’, सहसा इंस्पेक्टर को याद आ गया, ‘वही चन्दानी जिसके बारे में समाचार-पत्रों ने बहुत विस्तार के साथ लिखा था?’

‘जी हां, वही।’ अजय ने कहा।

‘वह तो बहुत भयानक आदमी सिद्ध हुआ था।’

‘जी हां।’ अजय ने कहा, ‘उसके गैंग को मैंने ही पकड़वाया था।’

'क्या?' इंस्पेक्टर इस प्रकार चौंक गया कि उसके हाथ से डण्डा छूटते-छूटते बचा, 'इतने बड़े गैंग को आपने पकड़वाया था?' इंस्पेक्टर को विश्वास नहीं हुआ। परन्तु फिर उसे विश्वास करना पड़ा। उसे तुरन्त याद आ गया, समाचार-पत्रों में छपी वह तस्वीर उसके नीचे लिखा नाम अजय। वह अजय का दर्शन प्राप्त करके हर्ष प्रकट करता हुआ बोला, 'वह तस्वीर...वह तस्वीर तो वास्तव में आपकी ही थी। उसके नीचे भी आप ही का नाम था। हम पुलिस वाले उस प्रेरणात्मक तस्वीर को कैसे भूल सकते हैं?' इंस्पेक्टर उमा देवी की ओर मुड़ा। बोला, 'उमा देवी, ऐसे विख्यात व्यक्ति पर सन्देह करने का तो प्रश्न ही नहीं उठता। निश्चित रूप से यह आप ही के सुपुत्र हैं। मैं अब और कुछ नहीं पूछना चाहता। आप भाग्यवान हैं कि आपका बेटा इतना बहादुर है, साहसी है, जिसने इतने भयानक गैंग को पकड़वाकर देश की एक बहुत बड़ी सेवा की है।' इंस्पेक्टर ने आगे बढ़कर अजय से हाथ मिलाया। हर्ष प्रकट किया। फिर किसी और समय मिलने की इच्छा प्रकट की और उसके बाद उमा देवी को नमस्ते करके अपने जत्थे सहित चला गया।

उमा देवी ने प्रशंसनीय दृष्टि से अजय को देखा और फिर मुस्कराती हुई बोलीं, 'तो मेरा बेटा इतना बड़ा बहादुर है कि उसने चन्दानी के गैंग को भी पकड़वा दिया।'

'सब तुम्हारे आशीर्वाद से हुआ है मां।' अजय ने कहा।

'मैंने उस समाचार की केवल हेडलाइंस ही पढ़ी थीं परन्तु जहां भी गई उस घटना की चर्चा बहुत सुनी। अब मुझे भी लाइब्रेरी से वह समाचार-पत्र मंगवाकर पढ़ना पड़ेगा। मेरे लिए यह कितनी गर्व की बात हे।' उन्होंने बात बदली। उसका हाथ पकड़कर उसे दूसरे कमरे में ले जाती हुई बोलीं, 'आ चल, पहले नहा-धोकर कुछ खा-पी लें। उसके बाद तो केवल बातें ही बातें करने को पड़ी हैं।'

अजय अपनी मां के साथ हो लिया। परन्तु उसके मस्तिष्क में अब फिर वही एक बात आकर घूमने लगी थी, अंशु...तथा स्वर्णलता।

बाथरूम में नहाते समय भी उसका मस्तिष्क एक पल भी इसी विषय पर सोचे बिना नहीं रह सका। क्या अंशु तथा स्वर्णलता दो अलग-अलग हस्तियां हैं या...उसका दिल अनुमान लगाकर कांप उठा। नहीं-नहीं, ऐसा नहीं हो सकता। अंशु तथा स्वर्णलता एक हस्ती नहीं हो सकती। ऐसा हुआ तो अनर्थ हो जाएगा यह धरती फट जाएगी, सिर पर आकाश गिर पड़ेगा। निर्दोष होते हुए भी वह इतना बड़ा पापी कहलाएगा जिसे कोई कभी किसी जन्म में क्षमा नहीं करता। उसने अपने आपको विश्वास दिलाया, जबर्दस्ती विश्वास दिलाया, अंशु तथा स्वर्णलता के समान किसी और लड़की की भी सुनहरी लटें न हों, सुनहरी आंखें तथा बोझिल पलकें भी न हों। फिर अंशु तो राय साहब की बेटी है। उसने अपने को सांत्वना देनी चाही, फिर भी दिन धड़कता ही रहा, एक अज्ञात भय से। यह भय हर पल के साथ बढ़ता ही गया तो उसने निश्चय

कर लिया, वह शीघ्र ही अंशु की पीठ देखेगा, अपने दिल की तसल्ली के लिए। ऐसा न हो कि जो पाप उसने अनजाने में किया है वह सीमा के बाहर हो जाए।

नहा-धोकर जब वह बाथरूम से बाहर निकला और मां के कमरे में गया तो उमा देवी की आंखों में आंसू भरे हुए थे। उनके हाथ में अजय का दिया हुआ पत्र था जिसे वह पढ़ चुकी थीं। पुराने घाव ताजा हो जाएं तो दर्द अधिक होता है। पलंग पर बैठीं वह बहुत गुम-सुम थीं।

अजय श्रृंगार-कक्ष की ओर जाने के बजाए उन्हीं के पास जाकर बैठ गया।, समीप ही, पलंग पर। मां की बांहें थामकर उसने उसे तसल्ली देनी चाही। बोला, मां।'

उमा देवी ने अपने आंसू पोंछे। फिर बोलीं, 'बेटा, तेरे पिता की बुरी आदतें सुधारने का प्रयत्न मैंने बहुत किया परन्तु सुधार उनमें तभी आया जब बेबी उत्पन्न हुई, वह भी केवल एक वर्ष के लिए। निश्चय ही बेबी की पहली वर्षगांठ पर सुरेश वर्मा की पत्नी को देखकर उनकी नीयत खराब हो गई होगी। इसलिए उन्होंने कुछ दिन बाद मुझे बच्चों सहित मेरे मायके भेज दिया था और कहा था कि वह कलकत्ता जाने वाले हैं इसलिए कलकत्ते से वह भी मेरे मायके आ जाएंगे। दूसरी बार में स्वयं ही बच्चों को छोड़कर इसलिए चली गई थी क्योंकि मायके में मेरे छोटे भाई की छोटी लड़की की मृत्यु चेचक के कारण हो गई थी। वहां चेचक फैली हुई थी। क्या मालूम था कि सुरेश वर्मा उन्हीं दिनों जेल से भागेगा और बच्चों का अपहरण कर लेगा।'

उमा देवी की आंखें फिर छलक आईं थीं। उन्होंने आंसू पोंछते हुए कहा, 'तेरे पिता बेबी को कुछ अधिक ही प्यार करते थे। वह वास्तव में उसके लिए पागल हो गए। दिन-रात आंसू बहाते तथा तड़पते रहते थे। उनकी बुरी आदतों के कारण मुझसे उनकी जरा भी नहीं निभती थी। हम तो केवल समाज को मुंह दिखाने के लिए ही एक साथ जीवन बिता रहे थे। परन्तु जब बेबी तथा तुम्हारा कोई पता नहीं चला तो उनकी अवस्था दिन-प्रतिदिन गिरती चली गई। मेरे दिल में उनसे कम बड़ा घाव नहीं था परन्तु मुझसे उनकी तड़प देखी नहीं जाती। वह दीवार पर सिर पटकने लगते तो मेरा कलेजा फटने लगता। रात में पागलों समान उठकर वह चीख पड़ते, 'बेबी, मेरी बच्ची, कहां है तू?' तब मेरा दिल उनके प्रति सहानुभूति से भर जाता। एक स्त्री हूं न, एक भारतीय स्त्री, कैसे मैं उनका दुःख सहन करती?

मैंने उन्हें क्षमा कर दिया। स्वयं तसल्ली की भूखी थी। परन्तु उनके लिए सब्र कर लिया। मैंने उनका पिछला जीवन भुलाकर उन्हें क्षमा कर दिया। भगवान से उनके स्वास्थ्य की कामना की, रोई, गिड़गिड़ाई, परन्तु भगवान ने उन्हें क्षमा नहीं किया। वह अपनी सन्तान के गम में बीमार पड़े और फिर शीघ्र ही उनका निधन हो गया। मरते समय भी उनकी आंखों में अपने दिल के टुकड़े को देखने की अभिलाषा थी। होंठों पर उसी का नाम था बेबी!'

अपने पिता की कहानी सुनकर अजय की आंखें छलक आईं। कुछ भी हो, वह उसके पिता थे। उनको उनके कर्मों का फल मिल गया। अब उसे अपने पिता से घृणा करने का कोई अधिकार नहीं।

उस रात अजय को बहुत देर तक नींद नहीं आ सकी। उस रात तो क्या अजय को एक सप्ताह तक नींद नहीं आ सकी। रात तो रात, उसे दिन में भी चैन नहीं मिलता। हर पल उसे अंशु का विचार सताता रहता। न चाहते हुए भी सन्देह बढ़ने लगता, कहीं अंशु ही तो स्वर्णलता नहीं है? परन्तु फिर वह अपने आपको जबर्दस्ती विश्वास दिलाने का प्रयत्न करता, ऐसा नहीं हो सकता, ऐसा असंभव है। इसके पश्चात् उसे चैन नहीं मिलता, दिल की बेचैनी बढ़ती ही जाती। एक अज्ञात भय से उसका दिल धड़कता ही जाता।

अपने दिल के इस संदेह को वह बम्बई जाकर तुरन्त दूर कर लेना चाहता था, अंशु की पीठ देखकर अपना भय समाप्त कर देना चाहता था परन्तु मां की जिद पर वह रुक गया था। इतने वर्षों के बाद उसका बेटा आया है। कैसे वह उसे तुरन्त जाने देती? अपनी मां को उसने अपने दिल की स्थिति कभी नहीं बताई। बताता भी कैसे? यदि अंशु वास्तव में उसकी बहन निकल गई तब वह क्या सोचेगी? पहले वह अपने दिल का संदेह दूर करेगा। उसके बाद ही मां को बताएगा कि वह अंशु से प्यार करता है।

इस एक सप्ताह में उसे पता चला कि मां ने शारदा प्रसाद एण्ड कम्पनी प्राइवेट लिमिटेड के बहुत से शेयर बेच दिए हैं। अपने बाद वह अपने नातेदारों के लिए सारी सम्पत्ति का ट्रस्ट बना देने वाली थी। परन्तु अब ऐसा नहीं होगा। अब सब-कुछ वह उसके नाम कर देगी।

एक सप्ताह बाद अजय बम्बई पहुंचा, अपने घर। वह अंशु को तुरन्त फोन करके बुला लेना चाहता था परन्तु फोन करना उचित नहीं था। अंशु के घरवालों ने उस पर जाने क्या सख्ती बरती हो? उसके फोन करने से उस पर जाने क्या प्रभाव पड़े। उसने सोच लिया, वह मीना से मिलकर अंशु को बुलवाएगा, परन्तु इसकी उसे आवश्यकता नहीं पड़ी। वह घर से निकलने ही वाला था कि फोन की घण्टी बज उठी।

'हैलो?' उसने रिसीवर उठाकर कहा।

'हैलो अजय!' स्वर अंशु का था। स्वर में असीमित प्रसन्नता की चहक थी।

'हैलो अंशु।' अजय ने भी कहा। परन्तु उसका स्वर गम्भीर था।

'मैं तुम्हें कई दिनों से रिंग कर रही हूं। दिल्ली में इतनी देर क्यों लगा दी?' अंशु ने कृत्रिम क्रोध प्रकट किया - प्यार भरा क्रोध।

'यूं ही।' अजय ने बात टाली।

'तुम्हारे घरवालों से तुम्हारी भेंट हो गई?'

'हां।'

'कांग्रेचुलेशन।'

'...' अजय चुपचाप खड़ा सोचता रहा।

'अरे! तुमने मुझे धन्यवाद नहीं दिया?' अंशु बहुत प्रसन्न मालूम पड़ रही थी।

'धन्यवाद।' अजय ने उसी गंभीरता से कहा।

‘क्या बात है अजय?’ अंशु ने अजय की गम्भीरता महसूस की तो स्वयं भी गम्भीर हो गई। पूछा, ‘तुम्हें अपने घरवालों से मिलकर प्रसन्नता नहीं हुई क्या?’

‘नहीं ऐसी बात नहीं है।’

‘तुम्हारे घरवाले अच्छी तरह तो हैं न?’

‘हां...ठीक हैं।’ अजय ने कहा।

‘अजय’, अंशु ने चहकते हुए कहा, ‘तुम्हें एक बहुत खुशी की खबर सुनाऊं?’

‘सुनाओ।’ अजय का मन उसकी बातों में नहीं लग रहा था फिर भी उसे कहना पड़ा।

‘मैंने अपने मम्मी-डैडी को तुम्हारे लिए राजी कर लिया है।’

‘अच्छा!’ अजय ने आश्चर्य प्रकट किया। उसके मन में उठे संदेह की ज्वाला फट रही थी, इसलिए उसे प्रसन्नता नहीं हुई।

‘हां...’ अंशु ने उसी प्रकार प्रसन्नता के सागर में डूबकर कहा, ‘जिस दिन डैडी तुमसे मिलकर आए, बस उसी दिन से मैंने खाना-पीना बन्द कर दिया। दिन-रात आंसू बहाने लगी तो उन्हें मेरी प्रसन्नता के आगे झुकना ही पड़ा। डैडी ने वचन दिया है कि तुम्हारे आते ही एक-दो दिन में हमारी मंगनी कर देंगे ताकि विशाल के बारे में उनके मिलने-जुलने वालों का भ्रम दूर हो सके। अपने कितने ही मित्रों को वह हमारी होने वाली मंगनी के बारे में बता भी चुके हैं। अजय, मैं तुमसे अपने बंगले से ही बातें कर रही हूं। अब हमें मिलने-जुलने से कोई नहीं रोक सकता।’ अंशु प्रसन्नता की अधिकता के कारण फोन लिए मानो पैर के पंजों पर उछल-उछल जाती थी, ‘अजय मैं कितनी भाग्यवान हूं। मेरी प्रसन्नता की कोई सीमा नहीं। मुझे मेरे जीवन का सब-कुछ मिल चुका है - और तुम्हें भी। है न?’

‘अंशु...’ अजय ने उसकी बात का उत्तर देने के बजाए कहा, ‘मैं तुमसे मिलना चाहता हूं, अभी।’

‘तुम नहीं बुलाते तब भी मैं आ जाती।’ अंशु ने कहा - ‘तुमसे मिलने के लिए शरीर का रोआं-रोआं बेचैन है।’

‘मैं तुम्हारी प्रतीक्षा कर रहा हूं।’ अजय का स्वर बहुत गम्भीर था। वह डर रहा था, कहीं उसके साथ अंशु के सपनों का महल भी गिरकर चूर-चूर न हो जाए।

‘ऑल राइट डार्लिंग, ऑल राइट। मैं तुरन्त आई।’ अंशु ने फोन रख दिया।

अजय ने भी फोन रख दिया। अंशु की प्रतीक्षा में वह बहुत बेचैनी के साथ इधर-उधर टहलने लगा। यदि अंशु की पीठ पर वह काला दाग निकल आया तब क्या होगा? सोच-सोचकर अजय का दिल मुंह को आ जाता था। उसका प्यार संयोग के केवल एक ही इशारे पर निर्भर था। अंशु की पीठ उसे बिना बताए ही देखेगा। यदि वह अपने दिल का संदेह अंशु पर प्रकट कर देगा और उसके बाद यदि अंशु को ज्ञात हुआ कि वह उसकी बहन है तो निश्चय ही

वह आत्महत्या कर लेगी। ऐसी स्थिति में वह किसी प्रकार जीवित रहना स्वीकार नहीं करेगी। शायद वह स्वयं भी जीवित नहीं रह सकेगा।

कुछ देर बाद अंशु आई। उसके घर के दरवाजे में प्रविष्ट हुई। अजय कुछ दूर खड़ा उसे देख रहा था, दिल के अंदर एक अज्ञात भय की धड़कन लिए। अंशु मुस्कराई। प्रसन्नता से उसका मुखड़ा गुलाबी हो रहा था। परन्तु अजय नहीं मुस्करा सका। अंशु ने उसी प्रकार उसे मुस्कराकर देखते हुए अपने पीछे दोनों हाथों द्वारा दरवाजा बन्द किया। फिर लपककर अजय की छाती से लिपट गई। अजय को उसे अपनी बांहों में समाना पड़ा।

अंशु उसकी छाती से और लिपट गई। बोली, 'मुझे जीवन भर इसी प्रकार अपनी छाती में समाए रखो। रखोगे न?'

'हां।' अजय ने मानो न चाहते हुए कहा। उसने अपने गले का थूक घोंटा, अब और अधिक उससे सहन नहीं हो रहा था। उसने प्यार के बहाने अंशु की पीठ पर हाथ फेरा। फिर उसके ब्लाउज का बटन खोला। अंशु लाज के मारे उसकी छाती में मुंह छिपाने लगी। अपने प्रीतम को वह मानो अपना सब-कुछ सौंपने को तैयार थी। विवाह से पहले ही वह अजय को अपना पति, अपना भगवान बना चुकी थी। उसे उसका सदा के लिए बन जाने से रोकने वाला अब सारे संसार में कोई नहीं था।

अजय ने पीठ पर चोली का हुक खोलना चाहा। उसकी अंगुलियां कांपने लगीं। दिल ने कहा, वह अंशु की पीठ न देखे। परन्तु न देखने का कोई प्रश्न नहीं होता था। कभी न कभी तो उसे देखना ही पड़ता। उसने दिल कड़ा करके चोली के हुक पर अपनी अंगुलियां रखीं। अंशु की आंखों में खुमार छा गया। उसने अपनी आंखें बन्द कर लीं। होंठ भीग गए। सांसें गहरी हो गईं। एक स्वप्न उसकी आंखों में चला आया। परन्तु जैसे ही चोली का हुक निकला, अजय की छाती पर मानो एक बम फट गया। दिल के टुकड़े-टुकड़े हो गए। उसका दम घुटने लगा। उसके होंठ कांपकर मानो अन्दर ही अन्दर पुकार उठे, नहीं, नहीं, ऐसा नहीं हो सकता मानो कभी नहीं हो सकता। परन्तु ऐसा हो चुका था।

उसकी आंखों के सामने अंशु की पीठ पर लच्छन का एक दाग था, दो सूत चौड़ा तथा एक इंच लम्बा। अजय के हाथ ढीले पड़ गए। रक्त ठण्डा होकर जमने लगा। दिल की धड़कन एक ही झटके में डूब गई। उसकी आंखों में आंसू आ गए। पलकें कांप गईं तो आंसुओं की दो बूंदें टूटकर अंशु की सफेद पीठ पर मोतियों समान चमकने लगीं।

तभी अंशु चौंक गई। उसने स्वप्न में भी नहीं सोचा था कि उसका प्रीतम उदास है। उसने तुरन्त अजय की छाती पर से अपना सिर हटाया ओर अजय की आंखों में झांका। अजय की आंखों में आंसू देखकर वह तड़प उठी। आश्चर्य से बोली, 'अजय', उसने अपनी साड़ी के आंचल से पीठ ढांकते हुए कंधे से आगे खींचा और फिर आंचल का किनारा दांतों तले दबा

लिया। अपनी अंगुलियों द्वारा अपने अजय की आंखों के आंसू पोंछने चाहे परन्तु अजय ने एक पग पीछे हटकर तुरन्त अपनी पीठ उसकी ओर कर ली।

अंशु को बड़ा आश्चर्य हुआ। आंचल दांतों से छोड़कर उसने दोनों हाथ पीछे करके चोली का हुक लगाया। फिर साड़ी से पीठ ढांके वह अजय के सामने आई। बोली, 'क्या बात है अजय? तुम्हारी आंखों में यह आंसू क्यों हैं?'

परन्तु अजय ने अपने दिल की बात नहीं बताई। उसके लिए तो अब अंशु से आंखें मिलाना भी पाप था। अजय यदि उसे अपने दिल का भेद बता देता तो क्या उसके साथ अंशु का जीवन भी बर्बाद नहीं हो जाता? अंशु उसे इतना अधिक प्यार करती है कि वास्तविकता जानते ही उसके मस्तिष्क का संतुलन डगमगा जाएगा। वह पागल हो जाएगी। शायद इतना बड़ा धक्का लगे कि उसकी हृदयगति भी बन्द हो जाएगी। आज जब उसके प्यार के रास्ते में कोई रुकावट नहीं बची, आज जब वे अपनी मंजिल के समीप खड़े हैं तो संयोग से उनके मध्य एक गहरी खाई बना दी, इतनी गहरी खाई कि अजय इस जीवन में कभी भी इसे फलांगने का साहस नहीं कर सकता था।

अजय के दिल का दर्द बढ़ गया, कुछ इस सीमा तक कि वह अपने निचले होंठों को दांतों द्वारा सख्ती के साथ काटने लगा।

'अच्छा लो, मेरे ब्लाउज के बटन लगा दो।' अंशु ने उसका ध्यान बांटना चाहा। वह अपनी पीठ उसकी ओर करके खड़ी हो गई।

'अंशु!' अजय लगभग चीख पड़ा। उसके दिल के घाव पर मानो किसी ने नमक रख दिया था। उसने पलटकर अपना मुखड़ा फेर लिया और बोला, 'नहीं अंशु नहीं, मैं ऐसा नहीं कर सकता। यह बटन अब तुमको स्वयं अपने हाथों से लगाना पड़ेगा।'

अंशु को बड़ा आश्चर्य हुआ। उसके पीछे खड़ी होकर अपने दोनों हाथ पीछे मोड़ते हुए उसने ब्लाउज के बटन स्वयं लगाए और फिर पूछा, 'मुझसे कोई भूल हो गई है क्या?'

'...' अजय ने नहीं के इशारे में सिर हिला दिया। उसका दिल फटा जा रहा था।

'तो फिर क्या बात है?' अंशु उसके सामने आई। उस पर अधिकार जमाकर प्यार तथा क्रोध प्रकट करते हुए उसने कुछ तेज स्वर में पूछा, 'आखिर तुम बताते क्यों नहीं? क्या तुम्हारी होने वाली पत्नी के नाते मुझे तुम्हारा गम बांटने का कोई अधिकार नहीं?'

'अंशु!' अजय चीख पड़ा।

'क्या मैं तुम्हारी कोई नहीं लगती?' अंशु ने तड़पकर पूछा।

'लगती हो अंशु, लगती हो।' अजय ने भी तड़पकर कहा, 'तुमसे बढ़कर मेरे संसार में कोई वस्तु नहीं है। परन्तु...' अजय रुक गया। उसकी समझ में नहीं आया कि वह अंशु को कैसे समझाए?

'परन्तु क्या...?' अंशु ने तुरन्त पूछा।

सहसा अजय को जीवन के घने काले बादलों में एक टिमटिमाता तारा दिखाई दिया। उसने आशा के विरुद्ध भी आशा बांध ली। शायद...हां शायद जो कुछ वह इस समय परिणाम निकाले बैठा है, वह गलत हो। उसने स्वयं को संभाला। बोला, 'अंशु, मैं कल ही तुम्हारे डैडी से उनके दफ्तर में मिलूंगा। मुझे कल तक का अवसर दो, प्लीज।' अजय ने दोनों हाथ जोड़ दिए।

अंशु अजय के गम का कोई कारण नहीं समझ सकी। अजय के दिल में अचानक ही कैसा परिवर्तन आ गया वह जान नहीं सकी तो उसे कल तक के लिए उसकी स्थिति पर छोड़कर चले ही जाना पड़ा।

अंशु चली गई तो अजय फूट-फूटकर रो पड़ा। प्रकृति ने उसके साथ कैसा मजाक किया? वह अपना सिर दीवार से टकराकर तोड़ देना चाहता था परन्तु उसके दिल में एक अन्तिम आशा बंध चुकी थी, आशा झूठी थी फिर भी उसे इस समय तसल्ली देने के लिए बहुत थी। वह राय साहब से मिलेगा। संभवतः अंशु राय साहब की ही बेटी हो, अपनी बेटी। आवश्यक नहीं कि केवल स्वर्णलता की लटें ही सुनहरी हों, पलकें बोझिल हों तथा पीठ पर लच्छन का ऐसा ही दाग हो। किसी और लड़की में भी तो ऐसी बात हो सकती है, इस झूठी आशा में भी बड़ी आशा थी, कितनी बड़ी आशा।

उस रात अंशु को बहुत देर तक नींद नहीं आ सकी। वह अपने प्रीतम का दर्द बांट लेना चाहती थी। उसका दुःख अपना बना लेना चाहती थी। उसके भाग्य में अजय की सारी तड़प आ जाए परन्तु अजय को कुछ भी न हो। अजय की स्थिति याद करके उसका दिल तड़प रहा था। अजय की तड़प निश्चय ही सहन शक्ति से बाहर है, इसका अंशु को पूरा विश्वास था। यह कैसी तड़प है? कैसा गम है? कैसा दुःख है? शायद उसके घरवालों ने उसे स्वीकार नहीं किया हो, उसे धोखेबाज समझकर निकाल दिया हो। हो न हो, यह उसके घर की ही बात होगी। अजय का गम जाने बिना ही अंशु की आंखें भीग गईं। उसने तय कर लिया कि वह अपने डैडी से कहेगी कि अजय के साथ उसका विवाह अब जल्दी ही कर दें। वह अजय को अपना बनाकर प्यार में इस प्रकार खो देगी कि उसे उसके प्यार के अतिरिक्त कुछ भी नहीं सूझेगा। अजय को वह किसी भी मूल्य पर नहीं खोएगी। उसे पाने के लिए उसने क्या-क्या जतन नहीं किया।

☐ ☐

दूसरे दिन अजय राय साहब से उनके दफ्तर में मिला तो उसका मन भारी था। रात भर तड़पने तथा रोने के कारण उसकी आंखें लाल थीं। पपोटे कुछ सूजे हुए थे। राय साहब को उसकी प्रतीक्षा थी। अंशु उन्हें बता चुकी थी कि अजय बहुत परेशान है। वह उनसे दफ्तर में मिलेगा। उन्होंने अजय को बहुत प्यार के साथ अपने सामने वाली कुर्सी पर बिठाया। अजय

का गम्भीर तथा उतरा हुआ मुखड़ा देखकर उन्हें दुःख हुआ। अजय की खुशी उनकी बेटी की खुशी थी और उनकी बेटी की खुशी उनकी अपनी। उन्होंने प्यार से पूछा, 'क्या बात है बेटा? अंशु कह रही थी कि तुम बहुत परेशान हो?'

'जी हां', अजय ने कहा, 'मैं आपसे एक बात पूछना चाहता हूं।'

'अवश्य पूछो बेटा। इसमें संकोच की क्या बात है?' राय साहब ने ऐश-ट्रे से सिगार उठाया और कुर्सी पर पीठ टेक ली।

'मैं यह पूछना चाहता हूं कि...कि...' अजय ने एक पल रुककर सांस ली। फिर डरते-डरते पूछा, 'क्या अंशु आपकी ही बेटी है?'

राय साहब सिगार का कश लेने वाले थे कि चौंक गए। उन्हें अजय से ऐसे प्रश्न की जरा भी आशा नहीं थी। उन्होंने एक पल रुकने के बाद कुछ रुष्ट भाव में उत्तर दिया, 'हां, वह मेरी ही बेटी है। तुम्हें उस पर संदेह करने का साहस कैसे हुआ?'

'देखिए राय साहब', अजय ने अपने दिल के संतोष के लिए हर बात साफ कर लेना आवश्यक समझा। उसने विनती करते हुए कहा, 'आप मुझसे...कम से कम मुझसे यह बात मत छिपाइए वरना एक बहुत बड़ा अनर्थ हो जाएगा। एक ऐसा बड़ा पाप हो जाएगा जिसका प्रायश्चित न हम कर सकेंगे, और न आप ही। आपको बताना ही पड़ेगा कि अंशु कौन है? प्लीज, मैं आपसे विनती करता हूं। मुझे विश्वास है कि अंशु आपकी बेटी नहीं है।'

राय साहब ने बहुत ध्यान से अजय को देखा। उसकी चिन्ता पढ़ने का प्रयत्न किया। पहली बार जब वह अजय से उसके घर पर मिले थे तो अजय कितना निश्चिन्त था। अपने प्यार पर इसे कितना भरोसा था ओर आज दिल्ली से आने के बाद यह कितना परेशान है! अजय बचपन में अपने पिता से बिछड़ गया था। अजय का अंशु का उनकी बेटी होने पर क्यों संदेह हुआ? क्यों?

'राय साहब', अजय ने उन्हें खामोश देखकर कहा, 'अट्ठारह वर्ष पहले मेरे बचपन में दीवानचन्द ने मुझे ही नहीं, मेरी बहन को भी अपहृत कर लिया था। तब वह केवल दो वर्ष की थी। उसकी पहचान के सारे ही चिह्न अंशु में पाए जाते हैं।'

राय साहब को विश्वास नहीं हुआ। क्या इस संसार में ऐसी घटना भी घटती हैं? संयोग किसी के साथ इस तरह मजाक कर सकता है? अजय के दिल की स्थिति का उन्हें पूरा अन्दाजा था। उन्होंने अब बात छिपाना उचित नहीं समझा। ऐसा न हो कि उनके हाथों एक बहुत बड़ा पाप हो जाए। एक गहरी सांस लेकर वह अपनी कुर्सी से उठ खड़े हुए। दफ्तर में एक वृद्ध स्त्री की तस्वीर लगी हुई थी जिस पर फूलों की माला थी। तस्वीर के सामने जाकर राय साहब खड़े हो गए। तस्वीर को देखते हुए उन्होंने कहा, यह मेरी स्वर्गवासी मां की तस्वीर है। यह अपनी बहू अर्थात् मेरी पत्नी को बहुत प्यार करती थीं। विवाह के एक वर्ष बाद मेरे बाप

बनने का अवसर आया। परन्तु अस्पताल में मेरी धर्मपत्नी की स्थिति कुछ इस प्रकार बिगड़ी कि डॉक्टरों को उसे बचाने के लिए बच्चे की जान लेनी पड़ी।

मेरी धर्मपत्नी बच गई परन्तु जब कुछ दिन बाद उसे पता चला कि उसे बच्ची उत्पन्न हुई थी जो बच नहीं सकी तो उसे बहुत बड़ा शॉक लगा। परन्तु फिर धीरे-धीरे उसने अपने आप पर काबू पा लिया। इसके बाद सात वर्ष तक उसे कोई सन्तान नहीं उत्पन्न हुई। डॉक्टरों का इलाज कराया परन्तु कोई लाभ नहीं हुआ तो एक दिन मेरी मां एक पंडित की सलाह पर मेरी पत्नी को लेकर तीर्थ यात्रा पर निकल पड़ीं। यह लगभग अट्ठारह वर्ष पहले की बात है। कई तीर्थ स्थानों के बाद मेरी मां तथा मेरी धर्मपत्नी एक दिन बनारस भी पहुंचीं।

एक दिन सुबह-सुबह जब गंगा किनारे दसाश्वमेघ घाट पर स्नान करने गईं तो मेरी पत्नी को भीड़ में रोती हुई एक बच्ची मिल गई। मेरी पत्नी की भटकी ममता पनप उठी। उसने उस बच्ची को उठाकर छाती से लगा लिया। तभी कुछ पुलिस वाले उधर किसी अपराधी को तलाश करते आए तो मेरी पत्नी डर गई। परन्तु पुलिस वालों ने उस पर जरा भी ध्यान नहीं दिया। वे उस अपराधी का पीछा करते हुए आगे निकल गए जिसकी उन्हें तलाश थी। मेरी पत्नी ने इस बच्ची को भगवान की देन समझा और यहां ले आई। तब इस बच्ची ने अपने तोतले स्वर में अपना नाम बेबी बताया था - जिसे हमने अंशु में बदल दिया। तभी से अंशु हमारे साथ है। यद्यपि हमने अंशु को वह प्यार दिया है जो सगे माता-पिता भी नहीं दे सकते, फिर भी तुमसे निवेदन है कि तुम अंशु से यह बात कभी मत कहना कि वह हमारी बेटी नहीं है वरना हमारे तथा उसके प्यार के मध्य एक पराएपन का कांटा अवश्य उत्पन्न हो जाएगा। 'अजय', राय साहब ने पलटकर पूछा, 'कहीं वास्तव में अंशु तुम्हारी बहन ही तो...' परन्तु तभी वह चौंक गए।

अजय उनकी मेज पर सिर रखे फूट-फूट कर रो रहा था। उसकी अन्तिम आशा का वह टिमटिमाता तारा भी बुझ गया जो उसने काले बादलों में देखा था। उसका दिल फटकर छलनी हो गया। उसका मन करता था कि वह जहर खा ले, अपनी जान दे दे। यह सब क्या हो गया? उसका जीवन क्यों एक मजाक बना?

राय साहब अजय के समीप आए। उसकी स्थिति देखकर उन्हें सब-कुछ ज्ञात हो गया। उन्हें अजय पर दया आई। उन्होंने कहा, 'बेटा तुम्हारी स्थिति देखकर मुझे वास्तविकता ज्ञात हो चुकी है। परन्तु मेरी तुमसे एक विनम्र विनती है। तुम अंशु को तो क्या किसी को भी यह बात मत बताना - कभी नहीं। हमने उसे प्यार से पाला है - अपनी बेटी बनाकर। ऐसा न हो कि वास्तविकता जानकर हम सबको मुंह दिखाने के बजाए वह आत्महत्या कर ले। ऐसी स्थिति में कौन लड़की जीवित रहना पसन्द करेगी?'

अजय ने कुछ नहीं कहा। वह खड़ा हुआ। अपने आंसू पोंछे। स्वयं पर काबू किया तो एक हिचकी से उसका पूरा शरीर कांप गया। वह तेजी के साथ दफ्तर के बाहर निकल गया।

अजय सड़क पर आया तो उसकी आंखों के सामने अंधकार छा चुका था। वह आत्महत्या कर लेना चाहता था। अब उसके जीवित रहने का ध्येय ही क्या बचा था? अनजाने में उसने अंशु को प्यार करके जो पाप किया है उससे अब केवल मृत्यु ही मुक्ति दिला सकती थी। उसने तो अंशु को अपनी बांहों में समाकर प्यार किया है। उसके अंग-अंग को चूमा है। दिल में उसकी एक अलग ही छवि बनाई है। वह अंशु को अपनी बहन के रूप में किस प्रकार स्वीकार कर सकता था? परन्तु उसे स्वीकार करना था, मन ही मन। इस वास्तविकता को वह कैसे झुठला सकता था? इसके पश्चात् दिल का एक कोना न चाहते हुए भी अंशु को बहन के रूप में स्वीकार करने से स्पष्ट इन्कार कर रहा था। ऐसा होना स्वाभाविक था। किस स्थिति में? किस कारणवश? अजय स्वयं समझने से वंचित था। परन्तु अंशु उसकी बहन है। अब उसे उसके बारे में कोई भी अनुचित बात सोचने का बिल्कुल अधिकार नहीं और उसके दिल के इस कोने की भावना तभी मिट सकती है जब वह आत्महत्या कर ले।

चलते-चलते उसने एक ट्रक के नीचे आकर अपनी जान देना उचित समझा। परन्तु तभी उसके मन को एक झटका लगा। क्या उसकी मृत्यु की सूचना सुनकर अंशु भी अपनी जन नहीं दे देगी? क्या दिल्ली वापस न लौटने पर उसकी मां का दिल नहीं टूट जाएगा? क्या उसकी आत्महत्या उसकी मां के जीवन का दर्दनाक मजाक नहीं बना देगी? बेटा न मिला होता तो बात अलग थी। बेटा मिलकर खो जाएगा तो वह पागल नहीं हो जाएगी? वह तो उसे इतनी जल्दी बम्बई जाने की आज्ञा भी नहीं दे रही थी। उसने आत्महत्या का इरादा छोड़ दिया। उसके जीवन पर अंशु का जीवन निर्भर था - तथा मां की खुशियां स्थिर थीं। अब अंशु के जीवन की सुरक्षा करना उसका धर्म था।

अजय को अब घुट-घुटकर जीना था - तड़प-तड़प कर एक-एक सांस लेनी थी। उससे गम सहन नहीं हो रहा था। वह सीधा शराबखाने पहुंचा। उसने एक पैग के बाद एक बैग शराब पीना आरम्भ कर दिया। वह कई पैग शराब पी गया, परन्तु फिर भी उसके दिल की तड़प कम नहीं हो सकी। अपनी एक अनजान भूल के कारण उसका सारा शरीर तप रहा था। इसी तपिश को लिए शराब पीते-पीते वह वहीं शराबखाने में धुत्त हो गया। लुढ़ककर वहीं गिर पड़ा। उसके होश जाते रहे।

उसकी आंखें रात ग्यारह बजे खुलीं जब शराबखाना बन्द करने से पहले शराबखाने के मालिक ने उसके चेहरे पर दो गिलास पानी डालकर उसे उठाया। वह उठा तो उसका सिर फटा जा रहा था। दिल की तड़प और बढ़ गई थी। उसने फिर कई एक पैग शराब पी और फिर नशे में चूर लड़खड़ाता हुआ अपने घर की ओर चल पड़ा। उसे अब अंशु को भूलने के अतिरिक्त कोई चारा नहीं था। अंशु को भी उसे भूलना ही पड़ेगा और अंशु उसी समय भूल सकती है जब वह अंशु के दिल में अपने प्रति घृणा उत्पन्न कर दे और उसे अब अंशु के दिल में यह घृणा उत्पन्न करनी ही पड़ेगी - निश्चित रूप से।

अजय ज्यों ही अपने घर के समीप पहुंचा, राय साहब की कार एक बिजली के खम्भे के नीचे खड़ी देखकर चौंक गया। कार के अन्दर राय साहब ही नहीं अंशु भी बैठी हुई थी। अजय ठिठका। फिर उनकी परवाह न करते हुए वह अपने घर की ओर बढ़ गया। अंशु लपककर उसके समीप चली आई। अजय ताला खोलने लगा तो अंशु ने चाभी लेकर उसके घर का द्वार स्वयं खोला। अजय को सहारा देकर उसने अन्दर ले जाना चाहा परन्तु अजय उसका सहारा लिए बिना अन्दर चला गया।

'तुमने शराब पी है?' अंशु ने पूरे अधिकार से पूछा।

'हां।' अजय ने हांफते हुए उत्तर दिया।

'क्यों?'

'क्यों नहीं पियूं?' अजय ने दिल की बात छिपाकर कुछ तेज स्वर में चिड़चिड़ाते हुए कहा, 'क्या मैं तुम्हारे बाप के पैसे से शराब पी रहा हूं?'

'अजय!' अंशु चौंक गई। उसे अजय से ऐसी आशा हरगिज नहीं थी। परन्तु फिर उसने अपने दिल पर पत्थर रख लिया। प्यार से बोली, 'अजय, यह तुम्हें क्या हो गया है? मैं तुम्हें फोन करती-करती थक गई। कई बार यहां चक्कर भी काटा। डैडी को भी लेकर आई। परन्तु तुम नहीं मिले। देखो' अंशु ने प्यार से उसकी बांह पकड़नी चाही परन्तु अजय ने उसका हाथ हटा दिया। अंशु के दिल को धक्का लगा। फिर भी उसने कहा, 'डैडी अभी मेरे साथ हैं। वह कह रहे थे कि तुमने विवाह से इन्कार कर दिया है। भला ऐसा कैसे हो सकता है?' अंशु ने हल्के से मुस्कराने का प्रयत्न किया। 'मैं उन्हें यहां लेकर अभी आती हूं। तुम उनसे कह दो, जो कुछ भी तुमने कहा है वह गलत है। तुमने...तुमने भूल से ऐसा कह दिया होगा, बेहोशी की अवस्था में। ठहरो, मैं डैडी को लाती हूं।' अंशु बाहर जाने को पलटी।

'अंशु-' अजय ने उसे बाहर जाने से रोक दिया। वह समझ गया कि राय साहब स्वयं ऐसा कहने पर विवश हो गए होंगे, उसने कहा, 'अंशु, तुम्हारे डैडी ने जो कुछ भी कहा है, वह सत्य है।'

'अजय!' अंशु ऊपर से नीचे तक कांप गई। उसकी आंखें छलक आईं। स्वर कांपने लगा। उसने कहा, 'नहीं-नहीं अजय, ऐसा नहीं हो सकता। ऐसा कभी नहीं हो सकता। तुम ऐसा कभी नहीं होने दोगे। क्योंकि तुम जानते हो मैं तुम्हारे बिना जीवित नहीं रह सकती। तुम भी तो मुझे इतना ही प्यार करते हो।'

'अंशु-' अजय का दिल फट रहा था। उसने कहा, 'तुम यहां से चली जाओ - चली जाओ अंशु - और फिर कभी भी मेरे बारे में सोचने का साहस मत करना। तुम्हारा रास्ता अलग है - और...मेरा रास्ता अलग।' अजय ने उसकी आंखों में झांकने के बजाए मुंह फेर लिया। बोला, 'यह समझ लो कि मैंने तुमसे मजाक किया था। मेरा प्यार एक नाटक था। मैंने तुम्हें धोखा दिया है।'

'नहीं अजय नहीं। ऐसा मत कहो - प्लीज', अंशु का स्वर और कांपने लगा। उसकी आंखों से आंसू वर्षा समान गालों पर बहने लगे। वह अजय के सामने आई। उसने अजय के सामने हाथ जोड़ दिए। बोली, 'ऐसा मत कहो अजय, मैं तुमसे विनती करती हूं।'

'यह सच है अंशु। मेरा रास्ता अलग है - और तुम्हारा रास्ता अलग।' अजय ने अपने दिल पर मानो पत्थर रख लिया। अंशु की तड़प भी उससे देखी नहीं जा रही थी।

'नहीं-' सहसा अंशु चीख पड़ी। वह अजय की बातें सुनते-सुनते थक गई थी। उसने तड़पकर क्रोध में पूछा, 'यदि हमारे रास्ते अलग-अलग थे तो तुम्हें मेरे रास्ते पर आने का क्या अधिकार था? तुमने मेरे निश्चित जीवन में क्यों आग लगा दी? क्यों मेरे अरमानों से जी भरकर खेलते रहे?'

'अंशु-' अजय ने कहा, 'तब तक मुझे यह नहीं ज्ञात था कि मैं सेठ जुगल प्रसाद का बेटा हूं।'

'सेठ!' अंशु का माथा ठनका।

सेठ! अजय का भी माथा ठनका। जब तक वह अंशु के दिल में अपने प्रति घृणा नहीं उत्पन्न करेगा अंशु उसे नहीं भूल सकेगी। से एक बहाना मिल गया। उसने अंशु से दृष्टि चुराते हुए अपने होंठ काटे। फिर बोला, 'अंशु, मेरे पिता एक बहुत बड़े सेठ आदमी थे - शारदा प्रसाद एण्ड कम्पनी प्राइवेट लिमिटेड के मालिक। उन्होंने मरने से पहले मेरे लिए एक लड़की पसन्द कर रखी थी। मां से वचन लिया था कि जब मैं वापस आऊं तो मेरा विवाह उसी से किया जाए वरना उनकी आत्मा को शांति नहीं मिलेगी।'

'तुम एक मरे हुए व्यक्ति की इच्छा के लिए एक जीवित इंसान को बलि चढ़ा देना चाहते हो?' अंशु को अजय की बात पर आश्चर्य हुआ।

'मैं मजबूर हूं।'

'मैं पूछती हूं यदि तुम्हें अपने माता-पिता का पता नहीं चलता तब क्या होता? क्या तब भी मुझे छोड़ देते?'

'तब!' अजय ने मानो स्वयं से प्रश्न किया। बोला, 'तब बात ही अलग होती। अंशु-' अजय ने मानो स्थिति पर काबू किया। बोला, 'तुम नहीं जानतीं मेरे पिता ने मेरे लिए कितना धन कितनी सम्पत्ति छोड़ी है। यदि मैं उस लड़की से विवाह नहीं करूंगा तो सब कुछ मेरे हाथ से निकल जाएगा।'

अंशु की जबान तालू से चिपक गई। उसकी छाती पर बम गिर पड़ा। दिल के टुकड़े-टुकड़े हो गए। उसे चक्कर आने लगा। उसने कितने अरमानों से प्यार का एक महल बनाया था। इस महल के लिए उसने कितने सुन्दर-सुन्दर सपने देखे थे। परन्तु अजय ने इसे एक ही ठोकर में गिराकर तोड़ दिया, चकनाचूर कर दिया। वह इतनी बड़ी चोट सहन नहीं कर सकी। दौलत के लिए काम करने वाला एक अपराधी आखिर इतनी बड़ी दौलत देखकर फिसल ही गया,

अपनी वास्तविकता पर आ ही गया। उसके अरमानों की यह दुर्दशा? उसके प्यार का इतना बड़ा मजाक!

अजय इतना नीचे गिर सकता है, वह विश्वास नहीं कर सकती थी। फिर भी उसे विश्वास करना पड़ा। अजय के पिता ने निश्चय ही इतना धन तथा इतनी सम्पत्ति छोड़ी है जितना उसके अपने डैडी के पास भी नहीं है। अच्छा ही हुआ जो उसे अजय की वास्तविकता का पता चल गया। उसके मस्तक पर बल पड़ गए। वह अजय के सामने आई, बिल्कुल समीप। उसकी आंसू भरी दृष्टि से शोले बरस रहे थे। उसने दांत पीसते हुए कहा, 'नीच - पापी - धोखेबाज -' और फिर उसका हाथ हवा में लहरा गया। अजय के गाल पर उसने एक भरपूर तमाचा रसीद किया और फिर पलटकर वह तेजी के साथ कमरे से बाहर निकल गई। कार में बैठकर दरवाजे पर सिर रखे फूट-फूटकर रोने लगी। राय साहब ने उसके सिर पर बहुत प्यार से हाथ फेरा। उनकी स्वयं की आंखें भी छलक आईं तो उन्होंने कार स्टार्ट कर दी।

अजय उसी प्रकार अपने कमरे में चुपचाप खड़ा था। अंशु की तड़पती हिचकियां अब तक उसका दिल चीर रही थीं। उसने दीवानों समान अपने सिर के बाल नोंचना आरम्भ कर दिया। दीवार पर अपना सिर मारना आरम्भ कर दिया - मारता ही गया, मारता ही गया जब तक कि रक्त से लथपथ सिर के साथ वह बेहोश होकर फर्श पर नहीं गिर पड़ा। यह रक्त किसका था जो फर्श पर बह रहा था 'उसका? अंशु का?'

5

अजय दिल्ली चला आया। उसका संसार ऐसी परिस्थितियों में जकड़कर उजड़ा था जिसके बारे में कोई स्वप्न में भी नहीं सोच सकता था। वह एक ऐसे पाप का शिकार था जिसमें उसका नाम-मात्र भी दोष नहीं था तथा जो किसी भी व्यक्ति से अनजाने में हो सकता था। इसके पश्चात् वह आत्महत्या कर लेता यदि उसे अपनी मां के जीवन का विचार नहीं होता और इसीलिए उसे जीवित रहने के लिए अब दिन-रात शराब की आवश्यकता महसूस होने लगी थी। उसके दिल के लिए इतना ही सन्तोष बहुत था कि ठीक समय पर अनजाने में वह एक ऐसा पाप करते-करते बच गया है जिसका सुधार मरने के बाद भी नहीं होता।

उसे पूरा विश्वास था कि अंशु उसे धोखेबाज समझकर उससे घृणा कर रही होगी। धीमे-धीमे समय उसके दिल के घाव को धो देगा। वह उसे भूल जाएगी और फिर एक दिन अपने मम्मी तथा डैडी की इच्छा से वह विशाल से विवाह भी कर लेगी।

रात में अजय को शराब की कुछ अधिक ही आवश्यकता होती। जब रात का अंधकार उसके कमरे में प्रवेश करता तो वह बत्ती भी नहीं जलाता। अंधकार में अपने पलंग पर लेटे-लेटे, या एक कुर्सी पर बैठे उसके दिल का एक कोना अंशु के लिए बुरी तरह तड़पने लगता। दिल का एक कोना अब भी अंशु को बहन के रूप में स्वीकार नहीं करना चाहता था। अजय

102

की आंखों में वह दृश्य घूम जाते जो उसने अंशु के साथ बिताए थे। पहली पिकनिक में चट्टान के ऊपर तैराकी वस्त्र में अंशु किस प्रकार रोते-रोते अचानक उसकी छाती से लिपट गई थी। उसी पिकनिक वाली रात में अंशु किस प्रकार उसकी बांहों में समाई हुई थी। उसने अंशु के किन-किन अंगों को प्यार किया था। न चाहते हुए भी अजय की आंखों में अतीत लौट आता था।

तब अजय को अपने आप से शर्म महसूस होने लगती। वह स्वयं से घृणा करने लगता। मन करता आत्महत्या कर ले, केवल आत्महत्या ही से अंशु के विचारों से मुक्ति दिला सकती थी। फिर भी वह अपनी मां के लिए जीवित रहने पर विवश था। वह शराब पीने लगता, खूब पीता, इतना कि अन्त में जब नशे के कारण उसकी आंखें बन्द होने लगतीं तो वह पलंग पर गिरकर अचेत हो जाता। बीच रात में जब उसकी आंखें खुलतीं तो वह दोबारा उठकर शराब पी लेता ताकि इस असीमित तड़प के कुछ लम्हें कम हो सकें।

दिन के समय अजय ने अपने दिल का भेद मां से छिपाने का सदा ही प्रयत्न किया था। इसके पश्चात् उमा देवी ने जब अपने बेटे के मुखड़े पर निरंतर छाई रहने वाली उदासी देखी तो वह चुप न रह सकी। अपने पास पलंग पर बिठाकर उन्होंने एक दिन अजय से बहुत प्यार के साथ पूछ ही लिया, 'क्या बात है बेटा, जब से तू बम्बई से आया है सदा उदास-उदास ही रहता है? क्या तुझे अपनी मां के साथ रहना अच्छा नहीं लगता?'

'मां...' अजय ने अपनी स्थिति संभाली। बोला, 'इस संसार में तुम्हारे अतिरिक्त मेरा है ही कौन जो अच्छा नहीं लगे?'

'तो फिर तू शराब क्यों पीता है?' उमा देवी ने तुरन्त पूछा।

'मां...' अजय ने कहना चाहा, परन्तु फिर चुप हो गया।

'तुझे बम्बई से आए तीन दिन हो गए।' उमा देवी ने कहा, 'इन तीन दिनों में जब तू मेरे पास बैठा है, सदा तेरे मुंह से शराब की ही महक आई है।'

'मां...' अजय ने कहा, 'मेरा सारा जीवन अपराधियों के साथ बीता है। इसलिए शराब की आदत पड़ गई। परन्तु घबराओ मत मां, मैं धीरे-धीरे इसे छोड़ दूंगा।'

'तेरे मुखड़े की उदासी कहती है कि तेरे दिल में कोई भेद है। आंखों का सूनापन कहता है कि तू खोया-खोया रहता है। पहली बार जब तू बम्बई से आया था तब तो कोई ऐसी बात नहीं थी। तब तू शराब भी नहीं पीता था।'

अजय निरुत्तर हो गया। उसने अपनी पलकें झुका लीं।

'बेटा...' उमा देवी ने उसके सिर पर प्यार से हाथ फेरा। बोली, 'मुझे बता कि क्यों इतना उदास है? मुझे पाने के बाद कहीं कोई लड़की प्यार में तुझे धोखा तो नहीं दे गई है?'

'नहीं मां नहीं, ऐसी बात नहीं है।' अजय ने तड़पकर साफ इन्कार किया।

'तो फिर, क्या बात है?'

'कुछ भी नहीं मां। केवल कुछ निकटीय दोस्त-यार बिछड़ गए हैं, इसीलिए उदास रहता हूं।' अजय ने झूठ का सहारा लिया। वह अपनी मां को कैसे बता सकता था कि जिस लड़की को उसने प्यार किया वह कौन है? उसकी क्या लगती है? यदि वह बता देता कि अंशु कौन है, कहां है, तो निश्चय ही उसकी मां अपनी बेटी से मिलने को तड़प उठती। फिर जब अंशु को पता चलता कि जिसकी बांहों में उसने प्यार के सुन्दर पल बिताए हैं, जिसने उसके अंग-अंग को चमा है वह कोई और नहीं उसका भाई है तो निश्चय ही वह आत्महत्या कर लेती। इस अनजाने पाप के बाद वह किस प्रकार समाज के सामने आंखें उठा सकती थी? फिर राय साहब का घर भी बर्बाद हो जाता। उनकी तथा उनकी धर्मपत्नी की प्रसन्नताओं पर बिजली गिर पड़ती। वह स्वयं भी अपनी मां को मुंह नहीं दिखा सकता था। उसकी खामोशी पर कितने सारे व्यक्तियों की प्रसन्नता स्थिर थी, इसीलिए उसने चुप रहकर दिल का भेद दिल में ही रखना उचित समझा।

उमा देवी को अपने बेटे की बात पर विश्वास करना कठिन हो गया। फिर भी उन्हें विश्वास करना पड़ा। यदि कोई और बात होती तो उनका बेटा उनसे कभी नहीं छिपाता। आखिर वह उसकी मां है। क्या कमी है उन्हें? अपने बेटे की प्रसन्नता के लिए वह क्या नहीं कर सकती? उन्होंने कहा, 'अगर ऐसी बात है तो फिर तू हमारी कम्पनी संभालना आरम्भ कर दे। तेरा दिल भी लग जाएगा तथा मेरा बोझ भी कम हो जाएगा। आखिर एक न एक दिन तो तुझे मेरा सारा काम संभालना ही है। कब तक मैनेजर का सहारा लिया जाएगा?'

अजय ने कुछ नहीं कहा। परन्तु मां की बात उसे पसन्द आई। वह काम में व्यस्त रहेगा तो निश्चय ही उसका मन अंशु के लिए अनुचित बातें सोचकर इतना अधिक नहीं तड़प सकेगा।

समय पंख लगाकर उड़ने लगा। समय के साथ अजय के दिल की तड़प कम हो गई। परिस्थिति से मेल करके उसने जीना सीख लिया। परिस्थिति से मेल करना ही पड़ता है वरना जीना कठिन हो जाए, शायद असंभव हो जाए। वह अपने आपको व्यस्त रखने लगा मानो अपने अस्तित्व से पीछा छुड़ा रहा हो। कम्पनी के काम से छुट्टी पाता तो कोठी की देख-रेख में समय बिताने लगता। उसके कारण कोठी की अवस्था अब काफी सुधर चुकी थी। लॉन की क्यारियां अब तरतीब में आ गई थीं। मुख्य द्वार पर नया गेट लग गया था। खम्भे रंग गए थे। राज खाना खाने के बाद वह अपनी मां से काफी देर तक बात करता रहता था। वह अपने बचपन की बातें बताता, जवानी की बात बातें बताता परन्तु अंशु का नाम वह कभी भी अपनी जबान पर नहीं लाता।

मां भी उसे बताती कि उसकी जमीन दिल्ली के बाहर अनेक शहरों में थी जिसे उसने बेच दिया है। अब इस कोठी के अतिरिक्त ले-देकर एक ही बंगला रह गया है, वह भी इलाहाबाद के समीप नैनी में है। किराएदार उसे खाली नहीं कर रहे हैं इसलिए कोई खरीदने को तैयार नहीं है। किराएदारों से मुकद्दमा चल रहा है। तारीख पड़ती है तो इलाहाबाद जाना पड़ता है। नैनी में

वह मिस्टर गुलाटी के यहां ठहरती हैं जिनकी धर्मपत्नी उनकी पुरानी सहेली है। मिस्टर गुलाटी नैनी के एक बड़े व्यापारी हैं। पत्र व्यवहार चल रहा है।

मां के साथ इतनी देर बातें करने के कारण अजय का शराब पीना बिल्कुल ही कम हो गया था। परन्तु कभी-कभी रात का खाना खाने के बाद उसे शराब की आवश्यकता कुछ अधिक ही महसूस होती। वह अपने आप पर काबू नहीं कर पाता था। ऐसा उस समय होता जब रात में अपने कमरे में पलंग पर लेटने के बाद उसके अकेलेपन का सहारा लेते हुए उसके मस्तिष्क का पर्दा उठाकर अंशु झांकने लगती। अन्तिम मिलन में उसका आंसुओं से भीगा मुखड़ा, उसकी लम्बी बोझल पलकें, सुनहरी लटें, गुलाबी कपोल, लाल होंठ न चाहते हुए भी जब अजय की आंखों के सामने यह सब दिखाई देने लगता तो वह तड़प उठता और शराब का सहारा लेना पड़ता। जब शराब कमरे में नहीं होती तो वह इतनी रात बीतने के पश्चात शराब की तलाश में जीप उठाकर चल देता। तब उमा देवी जीप का स्वर सुनकर बाहर निकल आतीं। परन्तु तब तक अजय मुख्य द्वार से बाहर जा चुका होता। उमा देवी बरामदे में बैठकर बहुत देर तक उसकी प्रतीक्षा करतीं। उन्हें विश्वास हो चुका था कि उनके बेटे के दिल में कोई घाव है। निश्चय ही वह किसी लड़की के प्रति तड़पता रहता है अन्दर ही अन्दर।

उन्होंने जब भी अजय से इसका कारण पूछा तो अजय टाल गया। वह इतने बड़े भेद से पर्दा कैसे हटा सकता था? उल्टे उमा देवी के पूछने पर उसके दिल की तड़प बढ़ जाती थी। उमा देवी अपने बेटे की सहायता करना चाहती थीं। उनसे अजय का दुःख देखा नहीं जाता था। इसीलिए जब एक बार उन्होंने अजय के दिल का भेद जानने की जिद्द की तो अजय ने तड़पकर उन्हें कुछ न पूछने की सौगंध दे दी थी। उस दिन के बाद से उमा देवी अपने दिल पर पत्थर रखकर बहुत खामोशी के साथ अपने बेटे की तड़प देखतीं तथा मन ही मन उसके दिल की शांति के लिए भगवान से विनती रहती थीं। काफी रात बीतने के बाद जब अजय की जीप मुख्य द्वार में प्रवेश करती तो वह तुरन्त उठकर अन्दर चली जाती। अजय शराब के नशे में चूर लड़खड़ाता हुआ अपने कमरे में प्रविष्ट होता। पलंग पर बिना कपड़े बदले ही लेट जाता तो उमा देवी उसे छिपकर थोड़ी देर तक देखती रहतीं। अजय शराब के नशे में बड़बड़ाने लगता, कुछ इस प्रकार कि उसके शब्द होंठों पर बुदबुदाकर रह जाते। उमा देवी कुछ भी नहीं समझ पातीं। केवल मन ही मन कुढ़ती रहतीं वह किस प्रकार अपने लड़के की सहायता करें? किस प्रकार? उनका लड़का तो उन्हें कुछ बताता ही नहीं है।

परन्तु एक बार अजय इसी प्रकार गई रात शराब पीकर पलंग पर लेटा बड़बड़ा रहा था तो उसके होंठों के शब्द उमा देवी को सुनाई पड़ गए। अजय दर्द भरे स्वर में आह लेकर कह रहा था - 'अंशु...ओह अंशु...अंशु...अ...न...श...श...ऊ।

अंशु! उमा देवी ने नाम दोहराया। बात उनकी समझ में काफी सीमा तक आ गई। अंशु नाम की किसी लड़की ने निश्चय ही उनके बेटे को धोखा दिया है। उसका दिल तोड़ा है। परन्तु

क्यों? आखिर क्या कमी है उनके बेटे में? सभी गुण तो हैं उसके अन्दर। लाखों में एक है उनका बेटा।

दूसरी सुबह अजय अपनी मां के साथ बैठा मेज पर नाश्ता कर रहा था। अजय का मुखड़ा सदा के समान आज भी उदास था, उतरा हुआ, आंखों में गम के घने बादल। छुरी द्वारा टोस्ट का टुकड़ा कांटों में उठाकर मुंह में रखते हुए वह बहुत धीरे-धीरे नाश्ता कर रहा था। उमा देवी अजय को बहुत ध्यान से देख रही थीं। अचानक उन्होंने पूछा, 'यह अंशु कौन है?'

अजय बुरी तरह चौंक गया। हाथ इस प्रकार ठिठके कि छुरी छूटकर नीचे गिर पड़ी। उसने बहुत आश्चर्य से अपनी मां को देखा। कहीं मां ने उसकी प्रसन्नता का विचार रखते हुए अंशु का पता तो नहीं लगा लिया?

'कौन है यह लड़की?' उमा देवी ने पूछा।

'मां तुम्हें कैसे ज्ञात हुआ कि उस लड़की नाम अंशु है?' अजय ने डरते-डरते पूछा।

'कल तू नशे में उसका नाम लेकर बड़बड़ा रहा था।'

'क्या?' अजय के दिल की धड़कन बढ़ गई। कहीं नशे की अवस्था में उसने स्वयं ही तो अपना भेद नहीं खोल दिया है?

'तू अंशु-अंशु कर रहा था।'

'बस?'

'हां।' उमा देवी ने कहा।

अजय ने चैन की सांस ली। परन्तु अंशु की बात उठने के कारण उसका मन नाश्ते से हट गया। नैपकिन द्वारा वह अपने हाथ पोंछने लगा।

'कौन है यह लड़की?' उमा देवी ने फिर पूछा।

'मां', अजय ने कहा, 'मैंने तुम्हें सौगंध दी थी कि...'

'मैं तुम्हारे दिल का भेद नहीं पूछ रही हूं। मैं अशुं के बारे में पूछ रही हूं।' उमा देवी ने कहा, 'कौन है यह अंशु?'

'मां...' अजय नाश्ता छोड़कर उठ खड़ा हुआ। दो पग हटकर उसने मां की ओर पीठ कर ली। बोला, 'अंशु ही मेरे दिल का भेद है। उसके बारे में कुछ मत पूछो, कुछ भी नहीं। मैं तुम्हारे हाथ जोड़ता हूं।' अजय ने पलटकर मां के सामने हाथ जोड़ दिए।

सुबह-सुबह बेटे की तड़प देखकर मां का मन और खराब हो गया। उन्होंने भी नाश्ता छोड़ दिया। वह उठकर अजय के समीप आने लगीं तो अजय ने उनसे दृष्टि न मिलाने के कारण अपना मुखड़ा दूसरी ओर फेर लिया। उमा देवी ने बहुत प्यार से अपने बेटे के कंधे पर हाथ रखा। बोलीं, 'बेटा, मुझसे तेरा दुःख देखा नहीं जाता। इसीलिए तेरी सहायता करना चाहती हूं। मुझे बता कि यह अंशु कोन है? किसकी लड़की है, बम्बई में कहां रहती है? मेरा विश्वास कर बेटा, मैं उसके पास जाऊंगी। अपना दामन फैलाकर उससे तेरे प्यार की भीख मांगूंगी। तेरी

प्रसन्नता के लिए मैं उसकी हर शर्त मानने को तैयार हो जाऊंगी। इतने वर्षों बाद तू मुझे मिला है और वह भी ऐसी अवस्था में। न कभी हंसता है न मुस्कराता है, केवल आंसू ही बहाता रहता है। बेटा, यदि तूने मुझे उसके बारे में नहीं बताया तो मेरा विश्वास कर, मैं स्वयं उसका पता लगा लूंगी।'

'मां।' अजय ने पलटकर मां को देखा।

'मैं बम्बई से निकलने वाले सारे समाचार पत्रों में तेरा नाम देकर अंशु को अपने से मिलने का निवेदन करूंगी।'

'मां...' अजय चीख पड़ा। मां का हाथ पकड़ लिया और उस पर अपना मस्तक टेकते हुए विनती करते हुए बोला, 'नहीं मां नहीं ऐसा मत करना वरना अनर्थ हो जाएगा।' अजय के स्वर में असीमित दर्द था, आंसू थे।

'अजय।' उमा देवी ने कहना चाहा।

'मां...' अजय ने मां का हाथ जोड़कर मानो अन्तिम निर्णय लेते हुए कहा, 'मां - यदि तुमने अंशु से मिलने का प्रयत्न किया मां - तो तुम मेरा मुंह कभी नहीं देखोगी।' अजय ने कहा और मां को छोड़कर दूसरे कमरे में चला गया।

'अजय!' उमा देवी का दिल 'धक' से कांप गया। बेटे की बात पर विश्वास करना कठिन हो गया। आखिर ऐसी क्या बात है जो अंशु को चाहता भी है और उसे प्राप्त करने से इन्कार भी कर रहा है? कहीं अंशु किसी और को तो नहीं प्यार करती है? क्या अंशु का भविष्य किसी और लड़के के साथ तो जुड़ा हुआ नहीं है? हां यही बात होगी, निश्चित रूप से। उनका बेटा अंशु को इतना अधिक प्यार करता है कि अपने निःस्वार्थ प्यार के कारण ही अंशु के प्यार में दीवार नहीं बनना चाहता। निश्चय ही अंशु किसी और को प्यार करती है। प्यार पर किसी का बस नहीं। कहीं प्यार एक ओर से होता है तो कहीं प्यार दोनों ओर से। उनके बेटे का प्यार एक ओर से है। कितना अभागा है उनका बेटा जो अंशु को प्यार करने के पश्चात् उसका प्यार नहीं प्राप्त कर सका। शायद अंशु अजय से मिलने से पहले ही किसी को अपना दिल दे चुकी होगी वरना क्या कमी है उनके बेटे में, जो उस लड़की का झुकाव अजय की ओर नहीं होता?

सुबह-सुबह उमा देवी का मन जितना खराब हुआ था, उससे अधिक अजय था। वह अपने कमरे में गया। अंशु का विषय उठने के कारण उसे अपने दिल की तड़प पर काबू पाना कठिन हो गया था, उसने इसे कम करने के लिए शराब का सहारा लिया, शराब पीता ही गया, जब तक कि आंसू बहाते-बहाते वह कुर्सी पर बैठे-बैठे सामने की मेज पर सिर रखे अर्द्ध बेहोश-सा नहीं हो गया। अब वह दफ्तर जाने योग्य नहीं रह गया था। उमा देवी ने अपने बेटे की ऐसी स्थिति देखी तो तड़प उठी। आंखों में आंसू छलक आए। उन्होंने मन ही मन प्रण कर लिया, अब वह अजय के सामने कभी भी अंशु का नाम नहीं लेगी। यदि अजय ने अपने प्यार की तड़प से तंग आकर आत्महत्या कर ली तो उनका सब-कुछ लुट जाएगा।

दिन फिर बीतने लगे, सप्ताह, महीना, कई महीने बीत गए परन्तु अजय अंशु को नहीं भुला सका, प्रयत्न करने के पश्चात् नहीं भुला सका। जब रात का अन्धकार उसकी कोठी को अपनी लपेट में लेकर डस लेना चाहता तो अंशु उसकी इच्छा के विरुद्ध एकांत का सहारा लेकर उसके मन की खिड़की खोलकर अन्दर झांक लेती थी। पहली पिकनिक का दृश्य, छाती पर घूंसे मारते हुए प्यार में क्रोध प्रकट करना, फिर छाती में समा जाना, रात के समय कम्बल के अन्दर एक-दूसरे की बांहों में समाकर प्यार कर लेना। यह बातें याद करके अजय को अपने आप से घृणा होने लगती फिर भी वह इन बातों को भुलाने में असफल था। वह कैसे अपने अतीत से मुक्ति पाए? वह स्वयं नहीं जानता था।

इस लज्जापूर्ण संयोग का भेद खोलकर वह किसी से कोई सहायता भी तो नहीं ले सकता था। उसकी आंखों के सामने जब अंशु से अन्तिम मिलन की घड़ी आती तो वह पलंग पर करवट लेकर तकिए पर गाल रखे फूट-फूट कर रो पड़ता। अपने दिल का दर्द केवल वही जानता था और उसका भगवान, ऐसा लगता था मानो कोई उसके दिल पर आरा चला रहा हो, कभी-कभी उकसा मन करता वह बम्बई जाए, छिपकर दूर से अंशु को देखे। वह कैसी है? दिल टूटने के बाद उसके अन्दर क्या परिवर्तन आया है? उसने परिस्थिति से मेल करके जीना सीख लिया है या नहीं परन्तु वह ऐसा कभी नहीं कर सकता था। उसने ऐसा करने का कभी प्रयत्न भी नहीं किया, उसे अंशु के विचारों से बहुत दूर चला जाना था और शायद वह चला गया था, यहां दिल्ली चला आया था, अंशु के मन में अपने प्रति घृणा का बीज उत्पन्न करके। अच्छा है अंशु उसे दौलत का लालची समझकर सदा उससे घृणा करती रहे, तभी वह अपना एक नया जीवन आरम्भ करके प्रसन्न रह सकती है। अंशु की प्रसन्नता ही अब उसका जीवन बन गया था, उसके दिल की शांति।

इतना अधिक अंशु को प्यार करने के पश्चात् अजय जी रहा था, एक लाश के समान, जो अपनी लाश स्वयं कंधे पर उठाए चलता है। उसके शरीर को घुन लग रहा था। आंखों में गड्ढे पड़ गए थे। गम के काले बादल आंसुओं की झड़ी लगने के पश्चात् कम नहीं होते थे। फिर भी उसने जीवन से संघर्ष करके अपने आपको जीवित रखा, अपने लिए न सही, मां के लिए। मां का एक वही तो सहारा है। जीवन से संघर्ष करके तो पशु-पक्षी भी जी लेते हैं, फिर वह क्यों नहीं जीवित रहना स्वीकार करता?

एक दिन उमा देवी को इलाहाबाद से सुबह की डाक द्वारा एक पत्र मिला। पत्र उनके एडवोकेट ने भेजा था। तब अजय उन्हीं के पास बैठा हुआ था। दफ्तर के लिए वह उठने ही वाला था। उमा देवी ने पत्र पढ़ा। फिर अजय से बोलीं, 'अदालत में इलाहाबाद वाले बंगले के केस की तारीख है। हमें चलना आवश्यक है।'

'मुझे भी चलना पड़ेगा?' अजय ने पूछा।

'बेटा, क्या तू चाहता है कि इस आयु में मैं अकेली यह सब दौड़-धूप करूं?'

‘नहीं मां, मेरा यह मतलब हरगिज नहीं था।’ अजय ने तुरन्त कहा, ‘आज नहीं तो कल मुझे सभी काम संभालना है। तुम कहो तो मैं अकेला ही इलाहाबाद चला जाऊं।’

‘इस बार तो मुझे जाना ही पड़ेगा। तेरी भेंट एडवोकेट से करा दूं, उसके बाद तू अकेला जा सकता है। मिस्टर तथा मिसेज गुलाटी से भी तेरी भेंट करा दूं। वे लोग तुझे देखना चाहते हैं। तू बहुत छोटा-सा था जब उन्होंने तुझे देखा था।’

अजय चुप हो गया। मां की प्रसन्नता अब उसकी प्रसन्नता थी। मां के लिए वह सब-कुछ करने को तैयार था।

□ □

नैनी ‘इलाहाबाद’

उमा देवी तथा अजय नैनी प्लेटफार्म पर उतरे तो मिस्टर तथा मिसेज गुलाटी ने उनका स्वागत किया। अजय को वह ऊपर से नीचे तक देखते रह गए। अजय गम का पुतला था फिर भी उसके अस्तित्व में पहले जैसा प्रभाव था। उन दोनों ने अजय से भेंट करके हर्ष ही नहीं प्रकट किया बल्कि उसे अपने गले से भी लगा लिया। फिर अपनी कार में बिठाकर उन्हें अपने बंगले ले गए। पूरी तरह आव-भगत की।

मिस्टर गुलाटी के बंगले से उमा देवी ने अपने एडवोकेट से फोन द्वारा कुछ आवश्यक बातें कीं। मिस्टर गुलाटी ने एक कार तथा ड्राइवर उनकी सेवा में दे दिया था। उनके पास दो कारें थीं। लगभग दस बजे उमा देवी एडवोकेट के बंगले पहुंचीं, अजय की भेंट अपने एडवोकेट से कराई तो एडवोकेट ने अजय को अपने साथ रोक लिया तथा उमा देवी से कुछेक कागजात पर हस्ताक्षर लेने के बाद उन्हें छोड़ दिया। ड्राइवर उन्हें नैनी छोड़ने चला गया।

वह आधा दिन अजय का अदालत में कट गया। मुकद्दमे की तिथि बढ़ गई तो अजय एडवोकेट से फुर्सत पाकर अदालत के बाहर आया। कार में बैठा तथा नैनी के लिए वापस चल पड़ा।

सहसा एक मोड़ पर अजय की कार से एक कार टकराते-टकराते बची। दोनों ही कारें रुक गईं। परन्तु तभी अजय चौंक गया। लम्बी सफेद कार विदेशी। अजय ने कार का नम्बर पढ़ना चाहा तो उसकी दृष्टि कार के अन्दर बैठे यात्री पर पड़ गई। वह और भी चौंक गया। कार ड्राइवर चला रहा था और पीछे राय साहब बैठे हुए थे। अजय को विश्वास ही नहीं हुआ, राय साहब अजय को देखकर स्वयं भी चौंक पड़े थे। वह तुरन्त बाहर निकल आए तथा ड्राइवर को कार एक किनारे लगाने की आज्ञा दी। अजय भी अपनी कार से बाहर निकल आया तो उसका ड्राइवर भी कार एक किनारे लगाने ले गया। राय साह अजय के समीप आने लगे तो अजय सड़क के किनारे चला गया।

‘बेटा अजय, तुम और यहां?’ राय साहब ने आश्चर्य प्रकट किया।

109

'एक मुकद्दमे के सिलसिले में आया था।' अजय ने दम तोड़ती मुस्कान के साथ कहा, 'अंशु कैसी है?'

राय साहब ने उत्तर देने से पहले अजय को देखा - ऊपर से नीचे तक। अजय की आंखों में गड़्ढे पड़ गए थे। आंखों में गम के घने बादल। गाल धंसे हुए थे। होंठों पर मानो पपड़ी जम गई थी। शरीर दुबला, कमजोर। अजय एक जीता-जागता शव था। अजय पर उन्हें दया आई। इतने सुन्दर व्यक्तित्व की यह दुर्दशा! अजय में अब पहले जैसा कुछ भी तो नहीं बचा था। उसके प्यार के एक अज्ञात पाप ने उससे सभी कुछ छीन लिया। भाग्य ने इस व्यक्ति को क्यों इतना सताया? क्यों? उन्होंने एक आहर लेकर कहा, 'बहुत कठिनाई के बाद ही वह हमारा कहा मानकर परिस्थिति से मेल करने पर तैयार हुई है। आज उसका विवाह है, विशाल के साथ। विशाल यहीं का रहने वाला है न।'

अजय के दिल में टीस उठी। उसे तो प्रसन्न होना चाहिए कि अंशु का विवाह हो रहा है। वह उसे भूलने में सफल है। उसका एक नया घर बस रहा है। फिर भी उसके दिल के अन्दर टीस उठती रही, उसकी इच्छा के बिल्कुल विरुद्ध। ऐसा क्यों हो रहा है? क्यों? उसके अन्दर अपने आप से घृणा फिर उत्पन्न होने लगी। वह क्यों नहीं जहर खा लेता है ताकि ऐसी गन्दी भावनाओं से उसे मुक्ति मिल जाए? उसके दिल के अंदर अंशु के लिए क्यों तड़प है?

राय साहब ने अपने आप कहा, 'बम्बई में इसलिए विवाह नहीं कर सका, क्योंकि आरम्भ में मैंने अपने जानने वालों को अंशु के लिए विशाल का नाम बताया था और बाद में तुम्हारा। अब दोबारा विशाल के लिए बातें करता तो लोग मेरा मजाक बनाते। इसके अतिरिक्त अंशु भी नहीं चाहती थी कि उसका विवाह बम्बई में हमारे बंगले में हो। वहां उसने तुम्हारी बारात आने का स्वप्न देखा था, किसी और का नहीं।'

अजय ने तब भी कुछ नहीं कहा। केवल अंशु के बारे में सोचता रहा। न चाहते हुए भी उसकी आंखों में आंसू आ गए।

'बेटा', राय साहब ने कहा - 'हम एलगिन रोड पर ठहरे हैं। बारात वहीं आएगी। तुम विवाह में आना चाहो तो आ जाना, परन्तु अंशु को दूर ही से देखना। अंशु तुम्हें नहीं देख पाए। वह अब भी तुम्हारे लिए आंसू बहाती है। चुपके-चुपके रोती है। कभी-कभी सोचता हूं उसे बता दूं कि उसका तुम्हारे लिए आंसू बहाना पाप है, तुम्हारे लिए इस प्रकार तड़पना पाप है परन्तु यह सोचकर चुप रह जाता हूं कि कहीं वास्तविकता जान करके वह आत्महत्या न कर ले।'

अजय तब भी खामोश खड़ा रहा। वह तो इस वास्तविकता को जानता है फिर भी उसने आत्महत्या क्यों नहीं की? भले ही यह पाप उससे अनजाने में हुआ है, फिर भी इसका दण्ड मृत्यु ही होनी चाहिए। इसके पश्चात् वह क्यों जीवित है? क्या केवल तड़पने के लिए? तड़प-

तड़प कर जीना क्या मृत्यु से कम दण्ड नहीं है और फिर उसकी मां को सहारा भी तो चाहिए। उसे क्या अधिकार है कि मां को सहारा देकर वापस छीन ले?

'मैं जाऊं बेटा?' राय साहब ने मानो आज्ञा मांगी, 'मुझे अभी बहुत सारे काम करने हैं।'

'जी।' अजय केवल इतना ही कह सका, बहुत कठिनाई के साथ। फिर भी उसके होंठ भी गए थे। राय साहब चले गए तो वह भी अपनी कार की ओर बढ़ गया।

राय साहब ने अजय के मन से अंशु की चिंता दूर करने के लिए अजय के घाव पर मरहम रखा था परन्तु अजय को ऐसा लगा मानो उसके घाव फिर ताजा हो गए हैं। दिल की तड़प असह्य होने लगी। आंखें छलककर रो पड़ना चाहती थीं। वह एकांत में फूट-फूट कर आंसू बहा लेना चाहता था। उसके शरीर से मानो कोई रक्त की एक-एक बूंद निचोड़कर निकाल रहा था, उसने अपने होंठों को सख्ती से काटा और फिर कार में बैठ गया। ड्राइवर ने स्टेयरिंग संभाला तो अजय ने तुरन्त ही पूछा, 'यहां कहीं आसपास बार नहीं है?'

'बार?' ड्राइवर ने पूछा।

'अंग्रेजी शराबखाना।'

'हैं साहब, कई हैं।'

'वहीं चलो।' अजय ने आज्ञा दी।

ड्राइवर ने अजय की आज्ञा का पालन करते हुए कार सिविल लाइन्स के बाजार की ओर मोड़ दी।

अजय बार में प्रविष्ट हुआ। दिन के इस समय इलाहाबाद जैसे छोटे शहर का यह बार सूना पड़ा था, खाली। एक भी व्यक्ति नहीं था। अजय की इच्छानुसार उसे सूना वातावरण मिल गया। एक कोने वाली मेज पर उसने जगह ली और फिर शराब का ऑर्डर दे दिया। मैनेजर ने ग्राहक देखकर रेडियोग्राम पर रिकॉर्ड लगा दिया। अंग्रेजी धुन थी यह, सैक्सोफोन की। परन्तु अजय को ऐसा लगा मानो अंशु के विवाह की शहनाई बज रही हो। उसके कानों में गरम-गरम सीसा पड़ने लगा। तभी वेटर जाम लेकर आया। अजय दिल में उठे दर्द को कम करने के लिए तड़प रहा था। वेटर ने जाम को ट्रे में से उठाया भी नहीं था कि अजय ने स्वयं ट्रे में रखा जाम उठा लिया और बिना सोडा मिलाए ही एक घूंट में शराब खत्म कर दी। जाम मेज पर रखते हुए उसने कहा, 'एक पैग ओर, जल्दी।' अजय के दिल की तड़प में अभी कोई अन्तर नहीं आया था।

वेटर चला गया।

अजय एक के बाद एक कई जाम शराब के पीता रहा, इस प्रकार जैसे अपने आप से पीछा छुड़ा रहा हो। अंशु को अपने मस्तिष्क से निकाल देना चाहता हो। परन्तु अंशु उसके मस्तिष्क से नहीं निकल सकी। उसकी यादें ताजा होकर उसके घाव में नासूर उत्पन्न करने लगीं।

अंशु के साथ बिताए वे सारे ही दृश्य उसकी आंखों के सामने आते परन्तु जाने के बजाए ठहर जाते थे। आज अंशु किसी और की हो जाएगी, सदा के लिए। होना भी चाहिए। इसके पश्चात् वह अंशु के लिए सोच रहा था। क्यों? क्यों दिल का एक कोना अब भी अंशु को उस रूप में स्वीकार करने में असफल था जिस रूप में उसे वास्तविकता को समक्ष रखकर हर अवस्था में स्वीकार करना चाहिए था? ऐसा क्यों हो रहा था? अजय स्वयं भी समझने से वंचित था।

वह अंशु को उसके वास्तविक रूप में स्वीकार करना चाहता था, दिल की गहराई से। वास्तविकता से इंकार नहीं किया जा सकता। फिर भी अजय तड़प रहा था। क्या दिल के अन्दर बैठे एक अज्ञात पाप का एहसास था? क्या अपने अतीत से पीछा छुड़ाना उसके बस के बाहर था? अतीत किसी का पीछा नहीं छोड़ता। शायद इसीलिए अजय उन दृश्यों को न चाहते हुए भी याद करके तड़प रहा था जो उसने अंशु के साथ बिताए थे।

बार में बैठे-बैठे उसे बहुत देर हो गई। अनेक व्यक्ति आए, बैठे, शराब पी और चले गए। शाम को बार में काफी ग्राहक थे। परन्तु लगभग आठ बजे अचानक ही बार के अन्दर ढेर सारे नवयुवक आ गए। ऐसा लगता था मानो किसी पार्टी में जाने वाले हैं। सभी के चेहरों पर प्रसन्नता की रौनक थी। कुछ ने काउण्टर पर खड़े-खड़े जल्दबाजी में पीना आरम्भ कर दिया। कुछ इधर-उधर जगह देखकर बैठ भी गए। कुछ नवयुवक अजय के बगल वाली मेज पर बैठ गए। उनकी बातों से अजय को पता चला कि वे सब बाराती हैं। इधर से बारात जा रही है और यह लोग बारात से निकलकर बार में चले गए हैं।

इन लोगों की बातों के मध्य विशाल का नाम भी आया। विशाल के भाग्य पर मानो सब डाह कर रहे थे, क्या लड़की मिली है, सुना है सुन्दरता की प्रतिमा है, पलकें इतनी बोझिल कि देखने वाला दिल थाम ले। अजय ने सुना तो उसके दिल के छाले फूटने लगे। उसने अपने जाम की बची हुई शराब समाप्त की। बिल अदा किया, खड़ा हुआ, लड़खड़ाया, संभला। फिर स्वयं को उसी प्रकार संभाले बार बाहर निकला। सामने सड़क पर बारात खड़ी थी। दूल्हा सेहरा पहने घोड़ी पर बैठा हुआ था। उसके सामने बैण्ड-बाजों के शोर पर कुछेक नवयुवक प्रसन्नता के नशे में मदहोश होकर झूम-झूमकर नृत्य कर रहे थे। आतिशबाजी से दूर-दूर का बाजार जगमगा जाता था। पटाखों के धमाकों से पूरा इलाका गूंज जाता था।

अजय ने बहुत हसरत से दूल्हे को देखा। विशाल, कितना भाग्यवान है यह नवयुवक, कितना अधिक भाग्यवान। अंशु की प्रसन्नता के लिए उसने दिल की गहराई से प्रार्थना की। अंशु सुखी रहे, प्रसन्न रहे, कलियों में खिले, फूलों में मुस्कराए। अंशु को तो उसकी आयु भी लग जाए। अजय की आंखों में आंसू भर आए। उसका मन इच्छा करने लगा कि वह भी अंशु के विवाह में जाए। अंशु को देखे, दूर से ही, चोरी छिपे। उसे देखे हुए मानो एक युग बीत गया था। अंशु अब जाने कैसी हो गई हो?'

परन्तु अजय साहस नहीं कर सका। अंशु को देखने जाता तो छाती से फटकर दिल बाहर नहीं आ जाता? बारात आगे बढ़ी तो अजय को अपने दिल पर काबू पाने के लिए एक बार फिर बार में जाकर शराब का सहारा लेना पड़ा। शराब वह कुछ तेजी से पीने लगा, इस प्रकार मानो वह शराब को नहीं, शराब उसे पी रही थी। दिल का दर्द बढ़ता ही जा रहा था। ऐसा क्यों हो रहा है? क्यों? उसे तो प्रसन्न होना चाहिए कि अंशु अब सुखी रहेगी। इसके पश्चात् वह दुःखी है। क्यों? आखिर क्यों?

लगभग डेढ़ घंटा बीत गया। शराब पीते-पीते अजय का सिर चकराने लगा। पलकें भारी होकर बन्द होने लगीं तो उसने एक झटका देकर स्वयं को संभाला। वेटर को बुलाकर बिल अदा किया। फिर एक गहरी सांस लेकर खड़ा हुआ तो पग लड़खड़ा गए। वह गिरते-गिरते बचा। गिर पड़ता, यदि उसने तुरन्त ही हाथ के द्वारा दीवार का सहारा नहीं लिया होता। फिर वह निकास द्वार की ओर लड़खड़ाता हुआ कुछ इस प्रकार बढ़ा मानो उसे किसी आंधी ने पीछे से धकेल दिया हो। बार से निकलकर वह अपनी कार में पीछे धम्म से जा बैठा। बहकते स्वर के साथ उसने आंखें बन्द करते हुए कहा, 'नैनी वापस चलो।' अजय ने इतना कहने के बाद अपना शरीर सीट पर ढीला छोड़ दिया।

कार मिस्टर गुलाटी के बंगले में प्रविष्ट हुई। अजय ने देखा, वहां मिस्टर गुलाटी की कार के अतिरिक्त दस-ग्यारह कारें और खड़ी हुई हैं। मिस्टर गुलाटी नैनी के एक प्रतिष्ठित व्यापारी थे। उनके बंगले में लोगों का आना-जाना लगा ही रहता था। संभवतः नैनी के गिने-चुने व्यापारियों की यहां पर कोई सभा चल रही हो। परन्तु अजय को इससे क्या मतलब? अजय की कार को पोर्टिको से दूर ही रुक जाना पड़ा। वह कार से नीचे उतरा। पोर्टिको से होकर बरामदे पर चढ़ा। बैठक के द्वार पर रेशमी परदा पड़ा हुआ था। उसने देखा बैठक में केवल पुरुष ही उपस्थित हैं। निःसंदेह यहां व्यापारियों की कोई सभा हो रही थी। शायद उसकी मां मिसेज गुलाटी से अन्दर किसी अन्य कमरे में बैठी बातें कर रही हों। गेस्ट रूम बंगले के अन्त में था। अजय सिर झुकाए उस ओर बढ़ गया। उसका मन अब किसी से मिलने या बातें करने को नहीं कर रहा था। पलंग पर लेटकर वह आंखें बंद कर लेना चाहता था। चुपचाप मुंह छिपाते हुए वह फूट-फूट कर रो लेना चाहता था। शायद आज उसकी आंखों के घने बादल बरसकर सदा के लिए निकल आना चाहते थे।

गेस्ट रूम का द्वार खुला हुआ था। कमरे के अन्दर जलते प्रकाश का झाग दरवाजे से निकलकर बाहर तक फैल रहा था। अजय दरवाजे में प्रविष्ट होने ही वाला था कि अचानक अपना नाम सुनकर चौंकते हुए रुक गया।

'अजय तुम्हारा सगा बेटा नहीं फिर भी तुम उसके प्रति इतनी चिंतित हो जितनी एक सगी मां भी चिंतित नहीं होती।' मिसेज गुलाटी कह रही थीं।

अजय को अपने कानों पर विश्वास नहीं हुआ। उसकी सांस जहां की तहां रुक गई, सारा नशा ठंडा पड़ गया। दरवाजे की आड़ में खड़े होकर उसने अपने कान और चौकन्ने कर लिए।

'उसे मैंने सदा अपने दिल का टुकड़ा समझा है। जैसे बेबी थी वैसे ही वह भी है।' उमा देवी चिंतित-सी कह रही थीं, जाने कहां चला गया? इलाहाबाद में किसी को जानता भी तो नहीं है।'

'अरे आ जाएगा। कोई बच्चा थोड़े ही है जो खो जाएगा।'

'फिर भी...' उमा देवी ने कहना चाहा।

परन्तु तब तक अजय बहुत तेजी के साथ कमरे के अन्दर प्रविष्ट हो चुका था। उमा देवी मिसेज गुलाटी के साथ बैठकर बातें कर रही थीं। उन्होंने अजय को देखा तो तुरन्त खड़ी हो गईं, चिंता दूर हो गई थी। उन्होंने कहना चाहा, 'कहां चला गया था मेरे लाल? चिंता के मारे...'

परन्तु तब तक अजय ने उनका हाथ पकड़ लिया था। उसने तुरन्त पूछा, 'मां, मां तुम सच-सच बताओ मैं कौन हूं? कह दो कि मैं तुम्हारा बेटा नहीं हूं। कह दो कि मेरा तुम्हारा खून का कोई सम्बन्ध नहीं है।'

'अरे-अरे!' उमा देवी एक पल के लिए कांप गईं। उन्होंने बात संभाली। बोलीं, 'तू यह कैसी बातें कर रहा है। तू तो मेरे दिल का टुकड़ा है मेरे लाल।'

'नहीं मां नहीं, मैं तुम्हारा बेटा नहीं हूं।' अजय ने कहा, 'अभी-अभी तुमने जो कुछ भी कहा था वह मैंने सुन लिया है। आंटी...' अजय ने मिसेज गुलाटी को देखा। बोला, 'मैंने आपकी बातें सुन ली हैं।' अजय ने फिर अपनी मां से कहा, 'मां कह दो कि मेरा तुम्हारी सन्तान से कोई सम्बन्ध नहीं है। मैं पराया हूं, वह तुम्हारी सगी बेटी थी।'

'बेटा...' उमा देवी ने फिर बात संभालनी चाही। उनका विचार था कि वास्तविकता जानकर अजय को धक्का लगेगा।

'मां...' अजय मानो चीख पड़ा। फिर संभलकर कुछ हांफता हुआ बोला, 'मां, तुम्हें यह वास्तविकता बतानी ही पड़ेगी। यह सारे जीवन का प्रश्न है। जल्दी बताओ मां, वास्तविकता क्या है? समय बहुत कम है। समय निकल गया तो तुम्हारा बेटा शायद जीवित नहीं बच सकेगा।'

उमा देवी कुछ समझीं नहीं। अजय की तड़प में असाधारण परेशानी थी। उन्होंने एक बार मिसेज गुलाटी को देखा। फिर अजय से बोलीं, 'बेटा, मेरे विवाह के बाद सात वर्ष तक जब मुझे कोई संतान उत्पन्न नहीं हुई तो मैंने तुझे गोद ले लिया था। तब तू केवल एक दिन का था। परन्तु तुझे गोद लेने के ठीक डेढ़ वर्ष बाद आशा के विरुद्ध मुझे एक लड़की उत्पन्न हो गई थी जिसे तेरे पिता बहुत प्यार करते थे। इसीलिए उसके गुम हो जाने के बाद वह अधिक दिनों तक सदमा नहीं बर्दाश्त कर सके थे। परन्तु बेटा, मैंने तुझे प्यार देने में जरा भी कमी नहीं रखी। तू

अब भी मेरी आंखों का तारा है। दोनों के अपहरण के बाद मैं तुम दोनों के लिए ही दिन-रात आंसू बहाती रहती थी...'

उमा देवी कह रही थीं परन्तु अजय का मस्तिष्क कहीं और था। क्या इसीलिए दिल का एक कोना अंशु को बहन स्वीकार करने से साफ इंकार करता रहा है? हां, यही कारण है, बिल्कुल यही कारण। यही कारण है कि अंशु के साथ बिताए एक-एक पल को वह नहीं भूल सका था। अजय के महीनों से पड़े वीरान दिल में आशा की एक ज्योति चमकी। वह तुरन्त बाहर भागा। उमा देवी कुछ समझ नहीं सकीं कि अजय को क्या हो गया है। उन्होंने अजय को रोकना चाहा। बोलीं, 'बेटा, मुझे छोड़कर मत जा। मैंने सदा तुझे अपनी ही संतान समझा है। बेटा अजय, बेटा' उमा देवी दरवाजे के बाहर निकल आईं। उनके स्वर में ममता की करुण पुकार थी।

'मां...' अजय को अपनी मां पर दया आई। उसने रुककर पलटते हुए कहा, 'मैं तुम्हें छोड़कर कहीं नहीं जाऊंगा। मैं अभी वापस आता हूं।'

कार वहीं खड़ी हुई थी जहां अजय कार से उतरा था। ड्राइवर भी वहां था। अजय तुरन्त कार के अन्दर बैठता हुआ बोला, 'ड्राइवर, जल्दी चलो, एल्गिन रोड।'

ड्राइवर ने स्टेयरिंग संभाल ली। कार बैक करके वह सड़क पर लाया और फिर उसकी गति हवा से भी तेज कर दी। सड़क साफ थी इसलिए कार को बढ़ने में कोई कठिनाई नहीं हुई। परन्तु कार की गति से भी तेज अजय के दिल की धड़कन बढ़ती जा रही थी। उसका दिल बहुत बेचैनी के साथ धक-धक कर रहा था। शायद अभी भी समय है। फेरे लगने में समय तो लगता ही है।

ड्राइवर अजय के दिल के भेद से अनभिज्ञ होने के पश्चात् बहुत चुस्ती तथा सतर्कता से कार चलाते हुए एल्गिन रोड के समीप पहुंच गया तो उसने पूछा, 'एल्गिन रोड पर किस जगह जाना है साहब?'

'मैं...मैं वहां जाना चाहता हूं जहां इस समय एक विवाह हो रहा है।' अजय ने बेसब्री से कहा।

'ओह!' ड्राइवर ने मानो स्वयं से कहा।

'तुम वह जगह जानते हो?'

'जी नहीं।परन्तु एल्गिन रोड ऐसी लम्बी नहीं है कि वह स्थान पता न चले जहां विवाह हो रहा है।'

अजय ने कोई उत्तर नहीं दिया। मन ही मन मनाता रहा, वह समय से पहले विवाह में पहुंच जाए। इतना तड़पने तथा रुलाने के बाद भाग्य उसे धोखा न दे जाए। अजय की सारी प्रसन्नता समय के एक छोटे-से इशारे पर डगमगा रही थी।

कार एल्गिन रोड में प्रविष्ट हुई। अजय के कानों में शहनाई गूंज उठी। कानों में गरम-गरम पिघला सीसा पड़ गया। एल्गिन रोड पर आते ही कुछ दूर पर एक बंगला दिखाई पड़ गया था, रंगीन बल्बों से सजी हुई दुल्हन थी यह या किसी के अरमानों की अर्थी, यह समय अब पल भर में ही बताने वाला था। बंगले के बाहर सड़क के किनारे दूर तक कारों का जमघट था। पुलिस वाले मुख्य द्वार के अन्दर कार जाने की आज्ञा नहीं दे रहे थे। ड्राइवर ने कार मुख्य द्वार से हटाकर रोक दी।

अजय बिजली-सी तेजी लिए कार से बाहर निकला। लगभग दौड़ते हुए वह बंगले के मुख्य द्वार में प्रविष्ट हुआ। लॉन में मेहमानों की काफी भीड़ थी। पंडितों के श्लोक सुनाई पड़ रहे थे। भीड़ को चीरता हुआ अजय आगे बढ़ा। एक टैंट के नीचे अपने रिश्तेदारों के साथ दुल्हा-दुल्हन खड़े हुए थे, विशाल घूंघट काढ़े दुल्हन के गले में माला डाल चुका था। दुल्हन अपने हाथों में माला लिए ऊपर हाथ उठाए हुए थी, अपने भगवान को अपना भविष्य सदा के लिए सौंपने को। अजय ने देखा तो दिल तड़प उठा। उसने वहीं से चीखकर अंशु को मना कर देना चाहा। उसके होंठ खुले भी। परन्तु तभी भीड़ में उसे किसी से अनजाने में धक्का लग गया। वह लड़खड़ा गया। पल भी एक काया पलट गई। अंशु विशाल के गले में माला डाल चुकी थी।

अजय की पुकार उसके गले में ही घुट गई। होंठ थर-थर कांपने लगे। दिल टूटकर टुकड़े-टुकड़े हो गया। छाती के अन्दर ऐसा दर्द उठा मानो उसका दम निकल जाएगा। काश ऐसा हो जाता। काश, ऐसा वास्तव में हो जाता। अजय का मन हुआ वह यहीं दीवानों समान दीवार से अपना सिर फोड़ ले। चीख-चीखकर रो पड़े। परन्तु फिर उसने खुद को रोक लिया। अंशु अब किसी और की बन चुकी है। भरे समाज में उसे अब उसका अपमान करने का कोई अधिकार नहीं। आखिर उसी ने तो अंशु को छोड़ा था। अंशु भला उसे कब छोड़ना चाहती थी? फिर भी अजय की आंखें छलक आईं।

जब यह आंसू वर्षा का रूप लेकर उसके गालों पर बहने लगे तो इन्हें छिपाने के लिए उसने अपना सिर नीचे झुका लिया और चुपचाप वापस लौट गया, मुख्य द्वार की ओर। अब और अधिक उससे अपना दुःख नहीं सहा जाता था। क्या अब वह अंशु के बिना जीवित रह सकेगा? अंशु, जिसने उसे अपराधी से मानव बनाकर प्यार दिया, नया जीवन दिया, परन्तु परिस्थिति के दबाव में आकर उसका यह जीवन इस प्रकार तमाशा बन जाएगा, वह कभी सोच भी नहीं सकता था। अब उसके जीवन में बचा ही क्या था? फिर भी उसे जीवित रहना था, अपनी मां के लिए, मां से अब भी सारी वास्तविकता छिपाते हुए।

मां को यदि वास्तविकता ज्ञात हो गई तो वह अपनी बेटी से अवश्य मिलेगी। फिर अंशु पर भी यह भेद प्रकट हो जाएगा कि उसका प्रेमी किन परिस्थितियों में पड़कर उसे छोड़ने पर विवश हुआ था। तब अपने प्रेमी के दिल के दर्द का अनुमान लगाकर उसके शांत जीवन में आहों और सिसकियों, दर्द और तड़प का तूफान उमड़ आएगा। अपने प्रेमी का निःस्वार्थ तथा

अपार प्यार देखकर वह कहीं स्वयं को न धिक्कार उठे, उसने विशाल से क्यों विवाह कर लिया? क्यों नहीं अपने प्रेमी की याद को छाती में लगाए सारा जीवन अकेले ही व्यतीत करना स्वीकार किया? कहीं अपने दिल में उठते ऐसे तिरस्कृत तानों से तंग आकर वह आत्महत्या न कर बैठे?

अजय की खामोशी पर अब भी अंशु का सुखमय जीवन निर्भर कर रहा था और इसीलिए इस खामोशी को उसे सदा अपने काबू में रखना था, हर अवस्था में, घुट-घुटकर, तड़-तड़पकर, मर-मरकर। मानव अन्तिम सांसें तोड़ने से पहले जाने कितनी बार मरता है। अजय भी जाने कितनी बार मर चुका था और जाने कितनी बार और मरेगा, शायद प्रतिदिन ही, शायद प्रतिपल ही।

* * *